花にして蛇シリーズ２

サイコ

オンリー・ジェイムス

冬斗亜紀〈訳〉

Necessary Evils Book #2

Psycho

by Onley James
translated by Aki Fuyuto

JN138606

Deep Edge

PSYCHO
(Neccesary Evils Book #2)
by OnleyJames

イラスト：市ヶ谷モル

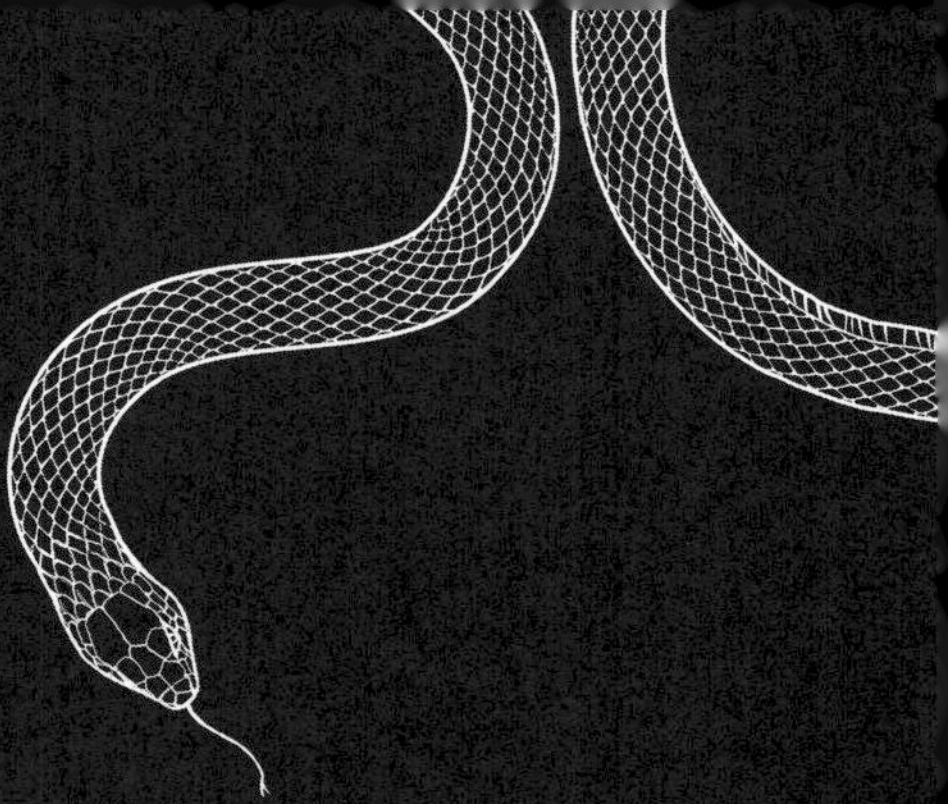

花にして蛇シリーズ 2

サイコ

Psycho

Necessary Evils Book #2

CHARACTERS

オーガスト・マルヴァニー
物理学の教授

ルーカス
元FBI捜査官。犯罪心理学講師

PSYCHO
アダム・マルヴァニー
元スーパーモデル
ノア
アダムの恋人
アティカス・マルヴァニー
研究職
アーチャー・マルヴァニー
プロのポーカープレイヤー

プロローグ

Dr.
Thomas
Mulvaney

被験体：オーガスト

その少年は、これまでで最年少の候補だった。トーマスがアティカスと名付けた最初の被験体の少年は、八歳の時に彼の養子となった。まさに異才、生まれつきの模倣者《ミミック》で、スイッチのように人格をオンオフできる。魅惑の存在。

ガラスの向こう側にいる少年はそれよりも幼い。かろうじて四歳ほどか。隅で身を丸め、耳にはイヤホン、膝には分厚いペーパーバック。青白く、痛々しいほどに痩せて、大きな目の上に焦げ茶の髪がかぶさっている。

トーマスの胸がきしんだ。広い部屋で、かたわらの小さなランプひとつに照らされた少年はひどくちっぽけに見えた。

　トーマスとしては立て続けに養子を増やすことにためらいもあるのだが、研究のためには幅広い年代の被験者を集め、与えた環境に対するそれぞれの反応を観察するべきだろう。はじめ引き取るのは一人だけのつもりでいたのだが、いい研究のためにはそれなりの数の被験体が必要だ。トーマスの研究は口やかましい審査委員会の目を避けて行われているので、好きなだけ被験体を集めるというわけにもいかない。鍵付きの扉の中に少年たちを閉じこめておくつもりならともかく。そんな真似はお断りだ。この少年たちにはトーマスを父と思ってほしいし、看守ではなくたよりになる保護者だと見てほしかった。トーマスは悪役ではない。このガラスの向こうにある潜在的可能性をよく理解している。それは、丁寧に忍耐強く育てなければならないものだとも。

　トーマスの背後でドアが開き、真っ白な髪であごひげを蓄えた男が現れた。

「ドクター・ジョージ・ストライカー」と挨拶代わりに名乗る。「お待たせしたな」

「ドクター・トーマス・マルヴァニー」トーマスも名乗って手をさし出した。

　年配の医師がその手を握った。

「きみについては聞いている。共通の知人からね。だから連絡させてもらった」

　トーマスの研究は極秘のものだが、数少ない秘密の関係者が役立つ人脈を提供してくれる。この研究が成功したあかつきには自分も再現したいともくろむ者、失敗を期待しながら注視している者――トーマスは彼らには興味がない。ただの便利な道具だ。この少年たちについて自分の仮説が正しいことはわかっているのだ。彼の被験体たち。

彼の息子たち。

「少年の名は？」

聞きながら、トーマスはガラス向こうの少年を目で指した。

「出生証明書によれば、イザヤ。だがその名で呼んでも反応しない。と言ってもそもそも反応自体が乏しい子だ。発見された状況を思えば、無理からぬことだが」

トーマスの脈が速まる。いつでもこの部分は一番苦しい――彼らの過去を知るのが。とりわけ、置き去りにしていかねばならない時は。

「詳しく」

「この少年が発見されたのは、母親に対して行われた安否確認訪問の時だ。母親は、重度の統合失調症でね。幻覚、幻聴、両方あった。だが一時期は薬で安定していたため、そのまま子供を育てる許可が下り、条件として生後一年間は服薬管理のために定期指導が入った。その一年が完了した後、どこかで彼女は服薬をやめてしまったようだ」

「なのに誰も気がつかなかった？」

「子供が通学年齢に達していなかったから、気付きようがなかった。近隣住民は彼女の異常行動を不安視していたが、子供がいることすら知らなかった」

トーマスの視線が隣の医師へ吸い寄せられる。

「母親はこの子を虐待していたのか？」

ストライカーは溜息をついた。

「母親の日記によれば、彼女はこの少年を〝取り替え子《チェンジリング》〟だと信じこんでいた」

「取り替え子？　アイルランドのおとぎ話の？」トーマスは驚きを隠せず聞き返した。「自分の子供を妖精の子と取り替えられたと信じていたのか？」

ストライカーがむっつりとうなずいた。

「母親は心を重く病んでいた。幼いはずの我が子が驚くような知能を見せたので、超自然的な存在に違いないと思いこんだんだ」

トーマスはちっぽけな少年を振り向いて「それはまた……」と首を振った。

年かさの医師の話にはまだ先があった。

「母親は、二歳になった子供を部屋に閉じこめ、その中で生活させた。不潔なベビーベッドのマットレス、本の山、ライトが一つ、バケツが置かれていたことが確認されている。彼は汚れていた。それを看護師が洗い落とすのに何時間もかかったんだ。抵抗をやめなくてね」

「攻撃的？」

ストライカー医師は首を振った。

「そう単純な話でもない。彼は少なくとも一年半、あるいはそれ以上、もっとも発達するべき時期に、人との接触を断たれて育った。母親が自殺しなければ、発見すらされなかっただろう。銃声を聞いた近隣住民が警察に通報し、彼女の安否確認が行われた。警察が家を確認中にあの子を発見したんだ」

「ひどいな」トーマスは呟いた。

「彼に明確な攻撃性は見られない。誰かがさわろうとしない限り、暴力的にはならない。光、接触、音から遮断されて育ったんだ。この三つに対して凶暴に反応する。今のところ唯一の例外が音楽でね。理由は不明だが、ほぼ二十四時間イヤホンをつけっぱなしだ」

興味深い。この子は細心の注意を払ってゆるやかに現実社会になじませるとしよう。

「診断は？」

医師は窓のそばの金属製ホルダーからファイルを取った。

「愛着障害。パニック障害。心的外傷後ストレス障害。ただ、きみを呼んだのは、明確な診断は下せないながらも、彼がサイコパスの兆候を強く見せているからだ。恐怖感を持たない。望まない注目に対して暴力的に反発する。抵抗なく嘘をつく。自分に与えられた物に極端に執着する」

トーマスはじっくりと検討した。かなり困難なケースになりそうだが、覚悟はある。サイコパスだけにとどまらず、多様な精神疾患例もほしい。この研究がそれぞれの症状にどう影響していくのか理解するために。

ストライカーが溜息をついた。

「断言はできないが、この少年は生まれながらのサイコパスだろうと思う。彼の行動が、母親の妄想を悪化させたのかもしれない。何ら教育を受けていないというのに彼の知能は並外れていた。母親が我が子を異常だと思ったのも無理はないほどだ。彼は文字を読める。その年齢をはるかに超えて。いや、ぼくもかなわないね、来て一週間でここの図書室の本を残らず読破してのけたよ。聖書もコーランも、スティーヴン・ホーキングの『ホーキング、宇宙を語る』までもだ。その上、看護師にもらった練習帳を使って独学で書字を習得した」

トーマスは苦笑する。

「冗談だろう?」

「本当なのさ。見たこともないスピードで読み、その年齢ではありえないほど様々な概念を理解している。IQテストの結果は155。それこそホーキングまであと数点だ」思わずぎょっとしたトーマスに向け、「我々の悩みがわかっただろう?」

トーマスはうなずいた。「それほど知能の高いサイコパスとなると、社会への厄災となるし、賢く社会に紛れこむ。夜尿、放火、弱い子供への加害は?」

「現在のところはない。むしろ己の世界に閉じこもっている。音楽を聴き、本を読む。すっかり退屈しているはずだ。あのような子供を楽しませるものはこの施設にはない。あんな天才児にとって、母親から本を何冊か押し付けられただけで静かな部屋に閉じこめられていたというのは、まさしく拷問だっただろうよ」

「うちに来ればすべてが手に入る」トーマスはそう保証した。「今すぐ会わせてくれ」

「少年にさわらないようにしたまえ。それと、天井の明かりをつけないように。彼がきわめて……凶暴になるから」

トーマスはうなずいて、観察室を出ようとした。

「彼の経過を知らせてくれるかい？」ストライカーがこわばった表情で聞いた。

「もちろんだ」

トーマスは部屋に入るドアを素早く開閉し、廊下の苛烈な蛍光灯の光が子供に届かないようにした。入室しても、少年は彼に何の注意も払おうとしない。トーマスは前に進み、彼の近くに、だがさわらないだけの距離を保ってあぐらをかいた。

「何を読んでいるんだい？」

イヤホンの音楽ごしに聞こえるのかわからないまま、問いかける。

少年は表紙が見えるように本を持ち上げた。『八月の光』。

「フォークナーかい？　きみの年齢にしては難しい本を読んでいるね」

子供がトーマスに尖った視線を向けた。邪魔だと言わんばかりだ。ごもっとも。

「我が家に何千冊もの本がそろった書斎があると言ったら、きみはどう思う？」

今回、子供はイヤホンを引っ張って外し、怪しむようにトーマスをじろじろ見た。

「そのすべてを読みましたか？」

トーマスはクスッと笑った。

「いや。きみに先を越されるんじゃないかな。きみはとても上手に話すね」

子供が肩をすくめる。

「歩けるようになる前から話せました。それで母が怯えたのです。彼女は……具合がすぐれなかったので」

すっかり大人のような言葉遣いと物腰だった。トーマスから見ても妖精の取り替え子のようなおとぎ話の存在か、それこそ地球外生命体ではないかと思いたくなるほどだ。

「聞いたよ。生まれてから何年も、きみはさぞや大変な思いをしただろう、気の毒に」

子供はまた肩をゆする。

「彼女にはどうしようもなかったことです」

それはシンプルな事実の指摘だった。恨みも憎しみもない。

「きみは、さわられるのが嫌いだと聞いたが」トーマスはたずねた。

少年はほとんどつんと取り澄まして答えた。

「ええ、ぼくの意志に反してさわられるのは」

ついトーマスは微笑んでいた。

「当然だな。誰だろうと同意なくさわられるべきではない」

ふたたび、少年はトーマスをつぶさに、まるで動機を図ろうとするように凝視したが、何も言わなかった。

「よかったら私の家に来て一緒に住まないか？　うちの書斎の本を片っ端から読めばいいよ」

「理由は？」

「何の？」

「ぼくがあなたと一緒に住もうと思う理由です。本以外で」

トーマスは首を振った。

「そうだね、正直に話すと、私は大金を持っているが、家族がいないんだ。きみより少し年上の息子が一人いるだけだ。私は、あの家をきみのような男の子たちでいっぱいにしたいんだよ」

「ぼくのような？」

眉をしかめて問い返す。

「そうだ。才能に恵まれた子供たちだ。ある種の精神構造を持つ子供たち」

その説明で完璧に納得できたかのように、少年はうなずいた。

「そちらにミスター・ホーキングの著作のような書籍はありますか？　彼の理論には――」丁度いい言葉を探すように間を置く。「……いささかの革新性が見受けられます」

いささかの革新性。この少年の賢さは、トーマスすら持て余すものかもしれない。だがトーマスには人脈や資産がある。生まれの巡り合わせで使い切れぬほどの財を手に入れ、揺るぎない基盤を得た。

「もし我が家に住むと決めたなら、家までの道すがら書店に寄って、きみの好きな本をいくらでも買っていけばいい」少年の不安げな反応を見て、トーマスはさらに言い足した。「あるいは、ほしい本を教えてくれれば家に届けさせるよ」

何かの罠ではないかというように、子供はトーマスへ向ける目を細めた。

「どんな本でも？」

いつかこれを後悔する日が来るかもしれない。だがトーマスは言った。

「どんな本でもだ」

子供が一つうなずいた。「なら、行きます」

では、まずは直近の問題だ。

「きみの名前はイザヤだと聞いた」

彼の唇が歪む。

「その名は嫌いです。母は大変に信心深い人であったが、同時にきわめて迷信深かった」

トーマスは身をのり出した。

「ふむ、私の家系には、兄弟には同じ文字から始まる名を授けるという少々馬鹿げた伝統があってね。私の弟はテディ、妹はテア、私はトーマスだ。今、家にはきみの兄がいて、彼はアテイカスと呼ばれている。きみも新しい名前を選んでみるかい？　Ａで始まる名前を」

少年は『八月の光』の本を閉じると、表紙にひたと目を据えた。

「オーガスト。八月《オーガスト》という名にしても？」

トーマスはニコッとした。「もちろんだ。私の家に来てくれないか、オーガスト？」

オーガストは大きな溜息をついた。

「ええ。そうすることになるようです」

1
August

ヴィヴァルディを耳に響かせながら、オーガスト・マルヴァニーは携帯電話に表示された、本日までが期日の自己評価フォームを見下ろした。この新たな、会社のごとき評価値システムは、オーガストにとってくだらないものだ。ここは弁護士事務所などではなく、アイビーリーグの大学なのだから。終身在職教授に対して三語（かそれ以下）で自分のことを説明しろなど、不合理のきわみだ。ＡＰＡスタイルで書かれた論文と査読委員会の承認がなくては、今日が何曜日かわかりもしない者ばかりだろう。

三語で自分を表せ？　どの彼が求められているのだろう。風狂な天才か、倒錯した殺人的サイコパスか。双方とも正しく彼ではあるが、一方のほうがより好意を得やすいのもまたたしか。ただしどちらも自己評価としては使えない。

溜息をつき、オーガストは建物に囲まれた中庭を眺めやった。頭上の空は、彼の気分を映すように不穏だった。よどんだ雲が分厚く垂れて、ぎりぎりまで外で粘りたい若者たちの上で今にも口を開こうとしている。

この時期にしてはまれなほど肌寒い。コーヒーを一口飲み、近づく雨を壁に体を寄せたまま眺めた。予報によれば一日中雨らしいが、オーガストは気象予報というものに星占い程度の信頼しか抱いていない。

天体物理学の助教、ビアンカ・リーが彼の隣に避難し、セーターの裾をのばしてから、自分の体を抱くようにした。黒髪が顔に吹きつけて、黒縁の眼鏡があやういほど鼻先まで落ちている。オーガストの軽く十歳は上だが、十分に大学院生で通用するだろう。

オーガストは耳からイヤホンを抜いた。

「ぼくを三語で表すならば？」

彼女が答えるより先に、立てた指でその眼鏡を上まで押し上げてやる。

「距離感・バグった・変人？」と答えて、ビアンカがオーガストの手を払い落とす。

「変人というのはぼくもまず考えた。とはいえ理事会での高評価は望めそうにない」

彼女は肩をすくめる。「終身教授なんだからあっちに何ができるって言うのよ」パチンと指を鳴らした。「ひらめいた。心・ここにあらず・教授」

オーガストは一瞥をくれた。

「ぼくは心ここにあらずではない。単に……選択性聴覚なだけだ」

「それは子供。あなたは自分の世界に生きてるだけでしょ」

ズバリと言われる。

オーガストはその言い分を手で払った。「大げさな」

「歩いてて噴水につっこみかかってたじゃない……二回も」

間違ってはいない。ただしオーガストは、あえて上《うわ》の空なのだ。語りかけられたすべての言葉が——一言一句残らず——記憶されるという呪いを背負うと、脳内は絡まりあった混沌と化し、そこでは昨日の会話と十年前の会話が等価にもつれあっている。たった一言で記憶の雪崩が起こり、幾日も思考の内にとらわれかねない。

だから、オーガストは選択性上の空を心掛けていた。一歩ごとに会話のかけらに絡みつかれることなく、知覚のスイッチを切れるように自己を訓練してきた。雑音と判断したものを締め出すことで重要な事象に集中できる。スピントロニクス（スピン電子工学）や光散乱、光波の混合法、半導体量子ドットなどにだ。時にはレーザー物理学まで。

大学では、ごく近い同僚や、もちろん担任の学生は別にして、ほぼ交流はない。周囲の状況は意識に入れずに把握し、生死に関わることでもない限り一つのものを注視することもまずない。だがその男が中庭に現れた瞬間、オーガストは目を奪われていた。

男はズボンのポケットに両手をつっこみ、風に肩をすぼめて歩いている。オーガストの位置から見る彼は魅力的だがどこか憔悴しており、前ファスナーの深緑色のカーディガンとジーンズという服装だ。格好からして講師のようだが、ボサボサの金髪と、美しい骨ばった顎の二日分はありそうな無精ひげはいかにも学生だ。教員助手だろうか。

オーガストの予想どおり、空の底が抜けた。学生たちが大あわてでかき集めた本や書類をバックパックに詰めこみ、駆け出していく。

例の男は走りこそしなかったが、足取りを速め、建物の入り口脇に立つオーガストとビアンカのほうへまっすぐ向かってきた。通りすぎざまチラッと目を上げ、オーガストと視線が嚙み合うと丸々数秒、目を合わせていてから、よそを向いて建物へ吞みこまれた。深い緑色の目だった。着ているカーディガンのような。

オーガストは向きを変えて廊下の窓越しにその姿を見送り、視界から消えると不思議な虚脱感を覚えた。

首を振って、コーヒーに口をつける。天気のせいだろう、怪物にしては不似合いなほど感傷的で湿っぽい気分になっている。

「イケメンだよねえ、彼。頭がヤバいのが残念だわ」

「あれは何者だ?」オーガストはようやく聞く。

ビアンカが夢見るような吐息をついた。

「ルーカス・ブラックウェル。犯罪心理学の非常勤講師よ」

オーガストはまた一口コーヒーを飲んだ。「ルーカス・ブラックウェル」とくり返し、その名が舌の上で溶ける感覚を気に入る。「本名のようには聞こえないな。頭がヤバい男を、大学はオマリーの後任に据えたのか? あまり生産的とは思えないが」

「どうせ心理学科はどいつも頭がヤバいから、うまくなじめるんじゃない?」

「彼をよく知っているようだが」とオーガストは述べた。

ビアンカが鼻を鳴らす。「マジで彼のこと知らないの?」

オーガストは眉間にしわを寄せた。「知っているべきか?」

ビアンカから全身をじろりと見回された。

「その書類には、絶望的・浮世離れ・教授って書いときなさいよ。エバリーが彼を雇ってからこの方、ずっと学内は大盛り上がりでスキャンダルの真相に興味津々だってのに。それに大体もっと前から、ニュースは彼の話題で持ちきりだったのよ」

「何故? 彼はケネディ一家か何かか」

彼女は首を振った。「FBIの行動分析班の元寵児。天才。三か国語に通じてて、入局試験でほぼ満点を取ったから、大学卒ですぐ採用された」ルーカス・ブラックウェルはせいぜい三十歳というところだろう。

「元とは？　負傷か？」

「傷を負ったとは言えるでしょうね。重い神経衰弱を患って、内勤に配置換えされたの。クワンティコの教官ポストも用意されたけど、当人は蹴って、この大学に来た」

「どうしてそんなにも詳しい」

白色矮星の星震学を研究しながら大学内の最新ゴシップにまで通じている彼女に、オーガストは畏怖を覚える。

「いや、どうして知らないでいられるわけ？　あなたがそのご立派な脳みそをもつれ理論とかそういうものに全振りしてるのは知ってるけどさ、でもオカルト系ネタは好きでしょ？　ルーカス・ブラックウェルは……そっち系なのよ」

「どういうふうに」

オーガストの『オカルト系ネタ』好きは大学内ではよく知られている。一般的に理論物理学者は超心理《オカルト》学的なものを嫌厭するものだが、周囲はその趣味も単にオーガストの風狂の一つだと思っていた。実際まあそう言ってもいいだろう。

大きな雨粒が靴にかかりはじめたが、ビアンカは少しのり出した。

「プロファイリングの大半が机上で行われるものなのは知ってる？」

オーガストはうなずく。

「基本的には、経験則に基づく推論の組み合わせだ。現場を訪れる意味はさほどないだろう」

ビアンカがニヤニヤした。

「それがね、ルーカスはしっかり着手したいタイプで——文字どおり手を、着けるの。証拠品にさわったり、犯行現場まで出向いたり。それが分析を助けるんだと言って」

「どのあたりがオカルトかわからないのだが」

これ以上雨が張り出しの下へ吹きこんでくる前に、要点に入ってもらいたいものだ。

「ここからだって。噂じゃ、ルーカスはどうやら自称……何て言えばいいの、物にさわると超能力でビジョンが見えるやつ？」

オーガストは眉を大きくつり上げた。

「透視か？」

「そう、それ！　彼は透視能力があるって言い張ってんの」

「つまりこの大学は、超常能力を持つと自称している精神不安定な犯罪学者を雇った？」

「そういうこと」

オーガストは笑いをこぼした。「すぐ学内になじめそうだ」

ビアンカも笑う。「ねえ、六年もあなたを知ってるけど、ほかの人類についてこんなに聞いてくるのは初めてじゃない？」

　オーガストは背を向けてコーヒーカップをゴミ箱へ捨てた。

「それはたしかに。だが、きみの人生は凡庸だ。他意はないが」

　オフィスへ準備に戻ろうと歩き出すオーガストへ、彼女が早足で追いつく。

「失礼発言しといて他意はないって言っとけばチャラにできるわけじゃないからね」とは言ったが、ビアンカに気にした様子はまったくなかった。

　彼らのいる世界に、人の気持ちへの配慮が入る余地はない。大学のこちら側にいる教授の半分は、頭脳が複雑すぎて他人との単純な会話すらおぼつかない。誰もが様々な神経障害を抱えている。悲しいかな、賢い人間ほど世間の常識と乖離《かいり》しているのだ。人の気持ちへの配慮なく、つけつけと物を言う。

　科学者の自尊心など無価値だ。何らかの理論を唱えれば、必ず人が列をなして「正気の沙汰ではない」と言っては研究結果を論破にかかる。この業界の常だ。オーガストが……それなりに穏当にふるまっているのは、父からそう言い含められているからにすぎない。風狂な天才と見なされるのはかまわないが、無感情で無慈悲なサイコパスと見られるのは駄目だというわけだ――とにかく世間的には。

「四時から教授会だけど、出る？」

「義務か？」オーガストは聞き返す。

「そう」ビアンカがうなずいた。

オーガストは肩をすくめた。

「やめておこう。弟が空港へ向かう前にランチをする予定がある」

「オーガスト……」

「終身教授だからな。大学側に何ができる？　解雇するか？」

先刻の理論を投げ返してニヤリとしてみせた。

オーガストは自分のオフィスがある左手側へ廊下を折れ、ビアンカはキャンパスの向こう側へ続く長い道を右折した。一人になるとオーガストはまたイヤホンをはめた。ヴィヴァルディは終わり、ショパンが耳を満たす。世界と隔絶し、助手の卒論テーマについて思考をめぐらせた。

衝突する瞬間まで、相手の姿は目に入らなかった。強烈な衝撃。携帯電話がオーガストの手から飛ぶ。相手の男が倒れまいと手をのばし、空をつかむ。オーガストが男の前腕を支えたのと同時に、その手がオーガストの肩をつかんだ。

そこでようやくオーガストは相手をよく見た。ルーカス・ブラックウェルだ。ふれ合った瞬間、ルーカスは息をつまらせて体をもぎ離し、床に倒れて、まるでオーガストがシリアルキラーであるかのように這って離れようとした。

事実シリアルキラーではあるのだがと、オーガストは思う。ただしそれをルーカス・ブラックウェルが知るわけもない。

こんな状況下ではあるが、怯え切った男を間近で見て、ひときわ美しくまるで命を吹きこまれた彫刻のようだと感じずにはいられなかった。高い頬骨、くっきりした顎、豊かな唇。恐怖に引きつる唇。

オーガストが手をさしのべて助け起こそうとすると、ルーカスはぎょっと身を縮めた。

「よせ。……さわるな」

礼儀が存在しないのは、物理学科だけではないようだ。オーガストは無用の長物と化したイヤホンを耳から外した。

「失礼した。音楽に気を取られて前方不注意だった」

ルーカスは答えず、ほかの教員たちの注目を集めているのに気付くと顔を紅潮させた。立ち上がり、肩ごしにまた怯えきった視線を投げてから、走るように逃げていく。

オーガストは携帯電話を拾い上げ、割れた画面を見て溜息をついた。「キモい」と言われることもあるが、大抵は無惨きわまりない殺しの後で兄弟から向けられる言葉だ。かなりの回数に及ぶ。オーガストはたっぷり血の滴る殺しが好きなのだ。手を汚すのが楽しい。殺しは、ほかでは得られないスリルを味わえる。

ほぼ車まで来た時になって、ふとある考えに打たれた。ビアンカの話では、ルーカス・ブラックウェルは透視能力者だという。過去が――あるいは未来もか――物体にふれることで読めるのだと。

　オーガストは論理的な人間である。超常現象に惹かれはするが、そういったものが似非《エセ》科学であることは重々承知の上だ。ルーカス・ブラックウェルが本当に透視能力者だなどということが、あるわけがない。

　ありえるわけがない。

　それでもルーカスは、怪物を見る目でオーガストを見た。まさしく怪物であるオーガストを。ただし、ルーカスがそのことを知るはずがない。不可能だ。

　だが、もし知ったなら？

　それはいかなる意味を持つ？

　オーガストの家族は掟に従って生きている。罪無き者は殺さない。だがこのような状況は、かつてたった一度きりだ。数ヵ月前、弟が……恋に（むしろ執着だろうが）落ちたと断言した時のみ。ノアという名の、傷ついた小鳥相手に。

　そのノアは一家の秘密を知っていた。アダムと対面するより先に自力で解き明かしていた。だがノアは彼らの側の人間だ。この世に生きるに値しない人間がいると理解している。ノアは、一家とともに殺しを実行した。一家全員を司法の目から守ることにも協力している。

　一方のルーカスは、元ＦＢＩ捜査官だ。おそらく司法と正義を、法の堅牢さを強く信じていることだろう。私刑による裁きをよしとはするまい。そうなると、オーガストが仮面に隠した素顔をどうしてかルーカスが本当に知ったなら、彼の今後の余命にあまりいい影響はなさそうだ。

残念ながら。

殺しを愛してやまないオーガストではあるが、あの金髪の美形教授を粗みじんに切り刻むことを思うと心が虚ろになったようだった。これまで解明不能な問題に出会ったことはないが、ルーカス・ブラックウェルは難問となるかもしれない。大変な難問に。

それをどう解くべきか、まだわからなかった。

2
Lucas

ルーカスは全速力でオフィスへ戻った。すぐさまドアを閉め、中から鍵をかける。悪魔に追いかけられたように。本当に悪魔かも。あの男と接触した瞬間に見えた光景――ほんの寸前まで魅力的だと思っていた男にふれて……。

汗がしみる目をまたたかせ、気絶しそうなほど轟く鼓動に静まれと念じた。

今日はルーカスにとって、大学での初日なのだ。初日。あの血しぶきと悲鳴には何らかの合理的説明がつくはずだ。あの男が元軍人で戦闘経験があるとか。警察で働いていたとか？　いいや。それでは説明できない。あの悲鳴……あれは拷問だ。

ルーカスは、立てた膝に肘をついて頭を抱えた。真性の捕食者《プレデター》が世間に紛れて生きていることは、誰よりよく知っている。時にはつい鼻先にひそんでいることも。目の前に小さな火花が踊るまで手の付け根を目に押し当てた。初日なのだ。一日目。同僚を人殺しだなんて告発できるわけがない。前回、あんなことになったのに。誰もから……狂人を見る目を向けられるのには耐えられない。そこから逃げ出してきたばかりで。

『もしかしたら自らの衝動を同僚に投影しているのかも、とは思いませんか？』

『突拍子もない話だってわかっているだろう、ルーカス』

『あなたの言動が我々に懸念を与えていることはご理解いただけますよね』

『彼は連邦捜査官だぞ。どうかな、きみには休養が必要では？』

『疲れているんだよ』

『言いがかりはやめたまえ』

頭の中で人々の言葉が幾重にも渦巻く。かつては敬意を持ってくれていた皆から、正気を失ったかのように見られるのはあまりにも耐えがたかった。ルーカスはずっとつまはじき者の人生を歩んできた。子供の頃には小柄すぎたし、物静かすぎた。絶好の標的だ。すべてのものを怖がっていた。どんな物体にも、彼を大渦に引きずりこむだけの力があったからだ。

だが、ＦＢＩでは居場所を得たのだ。

他の捜査機関とは違い、ＦＢＩには彼の同類が大勢いた。腕力より脳力というタイプの人間たちが。会計士や統計学者なども。そこにはルーカスの居場所があった。たとえネクラな本の虫というくくりでも。なのにすべて失われ、奪われた。それも、思いきって勇気を出し、仲間の仮面をかぶった怪物を上層部に告発したせいで。

その報いとして精神異常者の烙印を押され、何週間も施設に放りこまれた。ルーカスは首を振る。彼らの言うとおりなのかもしれない。自分は狂っているのかもしれない。かつては確かだったはずのものが、今ではありえないことに思える。施された薬物療法はただ事態を悪化させ、ルーカスに己を、己の見たものを疑わせた。避けたいビジョンをうまく締め出すこともできなくなった。

鼓動がまともに落ちつくと、立ち上がり、デスクに歩み寄りながら気持ちをまとめようとした。あの衝突とルーカスの無我夢中な逃走ぶりはもう学内の噂になっているに違いない。あの男――ぶつかった相手は教職員だろう。首からルーカスと同じような紐を下げていた。名札に何と書いてあったかは見ていないが。

翻弄されるばかりではなく、訓練の成果を活用する時だ……調査をしよう。ルーカスは大学の名簿を表示した。教授陣を二スクロールしただけで、名前を見つける。

オーガスト・マルヴァニー。博士。量子物理学教授。

物理学者？　よく鍛えられた体だったが。いやでも気付く。ぶつかった時もレンガの壁にでもぶち当たったかのようだった。まあ人を拷問するにも筋肉が必要か。ルーカスはその男の──オーガストの顔に意識を集中させ、非接触でもっと何か閃くかと待った。時には写真でもうまくいくのだが、これは写真ですらなくパソコンのモニターだ。

画面の写真に手のひらを押し当てた。無反応。溜息をつく。オーガスト・マルヴァニーはまるで俳優のように見えた。子供向け映画の、あのシリーズだ。ダニエルなんとかと言ったか。それに背丈と肩幅を足して。

ハリー・ポッター！

それだ、ハリー・ポッター……ストリッパーの副業でもしていそうな見事な肉体のハリー。ルーカスはあまり偏見を持たないつもりだが、物理学の教授といえば胸ポケットにポケットプロテクターを入れてペンを刺し、眼鏡をかけているイメージがあった。肘当てのついたブレザーを着ているとか。

オーガストは豊かな焦げ茶の髪のウェーブで額をあらわにし、強い顎のラインにはひげの気配が少し。鼻にほんのわずか、折れたことがあるような曲がりがあり、上唇は下唇よりかすかに薄いが、魅力を損じはしない。

男の顔から視線を引き剝がして、略歴へ目をやった。何だこれは。業績をざっと見ただけでわかったのは、この男が量子物理学の博士号と、のみならず生体工学の博士号まで取得し、さらに二つの修士号を持つことで、それも数学と——ロシア文学？

一体何者だ。これほどの学位取得が可能だなんて信じられない。ルーカスとそこまで年も離れていなさそうなのに。賞歴のタブをクリックすると、スクロールしないと表示しきれない量にルーカスの眉がつり上がった。ずらりと並んだ受賞歴、たとえば若手科学者・研究者向け大統領賞、アルフレッド・P・スローン・リサーチフェローシップ賞、ラッカム大学院・第一期論文フェローシップ賞などが並んでいる。ルーカスは馬鹿ではないつもりだが、どれもさっぱりわからない。

タブを閉じ、グーグル検索を開いて〈オーガスト・マルヴァニー〉と打ちこんだ。また大学のサイトの賞歴ページかせいぜいリンクトインのプロフィールページが出てくるだろうと予想していた。だというのに、オーガストだけでなくマルヴァニー一家についての記事があふれるほどずらずらと表示された。

オーガスト・マルヴァニーは、大富豪トーマス・マルヴァニーの次男だった。七人いる養子の一人だ。オーガストの輝かしい経歴も細かく記されていた。いわく五歳ですでに大学レベルの読み書きができた、アインシュタインやホーキング博士並みのIQの持ち主である、六歳でMENSAに史上二人目の若さでの入会を許された。十歳になる頃には高校レベルの学習を終え、普通の子供が思春期を迎える頃には大学に行っていた。十八歳で一つ目の博士号を取得。誰だろうと軽く頭がイカれてしまいそうな経歴だ。だろう?

ルーカスは引き出しを開けてクロナゼパムを二錠口に放りこみ、椅子にもたれた。あの光景をくり返し脳内で再生する。血だまり。ナイフ。絶叫。切断された体の一部。殺し以外では説明がつかない。背すじをちりちりと怖気が走った。

有名な大富豪の天才息子を、殺人犯だなんて告発はできない。証拠なしでは、絶対に。そしてルーカスは、人々に理解されない自分の能力を〝直感〟としてごまかしつづける限界を、つくづく思い知っていた。『X-ファイル』のモルダー捜査官ネタは仲間内の鉄板ジョークだったものだ。

それもその同僚の一人が、殺人犯だと知るまでだ。人殺しで——しかも今も裁きをまぬかれている。くそ。ルーカスはすでに評判を失い、信用を、そして職までも失った。なのに今また、同僚の教授と廊下でぶつかった拍子に拷問の光景を透視したなんて、告発できるわけがない。自分の耳にすら、頭のタガが外れたようにしか聞こえない。

やっぱり狂っているのかもしれない……母のように。母が霊視だのオーラなの霊的な絆だのと言いつづけたせいで、町から追い出されたようなものだ。ルーカスだって、自分に同じ能力が発現するまでは母を信じてもいなかった。その時にはもう遅すぎたが。母はとうに去り、ルーカスは祖父と二人きりで残され、その祖父は彼の性根を叩き直そうと躍起だった。ルーカスはすぐに隠すことを学んだ——自分の能力を、そしてそれだけではなく、本が好きだということも、情にもろいところも、女の子ではなく男の子に惹かれることも。

首を振って思い出を追い払う。過去はもういい。オーガスト・マルヴァニーが殺人者だったとして、ルーカスが何かする必要があるか？　信じる正義のために首をつっこんだ前回は、その首をＦＢＩに切り落とされた。人生を踏みにじられた。今のルーカスは、司法というものを信頼できない。もはや信じられるものなどろくに残っていなかった。

誰かが、ドアをノックした。ルーカスは顔をひと撫でしてから、ブラウザを閉じ、ロックを回してぐいとドアを開けると——オーガスト・マルヴァニーが立っていた。

彼はあまりにも……普通に見えた。愛想の良い表情を浮かべ、完璧に仕立てられたテーラードパンツのポケットに両手を入れている。ルーカスの心臓がまた爆走を始めた。こうして顔をつき合わせたオーガストはなおさら魅力的だった。そんなことはどうでもいいはずだ。おそらくは殺人者なのだから。なのに、自分の脳はそれにはお構いなしらしい。乱れた髪に指を通してから、そわそわしないよう腕を組んだ。

「話をしないか？」

深くなめらかな声で、オーガストがほとんど陽気にたずねた。

ルーカスは鼻をすすった。

「あまり気分が良くないので。昼食を抜いたから血糖値が下がっているのかも」

「では昼食をおごろう」
オーガストがそう申し出る。ルーカスが断りの口を開けると、片手を上げて制した。
「不安なら、人目のあるところへ行けばいい。教員用のラウンジなどに」
思わず、ルーカスは神経質に下唇を舐めた。もしや知られているのか？　ルーカスが……見
るところができるのを？　いや当然か。ここ何週間かルーカスは大学で噂の中心だったはずなの
だし。だがルーカスに何が見えたか、何も隠しごとがなければオーガストが気にする必要はな
い。そして後ろ暗いことがないなら、人目のあるところがいいかと気を回す理由もないだろ
う？　ならばこれは、まさに自白も同然なのでは。
そこで現実を直視し、ルーカスの心がしぼんだ。自白って、誰にだ。ルーカスにか？　自分
に見えたものが真実だという点は疑っていない。どうやら、オーガストもそのようだ。
「何故だ？　どうして俺がきみとランチに行かなきゃならない？」
ほかに言いようがなく、そんな聞き方になった。
オーガストが一歩、出る。高価そうなローファーの片方だけが部屋の境を越える。たったそ
れだけで、高級なコロンの香りに引き寄せられ、どこかスパイシーな香りに誘われそうになる。
香りの一番強い喉元に顔を押し付けたくなる。
「わかっているだろう」
ルーカスはごくりと唾を飲む。「そうかな？」

オーガストの笑みは狼のようだった。

「いいか、ぼくは超能力者も霊媒師も信じていない。だが、ぼくにさわった時のきみの反応は、その否定的判断を保留させせるに足るものだった」

「何を言ってるのかわからない」とルーカスは嘘をついた。

オーガストがじっと彼の顔を眺める。

「とても美しい顔をしているな」

だしぬけに褒められて、ルーカスはぽかんとまばたきした。「は?」

「中庭で見かけた時も魅力的に感じたが、近くで見ると……美しいと言っていいな。繊細ですらある。捜査官というのは粗削りで強面の元軍人タイプだとひとからげにしていたが、この容貌は……目に麗しいと言える」

「全部俺に丸聞こえだが、わかってんのか?」

己の不躾《ぶしつけ》さにも面食らったが、隠そうともしない生々しい飢えもルーカスの動揺を誘う。

「認識しているよ」

「いつも他人にそんな話題で近づくのか?」

問いただす声ににじむ無防備さが、我ながら忌々しい。

「いいや。だがほとんどの他人はぼくの意識に入ることもないからな。我々はもはや、礼儀を要する域は超えたのではないかと思う」

「脅してるのか口説いてるのか、わかりにくい」

そう口走りながら、ルーカスは喉元の拍動に静まれと念じる。

「口説いていると取ってくれてかまわない。人を脅すようなことはしない。脅しというのは、脅された側が罰を免除される可能性を提示するものだ。それはぼくの主義ではない。罪あるものには常に罰を与える」

「それは、認めてるんだな？」ルーカスは囁いた。「自分が人殺しだと認めてるんだろ？」

「疑問の余地があったとでも？　自分の透視《ビジョン》を信じていないのか？」

問い返したオーガストが、ルーカスを分析しにかかるように小首をかしげる。ルーカスのほうこそ道理に合わないというように。

ルーカスは震える手をポケットにつっこみ、足元を見下ろした。

「信じているさ。でもほとんどの人は信じようとしない」

「ぼくは量子物理学と理論物理学を研究している。SFと紙一重だと多くの人間から見なされている研究だ。透視能力について詳しいわけではないが、ぼくと接触した時のきみの反応はこの目で見ている。あれは虚偽ではない」

頭がくらくらした。この男、そこに立つ人殺しの男が、ルーカスを信じると断言している。

ルーカスの能力を信じると。

オーガスト・マルヴァニーは人殺しで、ルーカスがそれを知っていることも知っている。

「ならあんたは……何しに来たんだ？　わかってるぞって言いに来ただけか？　なんでここにいる？」

オーガストが肩をすくめた。

「補足させてもらおうかと。きみの動揺を鎮めるために。来歴からして、人殺しのそばで働くのは気が重かろうと推察されるので」

「お前、一体何なんだ」ルーカスは問いかけた。

教員同士の交流会か何かのようにオーガストが右手をさし出す。

「オーガスト・マルヴァニーという」

その手をルーカスがただ凝視していると、オーガストはやがて手を下ろした。

「よろしい。さて、昼食の招待を辞退されては、弟とのランチをキャンセルする理由もなくなった。もし気が変わったならば、裏にぼくの携帯番号が書いてある。よければ夕食でもご一緒にいかがか」

差し出された名刺を、ルーカスは見下ろし、ためらってから受け取った。これは一体どういう状況だ？　目前の人物は明らかにサイコパスだ。大勢のサイコパスと面談してきたルーカスはよく知っているが、彼らは社会的常識に鈍く、社交辞令の真似事すらおぼつかない。

怒りが頭をもたげ、血管の中で血が熱くたぎった。

「口説こうが脅そうが、俺を懐柔はできないぞ。お前の正体はもうわかってるんだからな」

オーガストがクスッと笑う。

「それは、いかなる？」

「人殺しだ」とルーカスはまた言った。出口のない堂々巡りにめまいがする。

オーガストがよこしたまなざしには感情がごっそり欠けていて、ルーカスは胃がえぐられたような感覚を覚えた。

「ふうむ、それだけがぼくではないのだが。だがそのあたりを知りたくば、夕食を共にしてくれないと」

「警察に駆けこんでもいいんだぞ」

ぴしゃりと言い返して、ルーカスは顎がきしむほど歯を嚙みしめた。

「そんなことはしないだろう」

答えたオーガストの顔に獣めいた笑みが戻っていた。

ルーカスはもぞもぞと足を踏みかえる。

「どうしてそう思うんだ」

身をのり出したオーガストの息がルーカスの耳元をくすぐった。低いざわめきのような囁き。

「知れたことだ。誰にも信じてもらえない」

その言葉を最後に、オーガストは背を向けて去っていった。名刺が指を焼くように感じながら、ただ見送るルーカスを残して。

くそったれが。

3
August

「父さんに会わずに帰って本当にいいのかよ？」アダムが聞いた。

その問いはオーガストにではなく、向かいに座る兄のエイデンに向けられていた。風が気持ちいい日だったので、兄弟はパティオの端のテーブルを囲んでいる。近隣テーブルからの聞き耳も届かないところだ。マルヴァニー兄弟のランチは常に活気があふれている。今日のように四人しかそろってなくてもそれは変わらず、そして話題はあまり一般人向けではない。

エイデンは滅多に帰ってこない。実際、この弟の帰省は数年ぶりのことだった。テキストメッセージやメールで連絡は取り合っているが、それにとどまり、電話一本かかってこない。どうしてなのかは誰も知らない。まあもう一人の相手は知っているのだろうが、決して明かさないので、帰りの飛行機の前にと兄弟でこうして口出しの機会を作ったわけだ。

エイデンは末っ子のアダムをうんざり見た。

「あの人はお前の父親だろ、俺のじゃない」

父に向けられるその毒は、オーガストには理解できないものだった。もっと深く知りたいし、鋭く尖った何かでエイデンをつついて秘密を洗いざらい吐かせたい。そうするかわりに炭酸水に口をつけた。「お前が同じことを我々、つまり兄弟には言わず、父さんにだけ言うのは興味深いことだな」

長兄のアティカスが、赤毛に指を通してから眼鏡を押し上げた。「たしかに鋭い着眼点だ。何故お前は父さんと縁を切っておきながら、我々は免除した？」

エイデンがうんざりと天を仰いだ。

「だから帰ってくるのが嫌なんだ。お前らは大げさだ。俺は縁なんか切っちゃいない。あの人が俺の父親だったことがないだけだ。〝養子〟にされた時、俺はほぼ十七歳だったんだぞ」物言いをつけるかのように『養子』の部分を指でくくって強調する。「父親だと思ったことは一度もないし、あっちだって息子だなんて思っちゃいない」

「嘘ばっかし」

アダムが断じて、糖分たっぷりのソーダに手をのばすと、一気に半分空けた。

オーガストの視界のはじにも、この元モデルの弟をうっとり見つめる娘たちの姿が映っている。アダムはゲイだし、予約済みの男だが、それでも恋心は醒めやらずで、それどころかノアと出かけるとさらに加熱するのだ。どうしてかアダムはまったく気にならない様子だった。末っ子だから注目に慣れているのだろうか。

オーガストは、アダムの短く切られた爪の黒いマニキュアを眺めた。何箇所か欠けが入っているのだが、それすらあえてのお洒落に見えてくる。中央分けの黒髪が、けぶった青い目に無造作にかかっている。破れたジーンズと色褪せたデザイナーTシャツは千ドルはするだろうが、ゴミ箱から拾ったものをそのまま着ているような格好だ。堕落を着こなしている。

オーガストはエイデンに視線を戻した。

「いいや、それ以外にも何かあるはずだ。いずれ我々は掘り当てるぞ。どうせなら今言ってしまったらどうだ？」

エイデンが皿を押しやって二人をじろりとにらんだ。

「言うようなことはねえよ。お前らはないものを作り出そうとしてるだけだ。サイコパスが六人そろってどうしてこうもゴシップ好きなんだ、食いついても何もねえよ」

エイデンはあまり健康そうに見えなかった。赤茶の髪は肩までのび、ボサボサのひげが顔を半分覆っている。常のとおり、そこには険があった。世界に失望させられつづけているかのようだ。父であるトーマスからあらゆるものを与えられてきたにもかかわらず。エイデンは、それも認めないだろうが。

「口ではそう言ってるけど、ボディランゲージが嘘だと叫んでるな」アダムがエイデンをじろりと眺め回した。「俺たちに嘘は通用しねえぞ」

エイデンが顎の筋肉をピクつかせた。

「俺をランチに誘ったのはこのためかよ？　お前らの父親に俺がなじめてないのはどうしてかって、尋問しに？」

アティカスがパチンと指を鳴らす。「ほら、来た。まさにここだ。『お前らの父親』。どういうことだ？　これだけ時間が経ってもなお、お前は何らかの鬱屈を抱えている。お前たち二人で話し合えないことか？」

エイデンがスコッチを含んだ。「もう話はついてる。俺は国の向こう側で暮らし、あの人は任務をよこして労力分の金を払う。それにだ、小うるさく言ってるのはお前らだけだろうが」

「それは、お前がいなくなってから父さんの様子が変わったからだ。まるで……嘆いているかのように。せめてこちらにいる間に会っていけばよかっただろう。顔を出すだけでも」

たしなめるアティカスの口調は、長兄ならではの押し付けがましさに満ちていた。

エイデンがコンクリートの床でけたたましく音を立てながら鉄の椅子を引いたので、ほかの客が一斉にこちらを見た。

「じゃあな、じつに楽しかったよ。次はもうねえぞ」

「座れ」とアティカスが声に合わせてテーブルを指ではじく。

エイデンが中指を立てた。「俺にボス面すんな」

アティカスは打ち上げられた魚のように口をパクつかせ、アダムがニヤついた。どう見てももうエイデンを席に戻せそうにない。

全員を引き止められる唯一の切り札を、オーガストは使った。

「ぼくのことを知っている人間がいるようだ」

にらみ合い中の兄弟がそろってくるりと向き直り、彼に注目する。

「知っている？」アダムがくり返す。「それってつまり、ガッツリ裏までご存知、ってこと？」

「アダムのペット以外の誰かが？」アティカスがあっけに取られた顔をした。

今度はアダムが中指を立てた。「ノアは俺のペットじゃねえ」

「話を戻すぞ」エイデンが呟いた。「お前のことを知っているのは誰だ？」

「新任の教授だ」オーガストは吐息をついた。

「どうしてそうなった。また被害者の誰かの親戚か？　立ち聞きされたか？　見られたのか？」

アティカスが答える間を与えずにまくしたてる。

「どれも違う」オーガストは断じた。

エイデンがドサッと椅子に戻る。「その同僚に知られてるという根拠は？」

オーガストは息を吐いた。「正体はわかっていると言われた」

「ムカつくクソ野郎って意味じゃなくて？」とアダム。

「キモいとか」とアティカスもつけ足す。

エイデンまでうなずいた。「あるいは単なる変人」

オーガストは薄目になった。

「彼は、ぼくが人を殺しているのを知っていると言った。人殺しと言った。何らかの比喩だとは考えづらい」

「どうしてその男が知っている？」

顔を無毛の猫のようなピンク色に染めて、アティカスが詰問した。

オーガストはまた炭酸水に口をつけ、舌の上ではじける感触を楽しむ。

「彼が透視能力者だからだ」

兄弟たちは視線をチラチラと見交わし、オーガストがオチを言うのを待つようにしていたが、そんなものはない。

ついにアティカスが言った。

「冗談だろう」

「違う」

オーガストは首を振った。

「まさか信じてはいないよな？　お前は曲がりなりにも科学者なのだから」とアティカス。

「でもさ、そいつは兄貴に人殺しと言ったんだろ。ならとにかく人格をディスったわけじゃなさそうだ」アダムが言った。「どこからバレたにしても、マジなやつっぽい。で、どうすんだ？」

「わからない」オーガストは答えた。

「わからない？」アダムがオウム返しにする。「その顔には、何か考えてるって書いてあるぜ？」

首を振り、オーガストは適切な言葉を探そうとする。

「ぼくは何と言うか……彼を、遊びたい？」

これは適した言い方だろうか。オーガストはルーカスを開いて、ルーカスという人間を構成するものを見てみたい。つついてみたいのだ、犬がおもちゃにするように。彼のどこを押せばキィと鳴くのか知りたい。

「あ、遊ぶだと？」アティカスが唾をとばした。

「それはお人形遊び的な意味か、それとも猫が殺す前にネズミをいたぶるやつか？」

確認するエイデンは、どっちだろうとかまわないようだ。

「ぼくは彼を傷つけたいわけではない……とにかく過剰には。多少ならいいが。確かめてみたい……彼が限界に至って抗うまで、ぼくをどこまで許すのか」

アティカスが目をむいた。「貴様は何を言っている。父さんに報告するべきだ。我々は、脅威の芽を摘まなくては」

「〝脅威の芽を摘む〟」席に着いてからおよそ初めて、エイデンがニヤッと笑みを見せた。「さすが優等生ちゃん」

「一家の刑務所行きを防ごうとして何が悪い」アティカスがむくれた。

アダムがそれを手で払い、注意をすべてオーガストへ向けた。「つまり具体的には？」

オーガストはじっくり考えて、

「まだわからない。誰も彼を信じはしない。直感しか裏付けのない話だ。すでに彼は信用を失っている。ぼくも彼を脅威とは見なしていない。実際には」

「ならどうしてこの話をした？」エイデンが眉を寄せた。

オーガストは溜息をつき、飲まないまま唇にグラスを当て、飽和した炭酸ガスが肌ではじける感覚を味わった。

「彼は……とても美しい」

アダムが笑顔になる。「ヤべえな。オーガストが同僚に恋しちゃったぞ」

そうなのか？　オーガストは男というものを道具以上に見たことがない。セックス自体ほとんどしないし、してもおざなりなものだ。愛着というものを抱く能力を持たないし、しばしば臓物まみれで夜をすごす彼が、何も知らない相手と関係を結ぼうとするのは失礼に思えた。

「ぼくはただ……彼の匂いが気に入っている。彼を見ると、その肌はどんな味がするのかと考えてしまうだけだ」

「はっ。お手柔らかに、ダーマー〔※実在の連続殺人犯〕。それ以上聞かせてくれるな」とアダム。

「それ以上なんてあるものか。向こうはお前を人殺しだと思っているんだぞ」アティカスはもう発作でも起こしそうだ。

「人殺しだから、それで？」アダムが切り返す。「俺が人殺しだってノアは気にしないぜ。軍人のパートナーだって、相手が戦場で誰か殺してきても気にしないだろ。兄貴の可愛いサイキックちゃんもそうかもな」

首を振って、エイデンが小さくニヤついた。「そいつ何者だ？」

オーガストはちらっと視線を投げる。「新任の犯罪心理学の教授だ」

「どうせなら警官とデートしたらどうだ」両手を広げたアティカスがすっかり血が上った様子で言い放った。

「えー、心理学の教師と警官を一緒くたにするなよ」とアダム。「ちゃんと話を聞こうぜ」

オーガストは肩をすくめる。「彼は元ＦＢＩ捜査官だ」

「聞いたか!?」バタバタとアティカスが手を振った。そして矛先をオーガストへ向ける。「お前は我が家の賢い担当のはずじゃないのか」

唇をきっと結んでアティカスに一瞥をくれてから、オーガストは言い返した。「ぼくは賢い。証明する書類もある」

「なら賢く振る舞え、チンコで物を考えるのはやめろ」とアティカスも言い返す。

オーガストは気色ばんだ。

「ぼくの陰茎はぼくの思考プロセスに何らの影響を及ぼすものではない。彼には何かを感じるんだ……」

目をキラキラさせて身をのり出したアダムが、「どんなどんな？」とテーブルに腕をのせた。

ルーカスのことを、そのダーティブロンドと緑の目を、オーガストは思い描く。

「彼は……柔らかだ。傷つきやすい。繊細ですらある。ぼくは……彼の限界を知りたい」

「笑わせる、繊細なFBI捜査官か」とアティカスが鼻息をついた。

「だが、そうだ。彼はプロファイラーだ。内勤の。過去に何かが起こり、それがいわば彼に、ひびを入れた」

「その男の限界を知りたいってのは？」エイデンが眉を上げてうながす。

オーガストは苛立った息をこぼした。「これまで人や物を見て、それを自分の手元に置きたいと思ったことはないか？　つまり、外界から彼を守りたいと思うが、同時に無力に怯える姿にもきわめて……魅了されるとか？　彼が、ぼくの前でだけ、脆《もろ》くあれと思う」

「おしまいだ」とアティカスが呟いた。

うまく伝えられていないと、オーガストにはわかっていた。だがどう言えばいいのかわからないのだ、自分こそルーカスを一つに保ち、同時にバラバラに壊せる存在でいたいという事実を。ルーカスに懇願させたいし、守られている安らぎも与えたい。ルーカスで遊び、彼をいたぶり、追いつめ、少し泣かせたりできたなら……という想像のせいでかつてないほど昂ぶってしまい、テーブルが股間を隠してくれるのがありがたいほどだ。

「よくわかるよ」アダムだ。「俺もノアを見ると、同じだからね。無力で怯えるってところはちょっと違うし、歪んでると思うけど――批判じゃねえぞ――ノアを一目見て、俺のものだってわかったんだ。コレって進化か何かと関係あんのかね？」

アティカスがあきれた。「わかったふりで科学の話などするな。執着は進化と関係ない」

オーガストは鋭い目をアティカスへ向ける。

「ぼくは科学にはいささか通じているし、己の言葉はよく理解できている。ぼくは彼がほしい。彼はすでにぼくの正体を知っている。何者なのか。なら、今以上どのような厄介が起こりうる？」

「お前を利用して証拠を集め、一家丸ごと告発するとか？　裁判、晒し者、そして父さんの研究は灰になり、失意の死を迎える」アティカスが言った。「一つの例だがな」

エイデンがふうっと息をついた。「こいつはもう決めてるのさ。ほら」とオーガストを指す。「こんなに目をキラキラさせてうっとり話すこいつを見たことあるか？　弦理論とか殺しのこと以外で？」

逃げ場もなく、やむなくオーガストは兄弟三人からの顕微鏡でスライドを検分するようなまなざしに耐えた。

「父さんが癇癪を起こすぞ」とアティカスがぼやく。

アダムが肩をすくめた。「そうかな。新しい実験だってノッかるだけかもよ、俺とノアの時みたいに。ほら、父さんは俺たちを新しい環境に放りこんで反応を見るのが好きだから」

「パパの可愛いモルモットか。いい子だねえ」エイデンが嘲笑した。

「ご機嫌ナナメかよ？」アダムが応じる。

エイデンは肩をそびやかし、

「実験済のネズミの末路を知ってるだけさ。俺たちを殺しゃしないだろうけど、研究を表沙汰にしないためならあの人は何だってやるだろうよ。お前らがこのヤバい一家に引きずりこむ相手は、一つ機嫌を損ねりゃ処分されるリスクを背負うんだ。そこは教えといてやるんだな」

オーガストは、ルーカスがマルヴァニー一家に加わる可能性をじっくり検討した。アダムの恋人、ノアは苦もなく溶けこんだ。だがノアは過酷な育ちで、殺すしかない人間がこの世に存在することをわかっている。ルーカスにそれが理解できるだろうか？　いつかは？　オーガストはそれを望むのか？　オーガストは二人の人生を溶け合わせてしまいたいのか？　今朝たまたま行き合ったにすぎない相手と。

だがルーカスをそばに置けるなら……彼を独占できると思うと、オーガストの内側が震える。ルーカスのような人間がオーガストのようなものを信頼してくれる――その力がオーガストの芯で何かを煮えたぎらせ、すべての思考を麻痺させる。

ルーカスはオーガストに心を開くだろうか？　オーガストのような男に無防備さをさらけ出すか？　信じて、あらゆる形で身をゆだねてくれるだろうか。

「空港へ向かう」エイデンが腕時計を見た。

「車で送る」アダムが応じる。

エイデンは首を振った。

「Ｕｂｅｒをたのむさ」

「何もプロポーズしてるわけじゃねえ、空港まで乗せてくって言ってるだけだ。変に意識すんなよな」

エイデンが「わかったよ」と溜息をついた。それからオーガストへ向けて、

「もしこのサイキックの件でヘタ打って、逃げたほうがいい有り様になったら知らせろよ。いいな？」

オーガストは別れの手を振ってやった。そのままアダムとエイデンは去り、パティオからまっすぐアダムの黒いＢＭＷ７シリーズへ向かう。どうせトーマスの車だろう。アダムは父親のガレージを我が物顔で使っている。

給仕がやってくるとオーガストは彼女に自分のカードを渡し、テーブルごしににらんでくるアティカスを黙殺した。

やがて、ついにアティカスが口を開いた。

「するべきでないのはわかっているだろう。我々全員を危険にさらすつもりか」

オーガストは首を振った。「彼はもうぼくを認識した。すでに我々は危険にさらされている。せめて、懐に入れれば、ぼくにも彼の気持ちを変えられるかもしれない」

「お前に？　拷問が大好きでわざわざ外界をほぼ遮断して生活し、誰にも理解すら望めないような謎を解こうと己の世界に延々と没頭しているお前にか。向こうの趣味はどうせスポーツやらゲームやら、知らんが、せいぜい切手集めが関の山だろう。たとえお前が冷血な人殺しでなくとも、気が合うはずもない」

オーガストはニコッとした。

「どうかな。彼は人殺しを捕まえるのが好きらしい。ぼくは人殺しだ。相性はいいのでは？」

立ち上がりざま、アティカスが嫌悪の一瞥をオーガストへくれる。

「やってられるか。貴様のせいで我が家は滅亡するな」

「もう少し信用してくれてもいいだろう、兄上」

そう返しながらオーガストの頭はすでにあの――アダムは何と呼んだか、そう、オーガストの『可愛いサイキックちゃん』に何をしたいのか妄想を描きはじめていた。

もう一度会いに行かねば。

今夜。

4
Lucas

毎夜のごとく、今夜もルーカスは絶叫しながら目を覚ました。

心臓が胸で荒れ狂い、全身が震えて、シーツやボクサーパンツが汗びっしょりになっている。おさまることのない悪夢。何ヵ月経とうと、薬やらカウンセリングやら厄介なビジョンから心を守るのに使ってきた小技やらも、何一つ効かない。時おり思うのだ、自分にはもうこれしか残されていないのかもと。血と痛みと恐怖しか。

こんなふうに生きていたいのか？　これで生きていると言えるのか？　ただ息をしているだけとどう違う。起き上がって仕事へ行き、帰宅して物を食う。それはただの……染み付いた習慣であって、同じ一日の反復にすぎない。

目をこすり、ベッドから転がり下りると、バスルームへ向かった。明かりはつけずにシンクそばの小さな常夜灯だけで動く。シャワーの水温を最低まで下げ、凍るようなしぶきの下に入って思わず息を詰まらせていた。ただそこに立ち、目をとじて、ビジョンの残りを洗い落とせるよう祈る。

女の悲鳴。懇願。泣き声。血。何かのモーターが回る音。歯医者のドリルのような。壁に拳を叩きつけてその光景を振り払おうとしたが、どうにもならない。

しまいにやっと水を止め、体を拭って裸で寝室へ戻った。黒い下着を穿いてからベッドに向かう。シーツを替えるつもりだったが、結局マットのふちにどさっと座って壁を凝視した。

肩がうずく。悪夢の後はいつもこうだ。医者の言うとおりかもしれない。すべてはルーカスの精神の中だけにしかないのかも。襲われてからもう三ヵ月経つ——自分と同じ入院患者にガラスの破片を肩に突き立てられてから。完全な不意打ちだった。

うなじの産毛がはっとそそけ立ち、恐ろしいことを悟ったと同時に、脳の深奥部が危険の警告を放ちはじめる。

誰か、いる。

視線を回し、闇を透かした。影に沈む隅の椅子に人影を認めた瞬間、脳がショートした。

ベッドサイドテーブルに備えたナイフはそのままだったので、ありがたくひっつかむ。だが立ち上がりはせず、ルーカスは囁くように聞いた。

「誰だ」

いつかこの日が来るとどこかで覚悟していたはずなのに、声ににじむ恐怖がくやしい。コーンが、あの患者がやり損ねたことの仕上げをしに来るのは、どうせ時間の問題だったのだ。あるいはあの時のように誰かを雇ってやらせるか。

侵入者が姿勢を変え、顔だけが影の中に残った。

「いつも悲鳴を上げて起きるのか？」

ルーカスの体から緊張が抜けた。コーンじゃない。オーガストだ。オーガスト・マルヴァニー。ルーカスが出会ったもう一人のシリアルキラー。危険には変わらないし、あるいはもっと悪い相手かもしれないが、ルーカスを殺そうと企んだことはないからその点だけはマシだ。

「どうやって入った」

聞きながらナイフの柄を握りしめた。

立ち上がったオーガストがゆったりと進み出て、寝室へ差しこむ月光をまだらに浴びながらずいとルーカスへ迫った。ルーカスは前かがみに座ったまま、それでもナイフを持ち上げてオーガストを制した。

「それ以上近づくな」

言葉に力はない。疲れ切っていた。むしろ終わらせてほしい。

オーガストの声は低く、歌いかけるようだった。

「持ち方が間違っている」

「え？」

目の前にオーガストが膝をついたので、ついに顔が見えた。手をのばして顎のざらつきを撫でたい衝動をこらえる。誰かにふれたいとこんなに強烈に煽られたことはない。接触は、いつもルーカスにとっては不吉な行為でしかなかったはずなのに。

その衝動を押しつぶす。普通の人間は人殺しを魅力的とは感じないものだ。自分がＦＢＩの適性試験を通ったのが信じられない。とっとと隔離されているべきだったのだ。

オーガストの指がルーカスの腕をなぞり上げ、産毛をくすぐるように指先でたどられて、肌のざわつきにルーカスは息を呑んだ。今回は何の閃景《フラッシュ》もなく、ふれるかふれないかの愛撫が股間を熱くする。魅入られたように凝視していると、オーガストの指がゆるやかに、ナイフを握るルーカスの手に届いた。

「俺を殺しに来たのか？」

ルーカスは問いかけた。その考えも、おかしなことだが、もう怖くはない。

オーガストは謎めいた笑みを返したが、答えなかった。優しく、ルーカスの手を得物の柄からはがす。その刃を心臓に突き立てて終止符を打ってほしい。

そうはならず、オーガストはナイフをくるりと返して刃を上向きにすると、またルーカスに柄を握らせた。

「あんなナイフの持ち方では殺される。下向きの刃は無意味だ」

ルーカスの手首を握り、オーガストはナイフの先端を自分の心臓へ向けた。

「こうすれば、ここが刺せる」刃をさらに喉元へ動かす。「ここを切り裂くこともできる。ものの数秒で失血死だ。刃が上向きなら、どう振っても相手に手傷を負わせられる。致命傷にならなくとも、とどめを刺すだけの肉塊に刻める」

邪気のない、かすかな笑みだけがある声だった。

「楽しんでるのか？」聞きながらルーカスは状況をつかもうとする。「俺は誰にも言わないよ。そのことなら心配いらない。あんたも言ったけど、どうせ誰も信じやしないし。俺を殺したいならさっさとやってくれ」

オーガストは哀れむようにルーカスの頬を手の甲でそっと撫でた。「大丈夫か？」

ルーカスからむせび泣きがこぼれた。大丈夫か？　そんなわけがない。大丈夫とはほど遠い。正気が壊れてきている。色々なものが聞こえて、見える。職を失い、信用を失い、右手にも後遺症が残った。毎晩悲鳴を上げて目覚め、人間らしく機能するためだけに十以上もの薬を必要としている。

もう、こんなことは続けたくない。

「たのむ」懇願して、ルーカスは濡れた目をとじた。「やってくれ」

痛みを待ち受けたが、訪れなかった。かわりにそっと唇が押し付けられて、そのままとどまる。ルーカスは身を引かなかった。そうしようとすら思わなかった。だが、すぐに終わる。

ルーカスが揺れる瞼を上げると、オーガストが言った。

「ぼくは、危険な人間を排除する団体で働いている。司法の網がとりこぼした人間を」

ルーカスは眉を寄せた。

「天才で、金持ちで、犯罪者を倒す自警団？　あんた……バットマンか？」

オーガストがニコッとする。

「まさしく。怯えは無用、ぼくは善人側だ」

「人を拷問して殺す善人？」とルーカスは仏頂面で返す。

「そうだが」しごく当たり前のように返ってきた。

オーガストにはどこか、胸を騒がせるものがあった。念入りに人間のふりをしているが、なりきれていないような。その微笑、強烈すぎる凝視。この男はサイコパスだ。明らかに。オフィスでも疑ったことだが、もはや確信だった。

それでもルーカスはオーガストを帰したくはなかった。狼と仲良くなるようなものだろうか。喰われかねない相手だが、そんな生き物に近づける魅惑のチャンスが惜しい。

ルーカスは首を振った。

「そんなの……狂っている」

オーガストが視線を合わせ、

「狂っているというのは、害のある言い方だ。心理学の学位を持つお前ならわかるだろうが」

とたしなめる。「ぼくにさわってみろ。見てみろ。脳の中を好きなだけのぞけばいい」

「俺にナイフを下ろさせようという魂胆か？」

たずねたルーカス自身、馬鹿げた文句だと思った。オーガストはいつだろうとナイフを奪えたのだ。ルーカスはまさしくいいカモだ。でかい半裸のカモ。

ルーカスの膝を押し開いたオーガストが身をのり出すと、刃の先が彼の肌を裂き、白いドレスシャツに真紅の色が咲いた。

「それで安心できるならナイフは持ったままでいい。ぼくを恐れてほしくない」

ルーカスは眉を寄せた。「どうして」

「どうして？」

聞き返したオーガストはあからさまに楽しそうだ。流血などどうでもいいように、さらにのり出して、もっと近づけるならナイフの柄までめりこませそうな様子だった。

いくら何でも、こんなのは夢だろう。ウイスキーで薬を飲むべきではなかった。それでもとにかく安らかな一夜がほしかったのだ。それももう台無し。

「ああ。どうして恐れてほしくないんだ？　俺からどう思われてるか、どうして気になる」

「お前がほしいからだ」

端的に、オーガストが告げる。

「何のために」とルーカスは口走っていた。

オーガストのまなざしがルーカスを舐めるように動く。笑いはすっかり失せ、かわりにむき出しになった飢えがルーカスを身震いさせた。

「それは色々と、だ。だがどれも、お前が信じてくれたとわかるまでは起こりようがない」

ルーカスはオーガストの胸元からナイフを引くと、横手のベッドに置いた。

「血が出てる」

「問題ない」オーガストがルーカスの手を持ち上げ、自分の顔に押し当てて、目をとじる。自分こそ安らぎを求める側であるかのように。「やってみろ」

相手の頑固さにルーカスは首を振った。深く息を吸いこむと、自分の障壁《シールド》を解いてオーガストへと精神を開放しながら、固く身がまえた。

だが血は見えなかった。悲鳴も聞こえない。今回のビジョンは……整然としたもので、どうやってかオーガストに導かれているようだ。ファイルやパソコンの画面、逮捕写真《マグショット》の連続、人々のいる会議室、ホワイトボードに留められた顔写真。オーガストの言葉を裏付けるほどの映像はないが、真実であると感じた。

ルーカスは目を開けた。まだオーガストの顔を手で包んでいる。

「あんたは……スーパーヒーローなのかよ」

オーガストのなめらかな笑い声が深く豊かに響いて、涼しい水のようにルーカスを包んだ。

「スーパーパワーがあるのはそっちではないのか？　だが我々は、罪無き者は殺さない。それは掟に反する。お前に手出しはしない」

ルーカスはそれを信じた。ただ、知ったところでどうすればいい。すべてが解き明かされたようでいて、何もわからない。二人は完全な他人同士。なのにこんな夜更けにルーカスの寝室で、オーガストは膝立ちでルーカスは半裸のままだし、今しがたルーカスにとってはセックスよりも密接な体験を共有までした。

「俺の部屋に侵入したのはどうしてだ？」

視線を上げたオーガストが拗ねた顔になった。

「お前から電話もメールも来なかった。会わずにはいられなかった」

「会わずにはいられなかった？」ルーカスはオウム返しにする。

目を上げたオーガストが「この上なく」と熱っぽくうなずいた。

ルーカスはぽかんとまばたきした。

「俺に会わずにいられないからって、まず最初にするのがうちのクッソ固いセキュリティシステムをバイパスして侵入し、俺の寝顔を眺めることか？　メールぐらいから始めろよ」

オーガストが肩をすくめた。「番号を教わってない」

「セキュリティの暗証番号だって教えた覚えはないけど、ちっとも諦めてないだろ」とルーカスは指摘した。

「そうしていたら招いてくれたか？　メールしていたら？」

本心から知りたがるようにオーガストがたずねた。

ルーカスはあらためて考えこむ。あれだけのことを知っていて、自分はオーガストを家に入れただろうか？

「わからないな」正直に答えた。「でも俺に会いたいからって、すぐ家に押し入るようなことはやめてくれ」

「了承した」陽気に請け合ったオーガストは、いつの間にか交渉で大いなる戦果を勝ち取ったかのように得意げだった。「もう一度キスしていいか？」

ルーカスはつい困った笑みを浮かべていた。「駄目だ」

オーガストが唇を尖らせる。「わかった。泊まっていってもいいか？」

「はあ？　駄目だ」

「何故だ」

見るからに不機嫌に言い立ててくる。

ルーカスは困惑した。

「何故って……あんたは他人だろ。バットマンとか何とかはともかく」

「さわらないと約束しても駄目か？」

そこが厄介なところだ。ルーカスは、オーガストにさわってほしいのだ。自分の中の、論理や理性で支えられていた基盤はすでに崩壊し、残ったのはどうしようもない自暴自棄な部分ばかりだ。そこがオーガストを引き止めて、その手をほしがっている。

最後に誰かをそんなふうに近づけられたのは、いつのことだろう？

「どうして泊まろうとするんだよ」

「お前を安全に保ちたいからだ。守るためだ」

「俺のアタマから俺を守ることはできないよ」

「やってみることはできる」とオーガスト。「それくらいはさせてくれてもいいだろう」

ルーカスはじっくりオーガストを観察した。どこまでも誠実な表情だ。精一杯の努力がにじんでいる。

「こんなのどうかしてるよ。幻覚を見てる気分だ」

「たのむ、ここにいさせてくれ」

そう言いながらオーガストがそれは大きな目をして、悲しげにルーカスを見つめた。

ルーカスは鼻を鳴らす。

「俺を操ろうとしてるだろ？」

「当然だ。効いたか？」

深々と息を吸い、吐き出す。ああ、効いた。参った。自分はあのまま精神病院に隔離されているべきだったのだ。

「わかった、いいよ。でもシャツは脱げよ」顔をニヤつかせてオーガストがシャツのボタンを外す。「血が出てるから」とルーカスは補足した。

今さら気付いたように、オーガストが下を見る。彼がシャツを剥ぎ取った瞬間、ルーカスは己の失敗に気付いた。思っていたほどムキムキのストリッパー体型ではなかったが、オーガストの体は鍛え上げられており、胸元と腹で焦げ茶色の体毛がカールしている。血まみれでもいいからシャツは着せておくべきだった。

オーガストの手を借りてシーツを替えた。ルーカスはシーツの間に滑りこみ、二人の間に枕の仕切りを立てた。

オーガストがそれを愉快そうに眺める。「ズボンは脱いでもいいか？」

ルーカスはあっけにとられた笑いをこぼした。「駄目だ」

「本当に？」

「ああもう。勝手にしろ」

仕事に行くまでほんの二、三時間の睡眠惜しさに折れた。オーガストがズボンを脱いでシーツの間に入ってくる。ルーカスは目をとじた。

オーガストの顔が枕の壁からひょいとのぞいた。

「朝になったら朝食につれていってもいいか？」

「駄目だ」

オーガストがぼすんとベッドに沈む。

「キスもできない、さわるのも駄目、朝食もお断り？　せっかく泊まれたのに何の楽しみもない」

ルーカスはクスッと笑った。「ならどこか別の男の家に押し入れよ」

またオーガストの顔が出る。「別の男などいらない。お前だけだ」

そもそもルーカスはオーガストの男などではないが、そこは指摘せずにおいた。言ったところで無駄だろう。聞く耳など持たないし、どうやらオーガストは一方的に、ルーカスが自分のものだという内なる結論に至っている。人殺しのサイコパスにそんなふうにロックオンされたなんて、どう考えてもパニック発作ものの事態だろう。なのにルーカスは寝返りを打つと、安らかな眠りに落ちていった。

5

August

「部屋に侵入してそいつの寝顔を眺めてきたのかよ？」

愉快そうなアダムのまとめ方に、オーガストは視線をくれた。

「そういう言い方をされるとぼくがストーカーのようだろう」

大学へ行く前にアダムのロフトへ寄ったのは、どうやればルーカスに愛してもらえるか——少なくとも他の人間よりオーガストを好きになってもらえるか、聞くためだ。キッチンテーブルの前にはほかにもアダムの彼氏のノアと、弟の一人、アーチャーが座っていた。

大きな茶色の目とそばかす持ちのノアは、いつ見ても教会の礼拝帰りのような風情で、漆黒の髪と淡い青の目をしたアダムとは強烈なほど対照的だ。それでも二人は完璧に調和していた。

「いやストーカーだよ。寝顔を見に部屋に忍びこむなんて、やっちゃ駄目だよ」とノアがたしなめた。

オーガストは眉を寄せる。

「何故だ？　アダムもお前に同じことをしただろう」

ノアはぎょっとしてアダムを見た。

「してたねえ。きみら兄弟はみんなヤバいな」

「うちの兄弟は人殺しの集まりだよ。知ってたろ。だから俺たちのせいじゃなく、ヤバいのはお前の趣味」アダムがノアに笑いかけて、引き寄せた頭のてっぺんにキスをした。

「それだ。その、キスしたり抱擁したり。それをしたい」とオーガストは宣言する。

アーチャーがうんざりと唸った。「マジかよ。酒なしで聞いてらんねえ」

アダムの家にアーチャーがいたのは予想外だった。昼前に姿を見かけるだけでも珍しいのだ。

プロのポーカープレイヤー兼アマチュアのろくでなしであるアーチャーは、自己の悪徳をうまく華麗なキャリアに花開かせていた。

いつものごとく海賊船から転がり落ちたような姿で、黒髪は乱れているし彫りの深い顔には数日分の無精ひげだ。ラムのボトルがあれば完璧。どうせそれも家を出る前に飲み干してきたことだろう。

ノアがアーチャーをしっしっと手で払った。

「あれは気にしないで。その相手とうまくやっていきたいなら、とにかく——絶対の絶対に——ここにいるおバカさん二人のアドバイスは聞いちゃダメだよ。てか、ぶっちゃけ、マルヴァニーの名字を持つ誰の話もダメ」

「ひどい」とアダムが傷ついたふりをする。

「いや納得だろ。ベッドにつれこむ方法なら俺も教えられるが、セックスが済んでからはお手上げだ」アーチャーがそばのキッチンチェアに靴を履いた足をどさっとのせた。「サイコパスの集団に恋のアドバイスとか期待するだけ無駄だろ」

オーガストの視線は、この場で唯一の非サイコパスである人物へ向かった。

「どうやればぼくは彼に好いてもらえる?」

身をのり出したノアが下唇をぺろっと舐めた。

「じゃあまず、今日別れた時の様子はどんな感じ?」

朝の光景へオーガストの心が戻る。目覚めると、ルーカスは枕の防壁を自分で崩し、オーガストの領域を侵犯していたのだった。オーガストは愉快な気分で、彼の腕を専用枕のように抱えこんで上腕部に顔を押し当てたルーカスを眺めた。ルーカスの枕でいるのは悪くなかった。

「彼が起きる前に部屋を抜け出した」

「彼と寝といて、ほったらかしにしたわけ？」

ノアが唖然としているような声を上げた。

オーガストは眉を寄せる。

「いや？　違う。セックスはしていない。一緒に眠ってもいいか許可を取っただけだ」

ノアが両手で顔をこすった。「兄弟そろってアンドロイド？　ロマコメ映画を一本も見たことがない？」とオーガストに指をつきつけた。「どんな本も三十分で読破できるくせに、恋愛本の一冊も手に取ったことがないわけ？」

オーガストは肩をすくめる。

「どうしてそのようなことを？　誰かとつき合いたいと思ったことなどない。これまでは。昨夜、彼を訪問してその希望を申し入れた」

「向こうの反応は」とノアがうながす。

オーガストはニヤッとした。「ナイフを突きつけられた」

アーチャーがヒヒッと笑う。「お利口じゃん、そいつ。気に入ったよ」

「だからシャツが血まみれなんだね？」ノアだ。「彼に刺された？」

オーガストは眉を寄せた。「少し違う。これは自分でやった」

ノアの口がぽかんと開いた。「自分で自分を刺したわけ？　ちょっと、最初から話して」

できる限り、オーガストは前夜の出来事の細部を伝える。語り終えると、彼の前には唖然とこちらを凝視する顔が三つ並んでいた。

「うむ。助けてほしい」

「あのさあ。他人の家に押し入って、自分がバットマンだと教えて、キスをして、ナイフの刃で自分を切り裂いて、しまいに泊めてくれって押しきったんだよね？　神ですら助けられる気がしない」とノア。

「俺にはロマンス心が欠けているって二度と言うなよ？」とアダムがノアに勝ち誇っている。

ノアはニコッとしてアダムの頬を撫でると、またオーガストへ向き直った。

「オーケー、まあ、そこまでひどくはないよ」周囲から疑惑の目を受けて「オーケー、まあちょっとひどいかも」と言ったが、さらにぱちくりと凝視され、結局ノアはぶちまけた。「オーケー、たしかに救いようがない。でも、挽回はできる」

「どうやってだ？　どのように挽回すればいい？」

心から事態を好転させたくてオーガストは問いただした。ルーカスには彼を見て喜んでほしいのだ。怯えるのではなく。

「そうだね、まずはバットマンというよりブルース・ウェイン本人に近づこうか」とノアが答えた。

オーガストは困惑する。「意味がよく理解できない」

ノアが苛々と長い息を吐き出した。

「だからさ、不気味な私刑集団より、洗練された大富豪でいたほうがいいってこと」

「オーガストが？　洗練？　笑う」とアーチャーの軽口。

ノアがきっとアーチャーをにらんだ。「役に立ってない」そしてオーガストに向き直る。「わかった、洗練の部分はいいから、えーと、誠実とかでいこう。彼のために何か優しいことをしてあげるとか。何が好きなのか聞き出して。コーヒーを買ってあげて。デートに誘うんだ」

ルーカスのためにどんな優しいことができる、オーガストに？　ろくに知らない相手、何の知識もない、ルーカスから雨やスパイスの香りがすることだけしかわからない。眠っているとおだやかで無防備に見えて、彼の腕によだれを垂らして眠るルーカスを眺めた今朝、オーガストは……心の安らぎを感じたのだ。

「ぼくは、彼を手元に置きたい」

「あのさあ。それは頭の中で考えることで、口に出しちゃダメなやつ」ノアの指導が入った。

「他人同然の相手に、運命の相手だとか『トワイライト』の映画に出てくる人狼みたいなこと言って迫っちゃダメだよ。ぽかんとされるだけだから」

オーガストは肩をすくめた。

「ぼくがサイコパスだということなら彼はすでに知っている」

ノアの頭が上下に動く。「そう、うん、それは良かった。第一関門突破おめでとう。でもサイコパスだと知ることから、そのサイコパスと一生を共にしたいと思うまでには長い距離があるからね？　彼は元ＦＢＩの捜査官で、きみは人殺しだ。言ってみれば筋肉バージョンのモンタギュー家とキャピュレット家同士、因縁の相手みたいなものだろ。これはバカ高いハードルだし、きみら二人とも死にかねない」

オーガストの中で何かがギリッとねじれた。

「ぼくのような人間を彼が求めるはずがない、と思っているのだな」

「そんなことは誰も言ってないよ」とノアがなだめる。

「俺は言うぜ。ねーわ、カケラもねえ」アーチャーが呟いた。「ここ酒は置いてねえのか？」

「ノアの〝逃避用ウォッカ〟が冷凍庫にある」とアダムが親指でキッチンをさした。

唇を歪めたノアがアーチャーをにらみつける。「まだ朝の九時にもなってない」

「俺は徹夜だからそれ関係ないんだわ」

言い放ったアーチャーはウォッカを取り出し、オレンジジュースのグラスにどばどばと注いだ。

「俺は、望みはあると思ってるからな」アダムがオーガストの手に、ぎくしゃくとした仕種で手を重ねた。

「ほらそれ！」とノア。「今の。二人ともっと人間らしく見える努力をしないと……人間の真似事をしてるサイボーグじゃなくてさ。アダムはもっと、同情の顔を上手に作って。オーガストは、悪玉のボス風味じゃない笑い方を覚えて」

オーガストはそれに目をまたたかせた。

「ぼくの笑顔は悪玉のボスのようなのか？」

「おかしな物事におかしなタイミングで笑うよね。さあ人を殺すぞって時や、殺そうと考えてる時が一番楽しそう。そこはどうにかしないとね。あんまり笑わないほうがいい」

言われたオーガストの顔からあらゆる表情が抜け落ちる。

「……いや、うん、それもやめとこうか」

オーガストは椅子に深くもたれた。

「彼を棍棒で殴り倒してねぐらへつれ帰っていいのなら、ずっと簡単な話なのだが」

「あのさあ」とノア。「今のぼくの話は全部忘れちゃおうか。ルーカスには、そのままのきみを受け入れて好きになってもらわなきゃ駄目だ。いつもの自分を、ナイフ抜きで、ありのまま彼に見せなよ。人殺し以外で、何か好きなものを共有して」

人殺しより好きなものは何だろう？　音楽。無声映画。絆となるには薄すぎる。

アーチャーが獰猛にニヤリと笑った。「つまりお前は詰んだってことさ」

彼に向けてノアがフォークを投げつける。

「うるさいよ。自分はアルコール度数のラベルがついてるものとしかつき合わないくせに」

「こりゃ図星」

アーチャーが敬意を見せるふりでグラスを掲げた。

殺し以外で好きなものを、どうやってルーカスと分かち合う？　ルーカスは何が好きだろう。オーガストが歪んで組み立てられた存在だと知っても、彼を求めてくれるだろうか？　あらゆるところが歪んでいても。

「セックスはどうだ？」

そのオーガストの問いに、アーチャーが笑いながらテーブルに飲み物を吹き出し、濡れた手を拭った。

そちらをにらみつけてから、ノアがオーガストへ忍耐のまなざしを向ける。

「どうだって、どういう意味？」

「どうやれば彼に……ぼくの好きなやり方を好きになってもらえるだろうか？」

「まずお前がセックスを経験済みだってことに俺は驚いているよ」アダムが、本気の驚きと少々の安堵をこめて言った。

「どうしてだ」オーガストは眉を寄せる。

「お前は不気味だからさ、兄貴。お前とヤッたら皮を剝いでランプの傘にされるかもって誰だって不安になるだろ？」そこでノアに腕をひっぱたかれて、アダムはビクッとする。「何だよ。あっちが聞いたんだぞ」

オーガストは肩をすくめた。「普段はセックスワーカーを雇っている。話が簡単だ。余計なことは聞かないし、口が堅い」

もぞもぞとしてきまり悪そうにしながら、ノアは決意の表情を浮かべていた。

「そう、とにかくバージンではないってことだね。それは何より。素晴らしい。ルーカスがセックスで気に入らないかもしれないことって、どういう部分？　やばいフェチがあるとか？　死体愛好症《ネクロフィリア》？　まさかだけど、足を舐めるのが好きとか？」

「足フェチがネクロフィリアより問題かよ」とアダムがクスクス笑う。

ノアが「うるさい」とにらみつけた。オーガストへ向き直る。

「真面目な話、ルーカスが苦手かもって思うような、どんなことなのさ？」

「ぼくが好きなのは……」すでに思われてる以上には不気味に見られまいと、どうにか言葉を探した。「パワーゲームだ」

「ＢＤＳＭ？」問い返して、ノアがほっと肩をゆるめた。「あーよかった、普通だった。えーと、そりゃルーカスが縛られたりお尻叩かれたりするのが好きかは知らないけどさ、少なくともいざとなれば話し合える内容だよ」

どうやら明快な説明ができなかったようだ。これまでオーガストにはなかったことだが。

「もしそうした行為を、ぼくが彼からされたい側ならば？」

理解に至って、ノアが目をみはった。「あー……」

「こいつは予想外の展開だ」とアダム。

「俺は納得」アーチャーが呟いて、またウォッカを足した。

「それもやっぱり話し合えばいいよ——ルーカスとね。でもスパンキングしてもらえるかの心配より先に、まずは好きになってもらえるかどうかの心配をしようか」

アーチャーがせせら笑う。「とてもこいつは聞いちゃらんねえわ」

「俺もだ」とアダムがウォッカに手をのばした。

その手をノアがパチンとはたく。「朝ごはんもまだじゃないか」

これだ。これが何であれ。オーガストがほしいものは、これなのだ。ルーカスとこれをやりたい。他人同然の男と。まるで意味をなさないし、どうあがいてもエレガントに説明できそうにないが、オーガストは自分のためだけの人間がほしい。それがルーカスであってほしい。しかし、ノアの言うとおりだ。オーガストは変人でキモいと言われがちで、言動は常に異常。愛せはしないが守りたいのだと、ルーカスにどうやって伝えられるだろう？　彼を大事にすると。

進展があれば伝えるとノアに約束して、オーガストはアダムの家を後にした。運転席に滑りこむや、すぐさまグーグルを立ち上げて交際に関する本を検索し、トップに出てきた『5つの愛の言語』という本を選択する。言語は得意だ。七か国語話せる。あと五つぐらい学ぶのは簡単だろう。

車内に座って次々と本のページをスクロールし、奉仕行為、実りある時間、受容の言葉、贈り物の受け止め方、肉体のふれあいについて読みこんだ。オーガストはルーカスにさわりたいしさわってほしい。だがまず、小さな一歩から開始しよう。

コーヒー。コーヒーならやれる。オーガストはコーヒーが大好きだ。ルーカスはどうだろう？　ルーカスの部屋まで車で戻り、また中に侵入した。ルーカスは出かけた後で、トーストと、急いでいたか上の空かで忘れられたらしき準備済みの水筒がカウンターに置かれていた。あちこちのぞくとオーガストはキッチンのキャビネットを開け、下の棚にずらりとそろった薬瓶に手を止めた。気分安定薬、抗うつ剤、抗不安薬、鎮痛剤。

何か悲惨なことがルーカスに起きたのだ。その詳細を探り出そうと、心に誓った。

犯人

ほかの部屋で大きな発見をした。デスクに分厚いファイルが置かれている。中には行方不明者の捜索ポスターの束、几帳面なメモ書き、そして一枚の写真——ＦＢＩの上着を着た男で、首から提げた身分証にはローレンス・コーン特別捜査官と記されている。その写真を横切って、血のように赤いマーカーで一言書きつけられていた。

どんな罪の？　ルーカスが毎夜絶叫して起きるような、何があった？　透視能力という重荷にずっと耐えてきた男がＦＢＩに入って数年で心が折れるなんて、どれほどのことが起きたのか。このローレンス・コーン特別捜査官とはどこのどいつで、何の犯人なのか――。

オーガストは携帯電話を取り出すと、行方不明者の写真を撮っていった。すべてネイティブアメリカンの女性だ。最年少は十三歳になったばかり、最年長は四十五歳。ルーカスは連続犯に出くわしたのか？　その犯人が同僚の捜査官なのか。そんな目に遭えば、誰だろうと心がすさむ。オーガストの時のように相手にふれて読み取ったのだろうか？　オーガストに怯えたのも当然だ。

ファイルを戻し、部屋を後にした。ルーカスに水筒を届けようかとも思ったが、考え直してすべて手つかずの形に戻すと、施錠して去る。階段を一階まで下りると、両側に店があった。左手側は、来た時にも目にしたほぼ客のいないコーヒーショップだ。コーヒー。

店内では、ノーズリングをしたピンクの髪の娘が携帯電話をスクロールしていた。客の訪れに目を輝かせる。オーガストはカウンターの前に立ち、悪玉に見えないよう精一杯心がけて微笑んだ。報われたようで、娘は普段の相手と違って怯えた顔はしなかった。

「ご注文は？」

いい質問だ。ルーカスのコーヒーの好みも知らないし、あの水筒にコーヒーが入っていたかどうかもわからない。あれだけ薬を飲んでいるならカフェインは避けたほうがいいだろう。

ならばデカフェというものがある。

「いきなりの質問になるが、上の階の住人を知っているか？　一八三センチほど、金髪、きれいな目をしている」

「ルーカス？」と娘がニコッとした。

オーガストは安堵してうなずく。

「そうだ。彼がどんなコーヒーを注文するか知ってるだろうか」

娘はじろじろとオーガストを眺めた。「知ってるけど。毎日同じもの買ってってくよ」

しまった、今朝はもうコーヒーを買っていった後だろうか。

「今日は来ただろうか？」

娘の眉が寄った。「それが、来てないの。珍しい」

「彼にいつものコーヒーを買いたいのだが」オーガストはたのんだ。「ただしデカフェで」あまりいい顔をされなかったので「ストレスが心配なんだ」とつけ足す。

素敵、と思ったように娘がなごやかな視線をよこした。順調に進行している。

「彼、あなたの彼氏か何か？」

オーガストは溜息をつく。「今はまだ。彼に通じる愛の言語を探しているところだ」

娘はうなずいた。「なるほどね。それで心遣いのコーヒー。いい手始めだよ」

「ありがとう」

彼女が何か企むような目つきをよこした。

「カップに何かキュートな口説き文句を書いといくといいよ」

オーガストの脳がショートする。

「……それはどのような？　ぼくは、色事にはうといのだが」

「私を信用してくれる？」彼女がいたずらに笑った。

「もちろん信用などできない、きみを知らないのだから。だが、きみがぼくより適した文言を書けるのは確実だ。ぼくが書けばきっと、彼の原子が組み合わさった形が好ましいなどという内容になるだろうから」

娘の唇が尖る。「それもすごく賢そうでキュートだと思うよ。でももうちょっと色っぽくいきましょ」

コーヒーとチョコレートチップマフィンを受け取って、オーガストは手を振った。

「ありがとう」

「あ、そうだ、私はクリケットよ」

ドアを開けたオーガストに声がかかる。

「オーガストだ」

彼女はまたニコッとした。「よろしくね、オーガスト」

「こちらこそ」

ルーカスがオフィスにいなかったので、オーガストは構内を横切って社会科学棟へ向かった。大きなプロジェクタースクリーンを背にしたルーカスがデスクの前に座り、やってくる学生たちが競技場のような部屋で椅子を確保しはじめていた。

瞳と同じオリーブグリーンのセーターを着たルーカスからは色気がにじみ、もつれた金髪もあえて乱しているように見える。女学生たちがもうその美貌に目をつけ、クスクス笑って指をさしたり囁き交わしたりしていた。それを見たオーガストは彼女たちのポニーテールを切り落としてやりたくなる。

デスクに近づくオーガストに気付き、ルーカスが驚き顔で見上げた。「やあ」

「どうも。朝食を持ってきたんだ」

そう言ってオーガストは持参品をデスクに並べた。

ルーカスがどこか困ったような笑みを浮かべる。

「朝食は断ったはずだけど」

「いいや」オーガストは首を振った。「朝食につれていくのを断られたんだ。朝食を持っていくことまでは断られていない」

間を置いて、ルーカスはうなずいた。「たしかに。そうか」

「下の階のクリケットからいつものコーヒーを買ってきた。ただしデカフェで」

ルーカスは眉を寄せる。

「デカフェ？　どうして」

「イフェクサー〔※抗うつ剤〕を飲んでいるだろう。カフェインもイフェクサーも血圧を上昇させるし、すでにお前は強いストレス下にある」

自分の意図がそのままルーカスに伝わってくれと、オーガストは願う。ルーカスを守ろうとしてのことだと。

「どうして俺が何の薬を飲んでるか知ってるんだ？」

聞きながら、ルーカスが慎重にコーヒーに口をつける。

「それか。今朝、部屋に侵入して見てきたからだ」

重々しい溜息をついて、ルーカスは開けた袋からマフィンを取り出した。

「そうか、やりそうだよな。いっそ合い鍵でも渡そうか？」

「それは効率的だ」オーガストは賛同した。「後で昼食をおごらせてくれないか」

ルーカスは笑い声をこぼして首を振った。「駄目だよ」

「後で昼食を持っていってもいいか？」と再挑戦する。

あきれ顔をしつつ、ついつい、というふうにルーカスは微笑んでいた。「もしかしたらね」

オーガストはニコッとした。

「一時に行く」

「イエスとは言ってないぞ！」ルーカスが去っていく彼に声をかけた。

「ノーとも言われていない」

そう指摘して、訂正される前にオーガストはさっと背を向けて去った。

デート（仮）まで、オーガストには講義が三つある。その間にルーカスと次に会うまでそんなに待てる気はしなかったが、何とか耐えなくては。ローレンス・コーンについてカリオペに調べ上げてもらおう。あの男がルーカスを傷つけたのか？

ルーカスが幸せになれるなら、オーガストは喜んでこのコーンとやらの舌を引き抜いてやろう。

人殺しは、恋人へのプレゼントに入るだろうか？

6
Lucas

オーガストはさっさと消えてしまったので、テイクアウト用のカップをあらためて見たルーカスが書き置きの言葉に気付いたのはその後だった。

素敵な尻に素敵な一日を

つい微笑が浮かぶ。自殺願望でもあるのかと、脳内で叫びたてる警告を無視して。もしかしたら、あるのかもしれない。オーガストは明らかに危険だ。人殺し。数え切れないほどの相手を拷問してきた男。オーガストを取り囲む危険信号《レッドフラッグ》だけで野球場一帯を飾れそうなほどだ。

オーガストはルーカスの部屋に——二度も——侵入し、彼の寝顔を見て、所持品を調べ、きりがないほどの薬瓶の列までのぞかれた。ルーカスは拒否感や怒り、憤りを感じるべきだろう。なのに、何故か安堵していた。オーガストには何も打ち明ける必要がない。すでにルーカスのどす黒く暗い秘密をのぞいたのに、手のひら返しで距離を取ろうともしていない。

（それはあの男が人殺しだからだ）

どんな人間にだって欠点はある。だろう？

己の悟ったような思考を、ルーカスは鼻で笑った。物事はきれいに割り切れるものだと信じて人生のほとんどを生きてきた。善と悪。白と黒。その信念がルーカスに虚構の安心感を与え、裏付けのない虚勢を支えてきた。

なのに今は、何を信じていいのかわからない。コーンは野放しだ。人をさらってレイプしている。社会に取りこぼされた女性たちを拷問している。

正義を果たそうと正当なルートで訴え出たルーカスは、その報いであやうく殺されかかった。女性たちは命を散らした。

これからどうするべきなのか。社会を守ろうと思いつくあらゆる手段を尽くしてかなわなかったなら、オーガストのような存在以外、どんな答えがある？　これから百人もの犠牲者を許すより一人を殺すほうが合理的では？

己を正当化しているだけだろうか。すべてに見放されたルーカスが、己の正気を信じたいがために、凶悪なサイコパスの犯罪に目をつぶろうとしているだけなのか。かつての自分が恋しい。自信満々で。愉快で。思い上がってさえいた。一年前のルーカスは世界を解き明かした気分でいたのだ、たった一撃で愚かさを思い知るまでは。今ではすべてが迷いの中だ。

オーガストは邪悪な殺人者で、拷問を楽しんでいる。だが同時にモラルの厳格な線引きをしている。それにそう、奇妙に正直で、無自覚に愉快で、さらには最上級に色っぽい――とりわけ、この世界にルーカスしかいないような目で強烈に見つめてくる時には。

どれだけ見た目がよかろうが、オーガストは悪役なのだ。たとえバットマンであっても。

だがそれでも、知っている悪魔のほうが未知の悪魔よりはマシだろう。特に、ルーカスの味方をしてくれる悪魔なら。あえてぎりぎりまで認める気はないが、オーガストについてルーカスの心は決まっていた。オーガストには好き勝手にさせるつもりだ、どんな報いがあろうと。

この世界でルーカスが安らげる場所など、もうどこにもない。いずれ必ずコーンがやってくる。計画を邪魔しようとしたルーカスにどんなおぞましい報復を与えるつもりか、あの男は隠しもしなかった。なら今のうちに残された時間を楽しんだほうがいい。

オーガストは、ルーカスのことをどう思っているのだろう。膝をついてルーカスがほしいと断言したたし、距離を詰めるためだけに自分の胸に刃を食いこませることまでした。オーガストは真実を聞きたいだろうか？　ルーカスは、オーガストがくれたカップを見下ろした。手で包んだカップ。障壁を下ろせば、これを読めるはずだ。

教室に居並ぶ顔を見回した。誰もがひそひそと、一部は悪びれずに彼の噂をしているが、必修の単位惜しさからちょっかいは出してきそうにない。ではあっても、オーガストの中をのぞきたくて教室で障壁を解くなんてどうかしている。

かまうものか。あっちが薬棚をあさるなら、こっちだって頭の中を盗み見てやる。両手でカップを握りこみ、ルーカスは目をとじた。

クリケットが見え——はつらつとした店員だ——ルーカスのことを彼氏なのかと聞く質問が聞こえて、胸に広がるぬくもりに気付かぬふりをした。自分が書くなら、ルーカスの原子が組み合わさった形が好ましいとなる、というオーガストの答えも聞こえる。その言葉のほうがきっと心を奪われた。クリケットの言葉が的外れなわけではないが。自慢の尻だ。

二人の別れから、光景は……あやしくなってきて。

それは細部を欠いた連続イメージのようなものだったが、血をたぎらせるには十分だった。オーガストの両手を頭上で押さえつけるルーカス。両手を縛られてひざまずき、伏せた顔を上下させるオーガストと、見下ろすルーカス。四つん這いになったオーガストの後ろに位置どるルーカス。仰向けのルーカスとまたがるオーガスト。鋭く息を呑み、ルーカスは力をこめて目を開けた。

前列のほうからは驚いたようなクスクス笑いも聞こえたが、ほとんどの学生はルーカスが今にもキレるんじゃないかと不安そうだ。そのルーカスは実のところ、デスクの下でガチガチに勃起していた。あからさまに股間を勃てながら犯罪学者の卵たちの指導などできない。初日でお払い箱だ。

なのに、どうしても頭から離れないのだ、あのオーガストが……ルーカスに屈服させられたがっているということが。くそう。なるべく客観的でいたいのに、オーガストを完全に支配して——思いどおりにできるとか、その支配をオーガストが切望していると思うだけで、肌がほてり、ぞくぞくする。

ルーカスにとって、セックスとはかなりの恐怖がつきまとうものだ。常に気を張っていないと、うっかり相手が見せたくないところまで踏み入ってしまいかねない。何かのはずみでガードを下げてしまい、コトの最中の相手が別の誰かのことを考えているとか、虫酸《むしず》が走るような性的妄想を抱いているとわかることほど冷めるものはない。怪物のようにおぞましい犯罪者だと知るとか。

純情なバージンとはほど遠いルーカスではあるが、この透視能力のせいで彼の性体験はしばしば落胆や、一夜きりで終わりがちだった。誰かと肌を合わせてみじめな結末を迎えなかったことなど、片手で数えられるくらいのものだ。気まずく終わったり。一度などはまさに壊滅的だった。

だがオーガストが相手なら、今知っている以上の何が見えるというのだ？　初めて接触した時の光景はお断りだが、昨夜まずさわられた時にはただ予想外の快感が芯まで響いただけだった。結局のところ、オーガストと彼はもう互いに最悪の部分をさらしているのだ。そのことが、自分のためにひざまずくオーガストの光景より、いっそうルーカスを熱くする――いやさすがにあれには負けるか。

ああ、ひざまずくオーガストの姿はあまりにも劣情を煽る。ルーカスはとうに正気を捨ててしまったのかもしれない、オーガストを――罪悪感も良心もない人殺しのサイコパスを、自分の力で支配して征服できると思うと股間が熱くなるのだ。ほしい。オーガストがほしい。ひざまずかせたい。四つん這いにさせて。いやどんな体勢だろうと。

これは、まずいだろう。

妄想に励んでいる場合か。目の前の仕事だ。ルーカスは二口でマフィンを食べ終えると、障壁を張り直し、コーヒーを一息に飲み干して、吊られたプロジェクターのリモコンを押した。

「よし、では始めよう。攻撃と暴力行動についての章は読んだかな？」


午前中の講義を終えてオフィスに戻ったルーカスは、オーガストの昼食の約束が実行されるか気にしつつ、目下の問題に頭を切り替えようとした。コーンについてとか。

デスクの前に座ると、失踪人データベースにアクセスし、際限なく並ぶ人の顔の列をスクロールしていく。針山から一本の針を探すようなものだったし、そもそもこれが正しい針山なのかも怪しいものだ。

どれくらいそうしていたのかわからないが、コンコンとドアを叩く音がして、許可する前にドアが開いた。オーガストだ。姿を見ただけで鼓動が肋骨の中でドキドキと高鳴る。これまで心臓をときめかせたような相手がいただろうか？

オーガストが二つの袋を見せた。食べ物の香りが押し寄せて、ルーカスの腹が鳴る。

「中華が好きだといいのだが」と挨拶代わりにオーガストが言った。

「好きだよ」ルーカスはうなずく。「あのな、普通はずかずか入ってこないで、どうぞって言われるまで待つもんだぞ」

オーガストがはにかむような表情を作った。「迷う時間を与えたくなかったんだ」

真正直な物言いが、ムカつくぐらいちょっと可愛く思える。オーガストが壁際の古い革張りソファをさしたので、ルーカスはうなずいた。小さなソファの両端に二人で並ぶと、オーガストは二人の間に袋を並べて、ルーカスに箸を渡した。

「苦手なら袋の中にフォークも入っている」

まるで挑戦するような物言いで、顔がニヤッと笑みくずれたが、その笑顔はしぼんで消滅した。ルーカスは割り箸を割ってこすり合わせてから、突然に表情が失せたオーガストを見つめる。

「大丈夫か？」

オーガストの目がさっとルーカスを見た。「ああ。どうしてだ？」

ルーカスは牛肉とブロッコリーの容器を手にした。

「ジョーカーのように笑っていたのが、十五秒もしないうちに子犬を蹴飛ばされたような顔になったから。心配にもなるだろう」

オーガストは肩をすくめて、ルーカスの後ろあたりに視線をずらした。

「弟の恋人から、ぼくの笑顔は怖いと言われた。お前を怖がらせたくない」

その告白に、ルーカスの脈がドキッとはねる。

「俺は、きみの笑顔は好きだが」

「ぼくが変な時に笑うとは思わないのか？」

「いや百パーセント、きみは不適切な時に笑うと思ってるよ。でも変な話、それが可愛い」

「……そうか」

オーガストがルーカスの答えを噛みしめるように呟いた。

その後は静かに食事が続き、二人は容器を交換したり、時おりの雑談を交わした。

食事が終わるとオーガストがたずねた。

「ぼくの伝言は届いたか？」

ルーカスは眉を寄せる。伝言？　携帯電話に手をのばした。オーガストがその手にふれる。

「そちらではない。カップに残したほうだ」

ルーカスはニヤッとしながら、指をつかんだままの手の熱に心を奪われまいとした。

「俺の尻についての？　ああ。でも俺の尻が好きなのは、きみじゃなくてクリケットのほうなんだろ」

首を振ってオーガストは声に熱をこめた。

「お前の尻を好きなのはクリケットだけではない。ぼくも大変気に入っている。かなうならその尻をディナーにつれていきたいくらいだが、お前がどうしても断るから。だが、そちらの話でもない。ぼくの……そのカップにさわった時、何か感じなかったか？」

ということは。

「それってまさか、俺がきみの頭の中をのぞくだろうと思って、わざとカップに思念を残していったってことか？」

オーガストがニヤッとする。

「そうだ。逃すには惜しい機会だ。実験の一環だ。お前が物から思念や感情を読み取るのなら、論理的に言って、残像を付加してお前に届けることも可能なはずだ」

ルーカスはじわじわと首から顔へ広がる熱を感じた。

「きみはあの光景を……意図的に残したのか」

オーガストがうなずいた。

「ぼくが努力していることを伝えたかった」

「努力？」とくり返す。

「そうだ。きみへの求愛行動《ロマンス》を」

ルーカスは目を見張った。さっきの光景は……ロマンティックとは限りなくかけ離れている。あるいは、最大限に広い意味で言うなら、かろうじて。懇願は求愛行動に入るかもしれないが、オーガストがそれを指しているかは疑わしい。

オーガストへ顔を近づけた。

「俺に見せようとしたのは、具体的にどんな光景だ？」

「コーヒーショップでの会話だ」

ルーカスはオーガストの顔をじっくり眺める。「その後は？」

「後？」オーガストが聞き返す。

「そう。俺に見えたのは、コーヒーとは無関係のものだった」

小首をかしげたオーガストが舌でちらっと唇を濡らした。

「何が見えた？」

適当にごまかしそうになったところで、二人の間で嘘はなしにしたいと思い直す。

「きみだよ。膝をついていた。俺の前で」

ごくりとオーガストが唾を呑んだ。「それは昨夜のようにか？」

「まったく違う」ルーカスは首を振った。

「ああ、なるほど」オーガストはてらいもなくたずねた。「気に入ったか？　ぼくが……お前のために膝をつくのは？」

「ああ」ルーカスの股間がまたファスナーの下で熱を持つ。「あまりにもね」

にじり寄ってきたオーガストと、膝がふれ合った。

「キスしてもいいか？」オーガストが囁く。

ルーカスは首を振ったが、どうしてかは自分でもわからなかった。

「何故駄目だ？」

「こんなのいい考えじゃないからさ。俺は精神病院から出てきたばっかり。イカれたストーカーに付け狙われてる。何もかも失った。つき合うのにこれほど最悪のタイミングもない」

「ふむ」

オーガストが呟いて、考えをめぐらせているようだった。「なら、お前がぼくにキスをするのはどうだ？」と低い声で誘う。

「諦めるつもりはないのか」とルーカスは問いただした。

オーガストが視線を合わせる。「それは不可能だ」

「どうして」

「ぼくの中の何かが、お前だと決めたからだ。取り消しは効かない。ぼくの脳がどういう仕組みでそうなっているのかは聞かないでくれ」

恐れるべきだろう。サイコパスから、自分のものだと宣言されたのだ。だがかわりに、ルーカスは手をのばしてオーガストの顔を包んだ。

「これで恋人になったわけじゃないからな」と告げる。

「これとは一体――」

ルーカスがぶつけるように唇を合わせると、たちまちオーガストからとろけるように受け入れられて、血管を稲妻が満たす。オーガストの服従を得てもっと大胆になると、唇をさし入れて探った。宙を泳いだオーガストの手がルーカスのシャツをつかむ。オーガストの思考が閃光のように流れこんできたが、醒めるようなものはひとつもない。先刻見たイメージの続きだ。チラつく裸身、喘ぎ、懇願のようにオーガストが口走るルーカスの名。

「くそッ」

ルーカスは唇をもぎ放すと相手の膝をつかみ、ぐいと引いてのしかかり、覆いかぶさりながらキスをもっと貪った。オーガストが脚を広げてルーカスを間に招き、体がぶつかり合うと二人して呻いた。どちらも勃起している。

こんなつもりは全然なかったのだ。いや、どんな心づもりもなかったのだが、もう止められないし止めたくもない。きっとほんの短い火遊びだ。いつかなつかしく振り返るだろう危険な情動。とにかく、オーガストのような存在が決まった相手を求めるとは思えない。ルーカスだって六ヵ月後にまだ命がある確信すらない。

それでも止まらなかった。止められない。オーガストを組み敷くのが好きだし、オーガストが合わせた腰を回すように揺すり上げてくるのも好きだし、ルーカスに何か巧みなことをされるたびに小さな喘ぎを詰まらせるのもたまらない。

ルーカスはこれまで一度たりとも、こんなふうにイチャつき合ったことはない。一度もだ。高校時代すら。そして今この時、自分が何を味わい損ねてきたのか初めて知った。唇を離してオーガストの顎を、耳たぶを、首筋に張り詰めた筋肉の線を味わう。

「もうやめないと」

言いながらも、手はオーガストのシャツをズボンから抜いてたくし上げ、胸や腹を覆うふわっとしたカールに指が這う。

「そうか」

オーガストも喘ぎ、ルーカスの口をとらえてまた熱っぽいキスをした。

揺れるオーガストの腰に自分自身を押し付ける。この熱と刺激、それと下にいるオーガストの唇の感触だけでイケそうだ。でも許されないことだ。今日は大学で働き始めてまだ二日目。オーガストはよく知らない他人で……サイコパスだ。ルーカスを人生の伴侶にしたがっているサイコパス。

オーガストを突き放し、ルーカスはソファの一番端まで下がって距離を取った。

「本当に。学内だし。あと十五分でどっちも講義が始まるし」

這い寄ったオーガストの手がルーカスの前ファスナーにかかった。

「お前を抜くのに十五分もかからない」

言葉を貫く確信が、ルーカスの調子を大いに乱す。「は？」

オーガストの視線がルーカスをなめ回した。鉄すら溶かすような熱い目。

「お前をイカせるのに十五分もかからない」

その提案に、ルーカスの勃起がうずいた。ドアのほうを見て、またオーガストを見る。うなずきたい。誰にもばれやしないだろうし。

だが首を振った。

「ここでは駄目だ。うちで。後で。仕事が終わってから。人目のないところで。俺は講義があるし、その後は少し……調べ事がある」

嘘ではない。

「コーンか？」

その名にたちまち勃起がしなんだ。

「どうして知ってるんだ」

オーガストが肩をすくめる。「言っただろう、お前の部屋を見て回った。あれは何者だ？　特別捜査官だというのはわかったが、それ以外は？」

ルーカスは溜息をつく。

「あいつはＦＢＩの現場捜査官だ。出世頭。俺と同時期にクワンティコに入った」

「そしてお前は、ファイルの中の女たち全員をそいつが殺したと考えている？」

ルーカスは首を振った。

「全員じゃないよ。そうじゃない。でも一部は。誰も信じてくれなかったけどね」

「ぼくは信じる」

「ありがとう」微笑を返した。「でもそれだけじゃ、あいつを刑務所にぶちこめないな」

オーガストは焦げ茶の髪に手を走らせた。「その男に値するのは刑務所ではないのかもな」

ルーカスの眉が生え際までつり上がる。「あいつを殺すってことか？」

オーガストがうなずいた。

「そうだ。あの女性たちを殺したのがそいつなら、うちの基準は満たしている」

胸が乱れた。オーガストに丸ごとまかせられたなら、ルーカスの人生の重荷が一気に消える。

「そこなんだが。俺には、あいつが単独犯だとは思えない。共犯者がいる。それと、女性たちを長期間監禁しているんだと思う。用済みになったら片付けているんだ。ただ、手段も場所も、正体すらわかってない。わかっているのはあいつらが人を切り刻んで回っていて、俺にはどうにもできないってことだけだ」

「手伝わせてくれ。こちらにはツテがある」

「ＦＢＩよりいいツテか？」とルーカスは疑う。

「ああ、カリオペをたよればいい」

「何をだって?」

「物じゃない、人だ。カリオペ。だから手伝わせてくれ」

ルーカスは考えこんだ。オーガストには引き下がるつもりがない。そういうのが嫌だとか、怖いとか不安だとかそんなふりをすることもできた。不自然ではないだろうし。

だがルーカスはオーガストをそばに置きたいし、その愛撫や執着に惹かれるところもあった。

そして、オーガストの助力もほしい。力を借りたい。

「わかったよ。でもここじゃなくて。うちで、今夜。夕食はどうだい」

オーガストがきょとんとまたたいた。「それはデートか?」

期待いっぱいの声が可愛らしくて、違うとはとても言えなかった。たとえうまく操られているだけだとしても。

「ああ。デートだ」

7
August

オーガストは、残りの講義を惰性だけでこなした。幸い午後は基礎物理学だけだ。時間発展やシュレディンガー方程式の話なら寝ていたってできる。もっとも寝てはいない。講義の間ずっと、口に入りこんできたルーカスの舌の感触を、腰に押し付けられた固さを思い返し、ルーカスが体を引き剝がすようにして離れなければならなかったことを思ってすごした。

最後の講義は二十分ほど早めに切り上げ、耳にイヤホンをつっこんで小雨の中へ出た。上着の襟を立てたが傘は持たずに中庭を抜けて駐車場を目指しながら、まだルーカスのことばかり考えていた。

オーガストは、誰かから本気の情欲を向けられたことがなかった。セックスは純粋な取引の産物だ。その形が落ちつく。代価を払っての奉仕ならば、己の奇矯さや不気味さを気にしないですむ。オーガスト独自の倒錯——それがまた多い——については金を払って目をつぶらせた。

ルーカス相手に、それは通じない。どうやってかあるがままのオーガストを求めてもらわなくてはならない。さっきのキスはどうやら、肉体的には脈がありそうだという証明のようだ——心のほうはともかく。恋愛に必須の機能がそなわっていないオーガストだが、それでもこの脳がもうルーカスを運命だと定めたのだと、ルーカスには理解してもらわねば。どう伝えてもサイコっぽくなりそうだが。

そもそも、オーガストはサイコである。

彼はサイコでルーカスはクレイジー。もしや完璧な組み合わせでは？　とはいえ、始まってもいないうちからしくじりたくはない。そして始まる前からこの手のことを台無しにするのは、いかにも自分がやりそうなことだった。

駐車場がすぐそこという時、ぽんと腕を叩かれた。ビアンカだった。

オーガストはイヤホンを外した。「やあ？」

黒髪を耳の後ろへたくし上げながら、彼女がやけにこそこそと聞いた。

「今日のランチ休憩の時、あなたがちょっと乱れた格好であのイカレパンツ特別捜査官の部屋から出てくるのを見ちゃったかも？」

オーガストは眉を上げ、ルーカスを小馬鹿にした呼び方に奇妙なアドレナリンの高まりを覚える。「疑問形か。その答えは？」

「真剣な話なんだけど」ビアンカはニコッとしてオーガストをこづいた。

笑顔は返さなかったが、それでもオーガストは己の本性を見せないようこらえた。

「ぼくも真剣だ」

あらあら、というようにビアンカが笑う。

「そうなの？　聞かせてよ。彼どんな人？　世間が言うとおりヤバい感じ？　彼と一発狙ってるの？　ああいうのタイプ？　イケメンでイカれてるのが？」

そのとおり。

「一発とは？」

聞き返しながら、オーガストは震えを帯びた手を拳に握りこんだ。肌の下に集まってきた熱に、ビアンカは気付いていないようだ。

「そうよ、アンドロイドさん」とオーガストをからかう。「彼とつき合いたいの？」

「いかなる理由でそれが気になる？」

父から注意を受けてはいたが、オーガストはすでに募った苛立ちをろくに隠せずに切り返した。

ビアンカが肩をすくめる。

「あなたっててっきり無性愛者《アセクシュアル》だと思ってたけど。でもあなたとキャプテン・クレイジーは意外なくらいいお似合いね」

「彼を。そんなふうに。呼ぶな」

凍るような警告の口調に、ビアンカの目が丸くなった。

「し、知らなくて……まさか彼とそこまで……仲がいいとは。ごめんなさい」

心を落ちつかせなくては。ルーカスとの仲をうまく対処できないと父に見なされたら、一緒にいることを禁じられる。深々と息を吸って、オーガストは無理やりおだやかな表情をこしらえた。

「いいや、ぼくがすまなかった。睡眠不足でね。学生の論文に目を通していたのだが、どうやら随分と疲れていたらしい。また明日、じゃあ」

ビアンカの別れの挨拶も待たず、くるりと歩き出して数歩でメルセデスGクラスに着くと、アラームを解除し、さっとドアを開けた。鍵をかけて車内にしっかり閉じこもってから、やっと己を解放し、ハンドルを握って激しく揺さぶり、唇から生々しい叫び声をほとばしらせる。

何たる厚かましさ。彼女に、ルーカスのことをあんなふうに言う資格などない。ルーカスはイカれてなどいない。完璧だ。優しく美しく、強い。世間にいるゴシップ好きの連中はいつだって他人を傲慢に見下し、虚仮《こけ》にするのだ。

オーガストはSUVをリバースに入れ、アクセルを踏みこむ。ハンドルを一気に回すとタイヤが悲鳴を上げた。

道に出るとブルートゥースのボタンを押した。

「アダムに通話」

『アダムに通話中』と合成音が言った。

アダムは一度目には出なかった。二度目にも。だがやはり、三度目こそ魔法。

『誰か死んだっていう知らせだろうな？』

荒く息切れしたアダムが電話口で凄む。

「もう少しで一人死ぬところだった」

その返事にアダムはぎょっとしたようだった。『何があったよ』

「ルーカスのことを悪く言った人間がいて、ぼくはとにかく……彼女を二つにへし折りたくてたまらなかった」

声の震えを止められなかった。

アダムはためらい含みで聞き返した。

『その女はルーカスのことをどう言ったんだ？』

「イカレパンツ特別捜査官やキャプテン・クレイジーと」

『いまいちな悪口だな』

「彼女の顔を殴りつけたかった。こんな怒りは生まれて初めてだ」

『わかる。でもしっかりこらえろよ、兄弟。でないと父さんにルーカスと引き離されるからな。だから気を引き締めろ、いいな？　じゃ、また』

「待て！　ノアと話したい」

アダムが重々しい溜息をついた。『ノアは今……手が離せないんだよ』鼻を通して息を吐きながら、オーガストの憤怒はまだ肌を震わせている。

「すぐすむ。今話さないと」

アダムが唸った。

『ここまで縛るのにどれだけ時間かかったと思ってるんだ？　後でかけ直させるよ』

オーガストは眉を寄せた。「ああ、手が離せないとは、物理的に動けないということか」

うんざりした長い吐息が返ってきた。

『そーだよ、物理的にだ。俺は物理的にノアをベッドに縛り付けてんだ。後でまたかける』

ノアのくぐもった声が近くからした。

『もう、アダム、ぼくをベッドに縛ったとか人に言っちゃ駄目だってば』

『どうしてだ？　事実だろ。そもそも人じゃない、オーガストだ』そしてオーガストへ向けて続ける。『ノアは後でお前と話す』

オーガストは口元を険しく引いた。

「だが、今すぐ必要なんだ。デートをするから」

『デート？』とアダムが興味を見せる。

『携帯をスピーカーにして』とノアが命じた。

『本気かよ？』

アダムの返事は明らかにオーガスト向けではない。ノアがムニャムニャと何か返して、それからアダムが言った。

『ちぇっ、わかったよ。五分だ。それで済ませろ。いいな？　五分だぞ』

「それでいい」

オーガストは同意した。どうせ長くはかからない。デートというもので何をするべきか知りたいだけだ。もうランチはしたし、そこではキスや愛撫や、オーガストにとって一番……好ましいやり方での擦り合いにまで発展した。だがあれはデートなのか？　デートには、高級レストランや映画や海辺の散策などが必要なのではないだろうか。オーガストには皆目見当すらつかなかった。

『それで――』ノアの息が詰まった。『で、どうしたの？』

張り詰めた声だが、縛られると人間は緊張するものだ。それならオーガストも詳しい。

「ルーカスとデートを行うことになった。それが、今夜だ」

『よかったねぇ』ノアが作ったような明るさで返す。

「ぼくはデートをしたことがない」

そう言ったオーガストの声もノアに劣らず緊張していた。

ふたたび、はっと息を呑む音がする。

『そう、うん。どこで？』

「彼の部屋だ」

『あっ、それいい、それもっとして』とノアが囁いた。

オーガストは眉を寄せた。「何をだ？　何もしていないが」

『こっちの話』とノア。

オーガストは薄目になった。

「我々は夕食を取った後、人殺しである彼の元同僚について話し合う予定なのだが」

アダムのせせら笑いが聞こえてきたが、無視する。

『普通の初デートではちょっとした雑談をするものだけど、でも正直言って、すごくきみらしいと思うよ』ノアがしみじみ言った。

『それデートなのは間違いないか？』とアダムが疑わしい声を出す。

オーガストは眉間にしわを刻んだ。「たしかだ。本人に聞いた。彼は、そうだと」

ノアの声はまだ迷うようだ。『そうなんだ。うん……よかったね』

「助けてくれ」オーガストはたのみこむ。「初めてのデートではどんなことを話したり、何を着ていくものなんだ？」

しばし、息を切らしたような溜息やこもった囁きがちりばめられた沈黙が続き、やがてノアが電話口に戻ってきた。

『えーと、白状しちゃうけど、ぼくもデートはしたことないんだ。アダムは何と言うか、ぼくのトレーラーに押しかけてそのまま居座ったからね』

「それは大いに手間が簡略化できるな」

オーガストはそう認め、自分もルーカスに所有印を捺して、手を出すなと世の中に宣言できたならと願う。

アダムの声がひょいと割りこんだ。『やたら着飾るなよ。浮くからな。ジーンズと、ちょっといいシャツにしとけ』

『花束を持っていって。それかワイン』とノアが言い足す。

『趣味の話はするな、人間を腑分けするのが好きだとか、ポップミュージックが好きだとか……セリーヌ・ディオンに魂売ってる話もだ。ナイフコレクションの自慢もするな。剣のコレクションの自慢も。お前が集めた中世の拷問器具コレクションの話もやめとけ。要はだ、とにかく武器の話はよしとけ』

相手から見えもしないのに、オーガストは一つずつうなずいていた。

「ワイン。花束。腑分けの話はしない。ブリトニーやガガの話も。それなら何とかなりそうだ」

またアダムが電話口に出てくる。『時間切れだ』

『がんばって!』

叫んだ後、ノアの長く低い呻きが続いた。

オーガストは力をこめて通話終了のボタンを押す。ノアと弟のセックスなんて脳内で永久ループにしたい音ではない。ステレオをオンにしてバッハの音楽で気持ちの尖りを流すと……何かが心に広がっていくのがわかった。パニックや不安とは違う――それらはオーガストに縁がない。だがオーガストは、報酬は好む。そしてルーカスにふれられてキスされた時、何より素晴らしい報酬を獲得したように思えたのだ。

　あれがもっとほしい。


　ルーカスの部屋にきっかり七時に到着したオーガストは、両手にそれぞれバッグと花束を下げていた。ルーカスの膨大な服薬を考えてワインは断念したが、グルメショップの女性店員は代替に選んだ贈り物もディナーにぴったりだと保証してくれた。

　その店の後、オーガストは花束を求めに花屋に寄ったが、そちらも難航した。デート用の花だと聞くと店員はすぐさま見た目重視で花束をこしらえにかかったのだ。ピンクのバラ、赤いカーネーション、ユーカリの枝、ワスレグサ。オーガストは顔をそむけた。花言葉を知らない彼女のせいで論外な花束に仕上がっている。

　オーガストは小学一年の時に花言葉の本を読破していた。あらゆる花にはそれぞれ意味がある。ルーカスがそれに通じているかはわからないが、誤解されたり手を抜いたと思われたくはなかった。だが手遅れだ。すでにこうして、高級チーズともっと高価な――そして非常に不本意な意味の――花束を持って到着した。

ノックをし、自分のジーンズと前開きファスナーのニットを見下した。十分カジュアルだろうか。カジュアルすぎないか？　不慣れなことをしている感覚は嫌いだ。ルーカスに好かれたい。お互いの身のためにも。

ドアが開いた時、よもや、濡れ髪で裸足のルーカスが出てくるとは予期していなかった。ルーカスはずり落ちそうな黒いジーンズを穿いて、シャンブレー織のシャツのボタンを慌てた手で留めていた。

「てっきり勝手に入ってくるかと思ってたのに」

困ったような笑顔で言う。彼は本当に美しかった。

オーガストは手土産を持ち上げた。

「手が空いてなかったんだ」

まるで冗談だと思ったようにルーカスがニコッとした。

「そうだろうとも。納得だよ」

「ほらこれ」とオーガストは贈り物を押し付けた。

ルーカスは花と袋を受け取ると、花束を鼻に近づけて深く嗅いだ。「きれいだね」

オーガストは得意げにすました。「そうだろう。矛盾したメッセージを内包しているにしても」

「この贈り物にも何か伝言を残したのか？」とルーカスが首をかしげた。

「無意識のものだけだ」

袋に目を移してルーカスは中をのぞきこんだ。

「これは……チーズ？」

「そうだ。店員の女性が、これならワインと同格だと言った。服薬しているのだから酒は飲まないだろう」

ルーカスはしばしオーガストを眺めていた。

「ありがとう。じつに……謎な方向に気配りができているね」

「小馬鹿にされた気がする」オーガストは呟いた。「よくわからないが」

身をのり出したルーカスから、唇にさっとキスをされた。「少しだけだよ」

たとえ笑われているのだとしてもルーカスが笑顔になるならかまわないと、オーガストは思った。ルーカスの笑顔が好きだ。顔つきがすっかり変わる。人生をボロボロにされた男には見えなくなる。きれいな口元だし歯並びは完璧で唇は柔らかい。ルーカスが笑う理由になれるのなら、それでいい。たとえ自分が笑われていても。

オーガストの手土産を受け取ったルーカスは、整頓が行き届いた小さなキッチンへ向かった。オーガストはついていく。背後に迫るオーガストに気付くとルーカスがとまどいの視線を投げた。オーガストは吸い付けられるように近づき、カウンターに追いこむとルーカスのうなじに頰ずりした。

「やあ」とルーカスが、おもしろがるような、少し喘ぐような声で言う。

オーガストは「ああ」としがみついたまま離れない。

「何してるんだ？」

「さわらずにいられなかっただけだ」そこで不意にルーカスは予告なくさわられるのを好まないかもしれないと思い至る。「こうしても……かまわないか？」

後ろに立つオーガストに、ルーカスがかすかにもたれた。

「ああ、悪くないよ。でもてっきり……服従側が趣味なんだと思ってたから。そっちから迫るとは意外で。俺の部屋に押し入ったのが最初のムーブだったなら別だけど」

そのとまどいなら、オーガストも理解できる。ルーカスのうなじの薄い肌に唇を走らせ、震えのざわめきを楽しんだ。

「服従《サブミッション》には力がある。だがぼくにとっての理由は、それではない」

「ならどんな理由？」

ルーカスは本心から知りたがっているようだった。

オーガストはルーカスの肩に額を押し当てる。

「どう説明しても、自分が怪物のように聞こえる話だ」

「怪物なのはもう知ってる」ルーカスが応じた。「今さら失うものがあるか？」

お前を。

「ぼくの服従によって、一緒にすごす相手を……安全に保てる。ぼくは自分を信用できない」

「どう信用できないんだ？」

まだ始まってもいないこの関係の息の根を止めることになると確信しながら、オーガストは深々と息を吸うが、たしかに言葉どおりルーカスはオーガストが怪物だともう知っている。

ふうっと息を吐いて、真実をそのまま言葉にした。

「ぼくは人を傷つけるのが楽しい。言うべきでないことなのはわかっている。父から何千回となく教えられた。でも、ぼくは痛めつけるのが得意だ。悪党を這いつくばらせるのが好きだ。連中の悲鳴や泣き声は嫌いだが——頭痛がするので——しかし彼らが苦しみ悶えて死ぬのは気分がいい。ぼくの手によって」

ルーカスの肩が、早いペースで上下する。

「それとセックスに、どう関係が？」

「もしぼくが自制を解けば、芯から己を解放したなら、きっと誰かを傷つけるだろう……お前とか。きっと、自分ではやめられないほど楽しんで。没頭すると——脳の中のある一部にこもると、そこに呑みこまれるんだ。もしお前の叫びやすすり泣きや呻きを聞けば、ぼくは我を失ってやりすぎてしまうかもしれない。それよりは……拘束されておくほうがいい」

オーガストの腕の中でルーカスがこちらを向いた。

「本気で俺を傷つけることになると思ってるのか？　俺といると我を忘れるくらい血に飢えてるって？」

ルーカスの顔に嫌悪の影を探したが、オーガストが驚いたことに、それはかけらも見つからなかった。

「血に飢えてかと言えば、それは違う。お前に我を忘れる？　それは、もうとっくに」

昨夜のように、ルーカスが手でオーガストの顔を包む。「自己評価が低すぎないか」

オーガストは首を振った。

「だがリスク評価を誤れば、お前の命を危険にさらす。ぼくは罪悪感や悔恨を感じることができないが、お前の顔を今後見られなくなるとか、さわったりキスしたりができなくなると思うと……胸に穴が空いたような心持ちになる。これで伝わるか？」

「ああ。でも、どうして俺相手だと衝動に負けると思ってるんだ？　俺を弱いと見ているからか？　脆いから？　御しやすいから？　被害者気質を嗅ぎ取れるから？」

蔑むような響きが、その言葉の底ににじむ。オーガストではなく自分自身への蔑みだ。

オーガストはのり出して唇をそっと合わせ、キスの余韻を味わった。

「お前の中の兎が、ぼくの中にいる狼を惹きつけるんだ。それは仕方ない。本能だ。時々、お前から……無防備な匂いがする。ぼくの前で無防備さを見せる人間は一人としていない。彼らの本能が、ぼくに内在する捕食者を嗅ぎつける。だから反射的にぼくの前では警戒する。だがお前は違う。ぼくはお前を見ると、傷つけたくない、と思うんだ。守りたい。すべてから」

ルーカスは両腕をオーガストの首に巻き付け、こらえきれないかのようなキスをしてきた。

「なら、それがそのまま答えじゃないのか。俺を守りたいんだよ、傷つけたいんじゃなく。でもいいか、俺は自分で自分を守れる。これまでの有り様じゃ信じにくいだろうけど、本当だ。

ほかの捜査官と同じ訓練を受けてきた。ただ、今は……どん底で」

オーガストはルーカスを激しく引き寄せ、熱烈な力をこめて、誰にもしたことがない強さで抱きしめた。

「お前が自分を守れるのはわかっている。だがそうさせたくないんだ。ぼくが守りたい。お前だけの誰かになりたい。うちの弟には恋人がいるが……どちらも弱くはない。アダムはぼくに劣らぬ生粋のサイコパスで、ノアは――サイコパスではないがやはり聖人君子ではない。この二人がうまくいっているのは、互いを信頼し、欠点すら含めて支え合うからだ。ぼくの欠陥は数多く、それを受容してくれる相手はこれまでどこにもいなかった」

「……初めてのデートでいつもこんな話をするのかい？」

そう、ルーカスが少し間を空けてから聞いてくる。

「デートはこれが初体験だ」とオーガストは白状した。

ルーカスがニコッとする。「だろうな。男からチーズをプレゼントされたのは初めてだよ」

オーガストは肩をすくめた。「ただのディナーではなくデートだと店員に伝えるべきだったのだろうか。あの場では良い選択に思えたんだが」

「自分の直感にたよってもいいかもしれないよ。殺人以外についてもさ」

オーガストはそれを鼻で笑った。「悲惨なことになるぞ。ぼくならきっとペルーの祭祀用ナイフか何かを包んできただろうからな」

「ペルーの祭祀用ナイフを持ってるのか？」

ルーカスが興味を見せる。オーガストは首を振った。

「この話は弟に止められている。ほかの武器についても。殺人用プレイリストのことも。ポップミュージックのディーバたちへの愛も語ってはならないそうだ」

ルーカスの顔から笑みが消え、不意に彼がオーガストの向きを変えさせてキスしてきたので、カウンターの角が鋭くオーガストの腰に食いこんだ。

「きみはとても類いまれな存在だ、オーガスト・マルヴァニー」と唇に囁く。

「それはよく言われる」返答して、オーガストはルーカスの口に舌を差し入れた。歯磨き粉の味がした。

「俺はやっぱり自分が、いわゆるハッピーエンド向けの人間じゃない気がしてるんだ」

「それは問題にならない。とにかく、夕食に支障は出ないだろう」

8
Lucas

食べながら、二人は話した。むしろオーガストが話した。超ひも理論や相対状態の定式化について、パラレルワールドの存在を信じるかどうか、自分の理論をあまりにも突飛だと評する同僚がいることなどを語った。口をはさんだり話題を変えることもできただろうが、気付けばルーカスは話に引きこまれていたし、愛するテーマについてオーガストが情熱たっぷりに語る姿に少なからずときめいてもいた。

オーガストは生き生きと両手を動かし、森のような緑の目を輝かせて頬を紅潮させ、あまりに抽象的で途方もない概念をどうやってかルーカスのようなド素人にもわかるよう噛み砕いて説明した。慣れた場に――つまり教える立場に立つと、いつもの不自然さは流れ落ちたように消え去る。社会的なものしか科学に興味がないルーカスですら、オーガストの語りを通すと宇宙が魅惑的で可能性にあふれたものに見えてくるのだった。

どうして冷血な人殺しで拷問が好きだと自認する男が、世界の謎解きとなると子供のような憧れをむき出しにできるのか。ルーカスは羨望を覚える。この大量殺人鬼をうらやましがっている。どう見たって自分はどん底だと、そのことからだけでもわかるが、正直かまわなかった。オーガストはまばゆい光源のようなもので、ルーカスはそれに近づきたくて必死の蛾だ。その光で、ヘドロのような今の人生から目をくらませていたい。

「きみは学生たちに大人気だろうな」

しばらくして、ルーカスはそう言った。

オーガストが言葉を切り、考えこむように視線を右側へとばした。

「それは、そのように思われるね。ぼくの講義は参加希望者も多く、高評価を得ている」

ルーカスは微笑んだ。オーガストには照れや謙遜を装ってみせる能力が欠けている。自分の優秀さに自信を抱いている。

「当然だろうね」

ほかの人間なら口説き文句と取るようなことをルーカスに言われても、オーガストはこうして、今のように小首をかしげるのだ。「どうしてだ？」

ルーカスはオーガストの全身を見回した。「物理学の話をするきみはとてもセクシーだからさ」と答える。「自分が言うとは信じられない組み合わせだけど」

オーガストの変化は……鮮やかだった。なごやかな雰囲気が、するりと野性的な烈しさに変容する。その様子にルーカスは勃起していた。間違いない、オーガスト固有のヤバさは、ルーカスのツボなのだ。

オーガストはルーカスをじっくりと、鉄も溶かしそうな熱いまなざしで見つめた。だがまた同じほどたちまちその表情が消え、とりすました顔に戻ると咳払いをして、食べかけのチキンへ視線を下げた。

「とはいえ、無作法をしてしまったね、ぼくばかりが一方的に話すとは、失礼だった」

オーガストの言い方は、本気でそう思っているというより、そう言うよう躾けられてきたかのようだった。外界で人間として通用するにはその手の礼儀が必要だと認識しているように。

「ぼくは、きみのことが知りたいのに」

そちらは本心だろう。

オーガストがルーカスのことを、まだどこか救いようがあるかのように見つめるものだから、ルーカスの体はカフェインを過剰摂取したようにざわつくのだ。服用薬のことを知るオーガストが目を配っているのでカフェインは一滴も摂っていないはずだけれど。これまでで誰より細やかな配慮をしてくれたのがサイコパスだなんて、どういうことだ。

「知りたいのか?」ルーカスは問い返した。

オーガストが眉を寄せる。「無論だ。いずれきみと婚姻するのであれば、今後のためにあれこれ知っておくべきだろうからな」

衝撃で、ルーカスの神経が隅々まで一気に目覚めた。冗談の気配はゼロ。オーガスト・マルヴァニー、二日前に知り合ったばかりの人殺しの男が、ルーカスとテーブルを囲み、ごく自然にいつか伴侶となる話をしている。

そんなことすら、身に降りかかった異様な出来事が一つ上積みされただけにしか思えないとは、ルーカスの人生の壊れっぷりがわかろうというものだ。恐怖心はどこへ？　自己防衛本能は？　目の前の男が、二人は結婚するのだと決定事項のごとく言ったのに、怖さすら感じない。それどころか……ぐっと来ている。その上、包まれたように感じる。こんな安心感を、ルーカスは感じたことがない。これほど求められているという実感も。こんなこと誰にも言えないが。

ああ、もう。退院を許可されるべきじゃなかった。やっぱり自分はイカれている。

「どんなことが知りたいんだ？」

身をのり出したオーガストはニヤリと破顔したが、すぐに愛想のいい微笑に変わる。どちらが適切な表情か決めかねるように。

「どうしてプロファイラーの道を選んだ？」

ごまかさなくてもいいのだと、笑顔になろうがなるまいが気にしないと、ルーカスはオーガストに伝えたかった。自分の前では自然でいてほしいと。

だが結局、ルーカスは水で口を湿して言った。

「俺には、ほら、あの能力があるだろ。物にさわると、思念とか、残像とか、俺が知るはずのないものがわかる」

「サイコメトリーだな」

ルーカスは驚いてまたたいた。

「そうだ。いつも透視だって言われるけど、それは自発的に何かを見通せる能力者のことだ。俺は、対象の人か物にさわらないとならない」

オーガストがじっと彼を見つめる。「お前が肉体的接触を好まなくなるのも当然だな」

そのことを、ルーカスは打ち明けただろうか？　オーガストこそサイキックのようだ。

「そりゃね。家族にすら化け物のように思われてると知るのは、いい気分のもんじゃない」

「それについては同感だ」オーガストの相槌。「サイコパスがあふれる家で一番おかしなサイコパスだと後ろ指をさされる身としては」

ルーカスは小さく笑った。

その顔をオーガストが眺める。「願わくは、家族にお前のことを気にかける者はいたのだろう？　面倒を見てもらえたか？　それとも誰にも話せなかったか？」

ルーカスの胸がぐっと締め付けられた。

「母なら、きっと聞いてくれた。俺と同じ能力だったから。でも誰も母さんを信じなかった。俺だって信じちゃいなかったよ、自分の身に同じことが起きるまで。でもその時にはもう母さんはいなかった。祖父《じい》さんに俺を押し付けて出ていったんだ」

「祖父はお前の能力を信じなかったのか？」

　ルーカスは鼻を鳴らした。

「うちのじいさんはまさに映画の悪役だったよ。頭のカタい、おっかない農家のじいさんで、男は男らしくあるべき、すべては聖書の教えの中にあるって信じてた。モノが見えるなんて言えなかったよ。それでなくても、なよなよしすぎと思われてたんだ。無口で痩せっぽっちで本ばかり読んでて。もっと健全でたくましいフットボール好きの孫がほしかったのさ。暗いところが怖くてメソメソ泣く鼻たれ小僧じゃなくてね」

　いきなりオーガストが立ち上がったので、ルーカスはぎくりとした。テーブルを回りこんできて隣に座ったオーガストが、ぎくしゃくと二人の指を絡める。今回はルーカスが小首をかしげ、しげしげと彼を見た。

「これは何だ？」

　オーガストが肩を揺らす。

「お前の目元がこわばっている。ぼくが侵入した夜と同じ表情だ」

「それって昨夜だろ」とルーカスはおもしろがる。

　オーガストが眉を寄せた。「たった昨日か？　ずっと昔のことのようだ。とにかくぼくは、お前が悲しんでいるのは嫌なんだ」

　本当にこれはオーガストか？

「俺は悲しくはないよ。今はもうね。ずっと昔の話だ」

オーガストがじっとルーカスを凝視する。

「その目は違うと言っている。お前の魂は悲しみをかかえている」

あまりにも核心を突かれて、ルーカスの息が奪われた。悲しんでいる。自分の深淵、決して言葉に出さないところで、ずっと嘆きつづけてきた。魂があるならルーカスの魂は打ちのめされて傷だらけで、解き放たれたいともがいているだろう。

「物理学者なのに魂や透視能力の類いを信じるって？　大学から追放されるよ」

喉を詰まらせるこわばりをゆるめようと、ルーカスは軽口を叩く。

オーガストのまっすぐな視線は揺らぎもしなかった。

「ぼくが信じているのはお前だ」

「そんなこと言っちゃ駄目だ」

囁いて、ルーカスは前にくらりと倒れるように互いの唇をかすめさせた。

「どうしてだ」

問い返すオーガストの瞳孔が開いている。

その後頭部をつかむとぐいと引き寄せ、ルーカスはいびつなキスをして、舌を這わせてから答えた。

「そんなことを言われると、きみにいけないことをしたくなるからさ」

オーガストの手がルーカスの髪に滑りこみ、溺れるようなキスをする。ルーカスは主導権をゆだねてオーガストに信頼を伝えようとした――本人は自分自身を信頼していなくとも。

抱き寄せられてソファからオーガストの膝へ滑りこみ、すでに勃起しているのを感じて呻きをこぼす。ルーカスは二人の間に手を滑りこませ、オーガストの屹立の固いラインを包んだ。こんなに激しく誰かをほしいと思ったことはない。それがルーカスを大胆にする。オーガストのズボンをくつろげ、手をつっこんで勃起に指を回し、生々しいペニスをなぞる。

「これ……」囁いた。「続けてもいいか？」

オーガストがぶるっと震え、目を大きくして、しごくルーカスの手を見つめた。

「まずはぼくを縛れ」

ルーカスはゆっくりと手で撫でながら、ほんの近くに残した唇でオーガストの喘ぎを感じ取る。

「いやだね。動物じゃあるまいし。そういう遊びも楽しそうだけど、サイコパス暴走モードに入った自分が俺を痛めつけるんじゃないかと心配だって理由なら、お断りだ」

「自殺願望でもあるのか」とオーガストが囁く。

ルーカスの顔にじわりと笑みが広がった。「そうさ。だから病院に放りこまれたのさ」

唸りを上げたオーガストが、爪先が丸まるようなキスをルーカスにする。尻を抱えこんでぐいと立ち上がったオーガストに、ルーカスは驚きの声を上げ、ほかにどうしようもなくその腰に両脚を巻きつけた。寝室へ着くとドサッとルーカスをベッドに放り出し、オーガストは頭からセーターを抜きながらまるで生きたまま食おうとするような目で彼を凝視していた。ルーカスの肌をざわめきが走る。

オーガストの肌に刻まれたタトゥに、ルーカスは驚きを隠せなかった。思いもしなかった光景だ。蛇がオーガストの左上腕部を這いのぼり、脇腹には正義の天秤、胸元には交差した骨と頭蓋骨、肩には二つのダイス。それぞれが意味を持っていそうだ。それにしても濃厚な色気だった。とりわけこうして上半身裸で、ジーンズのボタンが外れ、前から黒いボクサーブリーフをV字型にのぞかせた姿は。

「来てくれ」とルーカスはせがんだ。

オーガストはそれよりもルーカスの足首をつかむと、引きずり寄せて、ズボンを脱がせにかかった。ルーカスも腰を浮かせて協力する。自分が何をしているのかもわからないが、どうでもいい。もう止められない。きっとオーガストに何をされても許す。

お互いにズボンを取ると、オーガストはルーカスの上に倒れこみ、耳の後ろに鼻をこすりつけて深々と息を吸いこんだ。こんなふうに、麻薬か何かのようにうっとりと嗅がれるのなど初めてだ。しかもそれですまなかった。オーガストはルーカスの胸元まで頬ずりし、乳首を唇でかすめてから、舌先で先端を翻弄し、しまいにルーカスが上掛けを握りしめるまで吸い上げた。

「くっ……」

もう片方の乳首にもオーガストが愛撫を加え、それから胸元と腹に噛みつくようなキスを残し、腰骨に歯を滑らせて、ルーカスの屹立の横側を鼻でなぞる。その間にもオーガストからこぼれる声は……獣じみていた。喉にかかるしゃがれた唸りがルーカスの欲望に火をともす。まるで食い尽くされていくようだ。どうにもならない。だがあまりにも甘美。

「オーガスト……」

下着のゴムに指がかかり、引き下げられると、うずくペニスが熱い口にきつくくわえこまれていた。ああ、と呻くルーカスの腰が意に反してはねる。

オーガストは太腿に腕をするりと回し、腰を抱えこむようにして動きを封じた。ルーカスがじっとしていられるとは期待していないように。いい判断だ。オーガストの口は最高で、根元から冠まで吸い上げられるたびにルーカスの手がオーガストの髪を握りこむ。

「ああ、それ……」

何をせがんでいるのか、自分の中で絶頂への圧が増していること以外何もわからない。まるで、二日前の出会いからずっとオーガストによって高められてきて、今やっとようやく焦がれたものに届きそうな。

オーガストは体を離し、不満の声に笑いをこぼすと膝裏から抱え直して、ルーカスを大きくさらけ出し、奥の穴に舌をねじこんだ。文字どおり貪られて、ルーカスの目の焦点がぼやける。

「すごい、気持ちいい」

心の障壁をゆるめる気はなかったのに、こんなのは無理だ、とても集中が保てない。だが、なだれこんできたのはいつものような雑念ではなく、これ以上望みようのない形で官能と情念に呑みこまれていた。

オーガストは、ルーカスを自分のもので犯しながら同時にルーカスからも突き上げられるところを思い描いていた。その情景は鮮やかで、支配的で、穴をぬるぬると出入りする舌と同じくらい病みつきになりそうだ。

オーガストの想像にルーカスは呻き、手が宙を泳いで、必死に自分のペニスへのびた。やっと届く寸前でオーガストの手がさっと動き、手首を絡め取ってさわらせようとしない。

「オーガスト……」

オーガストは動きを止め、視線でルーカスを刺し貫いた。

「お前には主導権を握るチャンスがあったが、それを逃した。だろう。達するのはぼくがすんでからだ」

低く唸るような声が、動いてみろとルーカスを嚇《おど》すようだ。これが素顔のオーガスト。拷問し苦しみを生む者。拷問の手段が苦痛だとは限らない。時に、ただ絶妙に満たされない状態に留め置くことも拷問だ。

ルーカスは荒い息とともに頭をマットレスに沈めた。オーガストは手首をがっちりつかんだまま離さず、もう片手を尻の谷間に滑らせると、入り口をさすって、濡れた指でルーカスを貫いた。

「あっ、オーガスト……」

その声に耳も貸さず、舌で襞を舐めながら指をさし入れする。幾重にもなった快感がルーカスの感覚を天上へ吹きとばす。もともと懇願などしないたちだが、揺らいでいた。翻弄するためだけにこのまま焦らされるのかもと追いこまれる。とにかく頭に浮かぶただ一つのことをした――オーガストの指でがむしゃらに自分を犯し、その指が敏感なところをかすめて血が沸き立つたびに呻き、ただ喘ぐ。

ついにオーガストの口がふたたび肉棒を包むと、もうルーカスは動きを制御できなかった。腰をはね上げながらどれが一番好きか決められない――体の内側で動く指か、オーガストの口の甘美な吸い上げか。

まだ手首を握られたままだ。ルーカスは言葉を出すのが怖い。叫ぶのも。もう絶頂が近いと告げるのも……もう、とても近い。

だけれども、これは彼らにとって初めての行為だ。まだお互いの境界線についてすら話し合っていない。というかオーガストに、ロープや鎖で拘束する以外で境界線というものが理解できるのか？

「……もう、イキそうだ。止めないで、そのまま――」

オーガストは止めなかった。むしろ頭の上下動が増し、ますます追い上げたので、ついにルーカスは崖を超え、叫びながらオーガストの口へ放って、呻きに身を震わせた。

オーガストの指が抜けていった瞬間、ルーカスは相手ごとぐるりと体を反転させ、オーガストの腕をぐいと頭上へ押さえつけた。深々とキスをして、自分の味を舌に感じる。「俺の番だ」と唸った。

一瞬でオーガストに変化が生じ、体が弛緩して目つきがやわらいだ。まるで生来、ずっと支配を受け入れてきたかのように。その変化は、獰猛なオーガストの姿と同じぐらい、あるいはさらに扇情的だった。さっき何と言っていただろう？　ルーカスは顔を近づけ、オーガストの耳元に歯を立てた。「これでどっちが兎だ？」

オーガストの小鼻が膨らむ。瞳孔が大きい。「兎はお前だ。だが、その獲物はぼくのようだな」

声にひそませたかすかな笑いがルーカスに、この流れにオーガストも身をまかせていると、彼も楽しんでいると伝えてくる。

「両手をヘッドボードに。動かすなよ」

オーガストが、指を絡めた両手をヘッドボードのそばに休めた。その間もルーカスから目をそらさない。もしルーカスの勃起が復活していたらこの目つきでまた達していただろう。オーガストのおだやかなる服従。大切な何かのようにルーカスを見つめるまなざし。それがあまりにも官能的だ。

ルーカスはオーガストが開いた足の間に座ると、その胴を、黒い産毛が散った筋肉質な胸元と腹を、毛の筋が導く先にある割礼されていないペニスを眺めた。赤らんで固くなったペニスが黒い巣からそそり立っている。

どこから手をつけるべきか。まるでメニューの多すぎるビュッフェだ。だがオーガストにされたように、じっくり時間をかけたい気持ちはあった。どこまで乱せるか見てみたい。

鎖骨から腰まで爪を滑らせ、肌に浮き上がる赤い線を見つめた。全身の肌があわ立つのを。身を屈めて乳首を口に含み、逆の乳首をいじって、オーガストの荒い息や思わず浮き上がる腰つきを楽しんだ。左右を逆にして、くり返す。歯でつまみ、引っ張って、舌でそれを慰めた。

体を起こして見下ろすと、オーガストの屹立が雫をこぼしていた。顔を寄せて割れ目をペロリと舐め、先走りの苦味を味わう。唸り声を聞きながらペニスの片側を舐め上げ、逆側を舐め下ろして、手でしごいた。オーガストがまたたきながら目をとじ、顎の筋肉をピクつかせて、ルーカスの拳の中へ己を突きこもうとする。

「それはどうかな。きみにはチャンスがあっただろ。今は俺の番だ」

さっきのお返しでそうからかう。

オーガストが目をパチッと開け、ゆったりと笑みを浮かべた。「指摘させてもらいたいところだが、ぼくの手は実際には縛られていない」

ルーカスは小さく笑う。

「なら俺も指摘させていただきたいけど、自制を失うのを恐れてるのはきみであって俺じゃない。首輪が必要だと信じてるのはきみだ。俺じゃない」眉を上げてニヤリと笑いかける。「それとも吠えてるだけか？」

全然わからなかった。見下ろしていたと思っていたのに、次の瞬間、ひっくり返ったルーカスは胸にまたがるオーガストから見下ろされていた。

「用心が足りないぞ」とオーガストがご機嫌に言い放つ。

用心などしたくもない。ルーカスは頭をもたげて手当たり次第、届く限りオーガストの胸元や肋骨に唇を這わせた。太腿を撫で、引き寄せて、オーガストの勃起が顔の上に来るよう導く。ペニスを口の中へ迎え入れ、オーガストの指で髪を梳かれながら呻いた。

オーガストに急ぐ様子はない。腰をゆったりと動かしながら少しずつ口の奥へ入ってくる。

「ああ、とても美しい眺めだ。もう少しいけるか？」

ルーカスは返事のかわりにただもっと深くくわえこみ、オーガストの呻きにぶるっと肌を震わせた。オーガストの手がルーカスの髪を握りこみ、もう片手がきつくヘッドボードをつかむ。見つめられ、見つめ返して、ルーカスのものも懸命に勃ち上がろうとしていた。オーガストの腹筋がひと突きごとにヒクつき、唇を半開きにしながらルーカスの口を犯す。

「限界だ」

唸るようにそう吐き出し、腰の勢いを増し、息を荒らげたが、不意にオーガストは引き抜く。

ルーカスの唇や顔にビシャッとぬめりがほとばしった。

まだルーカスの上にそびえるようにしながら、大きく息を吸いこんでいる。しばらくの後、オーガストは手をのばし、例の野生的で獰猛な光に目をギラつかせ、ルーカスの顔の汚れにくぐらせた指をそのまま唇に押しこんできた。ルーカスはその指の精液をしゃぶったが、手のひらで顔を拭おうとされると笑い出していた。オーガストも笑って、体勢を傾けると深く、じっくりとルーカスにキスをして、それから額にもどこか優しいキスを残した。

「大丈夫か？」

と、二人して横たわった後に聞く。

その問いにルーカスは考えこんだ。

「ああ。意外と。とても大丈夫だよ。それに、きみに殺されることもなかったしね」

オーガストの笑みが消える。

「今日は、な」

9
August

「兄弟全員サイコパスだってさっき言ってた？」

手早いシャワーの後、二人はまたベッドに戻っていた。仰向けに寝転ぶオーガストの足に上掛けが絡みついている。くつろいだルーカスはオーガストの腹を枕にし、額のきわを指で撫でられて安らいでいた。

「そうとは言っていない。暗にそう示しただけだ。それだけでも兄のアティカスは激高するだろう。これが大仕掛けなおとり捜査か何かで、お前が我々全員を殺人で告発するつもりだと信じこんでいるのでな」

ルーカスはオーガストのほうへ寝返りを打った。

「知り合って二日じゃ盗聴器を仕掛ける暇もないよ。大体もう、ＦＢＩ捜査官でもない。俺は元ＦＢＩ捜査官、それも精神を病んで同僚をシリアルキラーだと言い立てた人間だ」

それだ。毎晩悲鳴とともにとび起きるほどルーカスを苦しめている男。

「それについて説明をしてもらうぞ」

「まずは、きみが『サイコパスがあふれる家で一番おかしなサイコパス』と言った理由を聞きたいね」

オーガストは吐息をついて、ルーカスの頰を拳で撫でた。

「すべて話す。ただし、裏切ればお前の手は血まみれになるとは言っておく」

ルーカスががばっと起き上がり、オーガストの目に挑んだ。

「俺を殺すという脅しか?」

オーガストは顔の距離を詰め、余韻の残るキスをした。

「違う。うちの家族を殺すという宣言だ。お前はぼくのものだ、今のお前がどこまで理解しているかにかかわらず。だがもし、お前が世間にぼくらの正体を——何をしているかを暴いたなら、父が長年心血を注いだ研究は瓦解して、兄弟たちはお前の首を求めるだろう。お前を守るために家族を皆殺しにさせないでくれ」

「求愛行動にしても少し行き過ぎてやしないかい」

またオーガストはキスをした。

「お前を愛しているわけではないよ。ぼくには愛することができない。わかっているだろう。お前はそれを知るだけの教育を受けているのに、長く感覚を殺してきたせいでぼくとの間にあるものが無感覚よりましに感じるあまり、事実を無視しようとしている。おそらくは一年も前ならば、我々の関係はずっと……困難なものになっていただろうな」

「まるでそっちがプロファイラーだな」

沈んだ声だった。

「分析しているわけではない。お前を見ているだけだ。むしろ大学の中庭を歩いてきたのを見た瞬間から、お前のことしか見えていない。これは、受け取るほうもさぞ重荷だろうと思う。我々と作りが違う人間にとっては重すぎるのだと、ノアからも言われている」

「ノアは兄弟の一人？」

「いや、弟の恋人だ。ノアと父は、外側の人間だ。サイコパスの海にあって正気の二人。ノアは弟を愛しているのだ、たとえ弟には愛し返すことができなくとも。だが、かつてのノアは何者でもなく、何かですらなく、ゆえに弟の保護と独占欲は彼を満たすに十分だった。たとえ弟から愛されないとわかっていても、二人の間にあるものはとても強い。ぼくもあれがほしいと思う、お前との間に。だがお前はノアではないし、ぼくはアダムではない」

「ああ、違うよ。きみとの間にあるものが何なのかもわからないし。俺は、何かを感じたくて火で遊んでるだけなのかもしれない。それじゃ駄目か？　それでもきみは人殺しだし俺はやっぱりイカれてるだろ。きみの秘密をバラしたりはしない。どうせ言ってたろ、誰も信じやしないしね。でも言っとくが、俺のそばにいるととばっちりを食うぞ。コーンが俺を追ってくる。

あいつは俺をオモチャにしてる」

オーガストの胸の中で何かが爆発する。ルーカスを害そうとする誰かがいると思うだけで、憤怒が白く血を灼いていく。

ルーカスが互いの額を合わせた。

「いちいち気にするようなことじゃない。どうせあいつは来るんだ」

「頭から聞かせろ」

命じる声は低い唸りを帯びていた。

ルーカスは溜息をつき、またオーガストの腹を枕にして落ちついた。

「あの男との出会いは、四年前だ。ローレンス・コーン特別捜査官」

オーガストは膝を立て、足裏をベッドに沈ませる。するとルーカスの指が太腿の裏側を、まるで激情をなだめようとするようにさすった。

「そいつとはパートナーか何かだったのか？」

ルーカスが首を振る。「彼は現場捜査官だった。俺は犯罪心理の分析専門家だ。縁ができたのは、俺がたまたまプロファイリングについての講演でニューメキシコに行った時だ。部族警察の警官が担当事件について連絡を取ってきて、意見をもらえないかとたのまれた」

「よくあることか？」

ルーカスは肩を揺らした。「俺はＦＢＩでは評判だったからね。証拠品にさわりたがるとか犯罪現場をじかに見たがるとかで。俺みたいな頭でっかちが普通はやらないようなことをしたがる。そのせいで、よく声はかけられた。その時もそう」

「そこにコーンがどう関わる？」

「コーンは部族警察とＦＢＩの橋渡しをする連絡役で、居留地内で連続発生していた失踪事件を担当していた。俺はコーンに煙たがられるんじゃないかと腰が引けてたけど、コーンはとても協力的に見えた」

そう言ってから、ルーカスは鼻で笑う。自己嫌悪がむき出しになっていた。自分の不幸を自ら招いたと責めているのだ。なんて繊細、なんて純粋。オーガストはそれを……守りたくなる。報復したくなる。まだ話を聞き終わってもいないうちから、その男に自分のはらわたを見せつけてやりたい。ルーカスはオーガストのものだ。ならば守るしかない。

「先住民の女性の失踪率は元からかなり高いだろう？」

まずはルーカスの説明を聞き届けようと、オーガストは質問を投げた。

「たしかに。ただ、この女性たちは立て続けに消えていたし、年齢層も近かった。人身売買の疑いがあった。先住民の女性が巻きこまれやすい犯罪だが、事件を担当していたダン・アダカイという男は、裏にもっと何かあると考えていたよ。

俺の噂を聞いても大体の奴らは本気にしないが、アダカイは真剣だった。ただ、俺がふれることができるものが何もなかった。とにかく失踪と関連しているものは何も。彼女たちの服からいくらかのイメージは得たが、誘拐犯につながるものはなかった。さらわれた場所もわかっていなかったから、俺が情報を引き出せるようなものをどこで探せばいいかも見当がつかない。

俺は一般的なやり方で捜査してみたが、死体なしではあまり助けになれなかった」

「犯行パターンも不明だったからか」

ルーカスはうなずいた。「俺は謝罪し、何か進展があれば力を貸すと約束した」

乱れた金髪のウェーブを、オーガストは指で梳かす。

「その何かが出てきた、ということだな？」

ルーカスのまなざしが遠くなった。「一週間も経たないうちに死体が出てきたんだ」

オーガストは眉を寄せる。「タイミングが良すぎるな」

「だろう。まるで……餌を撒かれて、追ってこいと挑発されてるみたいだった。俺は上司に、アドバイザーとしてニューメキシコへ戻る許可を求めた。上が渋々ながらも了承したのは、部族警察とコーンが、俺の協力を要請したからだ」

「コーンに呼ばれたのか」

「そうさ」

ルーカスはまた嘲笑する。

彼のやりきれなさは、オーガストにも理解できた。真犯人に招かれ、試され、弄ばれていたのだ……今でも弄ばれている。ルーカスのようなタイプが人間不信になるのも当然だ。

「死体からは何が読み取れた？」

ルーカスを自己嫌悪の沼から引き剝がそうと、オーガストは話を進めた。

「被害者はマリア・エッツティ、十五歳。最初に失踪した。死体はまだ新しく、殺されてすぐのようだった。長期間にわたるレイプと拷問を受けていた。死ぬ前に乳房と性器を切り取られていた。以上のことから、犯人は秩序型かつ非社会的快楽殺人者だと考えられる。おそらくは見とがめられることなくあちこちを移動している。そいつは死体を演出し、見つかりやすい場所に残していった」

「見せびらかしているな」とオーガスト。

ルーカスがうなずく。

「自分の行為が自慢で、俺たちに存在を誇示したくてたまらないんだ。あれだけの身体切断をしておきながら、設置する前に彼女の死体を洗浄している。時によってそうした行為は、悔恨や被害者との交流を示唆するが、この場合は鑑識への対抗措置に思える」

オーガストも同意だった。「死体にさわって何が見えた？」

ルーカスが目をとじる。

「おぞましいものだ。俺は、痛みや苦しみをブロックするよう自分を訓練してきた。そうしないと生きてこられなかった。そうでないと違和感を見逃してしまう。あるべきでない矛盾に」

「あるべきでない矛盾？」とオーガストは聞き返す。

目を開いたルーカスが彼を見た。

「そうだ。この犯人が一般的な快楽殺人者と一致しない点。奇妙な部分。そこにないはずのもの」

「何が見えた」

「窓のない長方形の部屋だ。雑な推測だが、バントラックの荷台の内部や小屋、小型の倉庫、ひょっとしたら小型の輸送コンテナかもしれない。邪魔が入る心配のない場所だ」

「ありがちだな」

「拷問のために調えられた部屋だ。この犯人はじっくり時間をかける。そこは奴にとって夢の家なんだ。抱いてきた、どれほど邪悪でおぞましい夢も実現できる」

「ないはずのものは見つかったか？」

「かもしれない。犯人が覆面をしていて、顔が見えなかったんだが、これは奇妙だろう。被害者を殺すつもりなのにどうして覆面を？　証言される心配はないのに」

「本来殺すつもりはなかった？　たまたまやりすぎただけで」

「それも考えたが、快楽犯罪者、それも秩序型で非社会的タイプは、被害者への拷問だけでなく殺害によって性的満足を得る。そこが、何週間や何ヵ月も醸成してきた妄想の絶頂点なんだ。切断は前戯、殺しこそ絶対的な達成。だから覆面は大いに引っかかる」

オーガストはうなずく。「奴は誰かから自分の正体を隠したい。だが被害者からではない」

「まさしく」とルーカスが同調した。

「ほかに気になった点は？」

「一つだけ。それが手がかりかすらわからないが。単なる趣味かも」

「それは？」

「赤い光」

「赤い光？」

「そう。照明はすべて機能的だが単純なもので、元は明かりがないところに後付けされたように見えた。だがそこに赤い光がさして、部屋をよぎっていたんだ。まるで灯台の投光のように」

「たしかに……風変わりだ」

「そうなんだよ」

「どうやって犯人がコーンだと突き止めた？」とオーガストはたずねた。

「突き止めたわけじゃない」

否定してから、ルーカスはすぐ言い足す。

「結果としてはそうなったけど、訓練の成果とかそういうんじゃなかった。ニューメキシコ支部と部族警察に犯人のプロファイルを伝えて、俺はバージニアに戻ったんだ。数ヵ月後、コーンが一週間の訓練でクワンティコへ来て、俺に連絡を取ろうとしてきた。今にして思えばそこからしておかしな話だが、当時は変には思わなかった。彼は親しげで、俺を『モルダー』と呼び、見えることで俺をからかった」

「お前に言い寄ろうとした」

それに神経が逆なでされるのを、オーガストは隠せない。

ルーカスが温度のない笑いをこぼした。

「そう。何か企んでるって、そこでピンと来るべきだったね」

オーガストの口元がこわばる。「どうしてだ」

「あいつからは全然ゲイって感じがしなかったんだよ。クローゼット入りにすら見えなかった」

「お前に接近しようとしていたわけだ。どこまで知られているか探りを入れに」

「そう。なのに俺は疑いすらしなかった」

「どうして疑う？　自分の犯した殺人を捜査するＦＢＩ捜査官――サイコスリラーの筋立てでもなければ飛躍した発想だ」

「悪と戦うサイコパスの大富豪と同じくらい非現実的？」ルーカスが唇をピクッと上げた。

「厳密に言えば、富豪は父だ。ぼくは大学教授の給料を得ているだけだ」

「大学教授の給料っていうのは俺の稼ぎのことだろ。きみのはアイビーリーグの終身教授の給料じゃないか、かなりのもんだって聞くぞ」

オーガストは微笑した。「十分な程度だ。それにうちの父は、息子たちにとても気前がいい。さて、残りの話を聞かせてくれ」

ルーカスは溜息をついた。

「俺はいつも、捜査以外の時は障壁を張っている。そうでもないと、フォークを手に取るだけで映像がどっと流れこんでくるからね。人の心をのぞけるなんてすごいことに思われるけど、全然違う。コーンもそう思うクチだった。俺を口説いたりメールしてきたりニューメキシコの事件について意見を聞こうとしてきてさ、デートに誘われたけど俺は断った。サイキックにとってデートなんて落とし穴だらけだ」

「サイコパスにとってのデートも似たようなものだ」

オーガストはそう返しながら、からかうように微笑んだ。

ルーカスもつられて笑う。

「想像はつくよ。コーンからは毎日まとわりつかれて、仕方なく滞在の最終日に、俺から夕食に誘った。じつに気まずい時間で、やっぱりこいつはストレートだとあらためて確信したけど、もしかしたら単に……自分のセクシュアリティに迷いがあって試しているのかも、とも思った」

オーガストは二人の指を絡ませ、唇へと運んでキスしたが、どうすればルーカスの心をなだめられるのかがわからないでいた。明らかに自分を恥じている。そんな必要もないのに。

「ホテルの前で彼を降ろした時、驚いたことに、向こうから迫られてキスされたんだ。俺はすっかり仰天して、障壁で自分を守る余裕もなかった」

「何が見えた」

「はじめは、マリアの遺体にさわった時と同じ光景が。四角い部屋、ちらつく蛍光灯、例の不思議な赤い光。でもほかのものも見えた。寝室で覆面をかぶって、ナイフをダッフルバッグに入れるコーン」

「それで、お前はどうした？」

「硬直していた。その時は、コーンは俺がのり気じゃないんだと受け取って、ジョークでごまかして謝られた。バレずに切り抜けたと思ったんだ。家に帰ってからも、彼が犯人だなんて思えずにいた。俺たちは同じ事件を捜査して、同じ情報を持っている。コーンは犯人の目線から想像するタイプなのかもしれないって。だけどそれでも、俺が見たのとそっくり同じ部屋を知ってる説明がつかない。どれだけ俺が精密に説明したところで、あれほど細部まで一致するイメージを持てるわけがないんだ。だろ？」

オーガストはうなずいた。「いつ奴に気取られた？」

目をとじたルーカスの口元が険しくなった。

「俺が、部署の上役に相談したんだ。俺の話を聞いてくれて、そこそこ親身にすらなってくれたけど、それも俺がコーンを捜査するべきだと信じる根拠を打ち明けるまでだったね。何とか、覆面をしてナイフを持ったコーンを目撃したと主張しようとして——能力で透視した光景だという点はぼかしたんだけど、でも結局、自分には本当に透視能力があるんだと白状したよ。噂の捜査法は何かのジョークでもおまじないでもないって。たちまち内勤に回されて、精神鑑定待ちになった」

「コーンへの対処はされたか？」

「何も。あいつがバージニアにいる間に、ニューメキシコで別の死体が出てきて、おかげで俺がイカレ野郎に見えた」

「だがお前は諦めなかった」

「そう。でも時々、諦めとけばよかったと思うよ」

「本気じゃなかろう」とオーガストは返した。

ルーカスがふうっと息を押し出す。

「当たり前だ、そんなわけあるか。結局何もできなかったけどな。あの娘たちは死んだし、さらに何人も行方不明になってるし、コーンと共犯者がまだ殺しを続けているのかも俺にはもうわからない。あいつらはまだ女性をさらってるのか？　まだ女性たちはひどい目にあっているのか？」

「精神鑑定を受けて、その後は？」

「職場復帰の許可は出たが、俺はコーンの犯罪を暴こうと躍起だった。休暇を取ってニューメキシコへ行き、あいつを尾行してどうにか共犯者の目星をつけようとした。あいつは俺の上司に連絡し、俺をストーカーだと非難し、訴えると脅してきた。本当に真実を知っているのだと証明しようとするほど、俺は狂っているように見えた。実際、俺はどんどんイカれていった。そんなある夜、コーンが車の中で俺を待ち伏せていた。てっきり殺されると思ったが、あいつは俺で遊ぶほうが楽しかったらしい」

「お前を玩弄《がんろう》しているんだな」

「これからも娘たちへのレイプと拷問は続けると、俺に宣言した。俺には何も止められないと。俺にさわって、無理矢理見せてきた……すべてを。奴のしたこと、どんなふうにいたぶったか、何もかもだ。でも何より恐ろしいことに……感じたんだ。被害者の苦痛、苦悶を感じ、命乞いを、叫びを、家族の名を呼ぶ呻きを聞いた。オフィスに戻った俺はもう抜け殻だったよ。自分や他人へ危害を加えかねないとして、七十二時間の精神病院保護になった。俺自身も状況を悪化させた。何を見たのかひたすら呟きつづけていたんだ」

「おぞましい体験だっただろう。だがお前は、そこから無事に出てきた」

「中でコーンに殺されかけてさ」

「何だと」

「入院患者に、ガラス片で俺を襲わせたんだよ。この話も信じてもらえなかったけどね。あと何センチかずれたら心臓に届いてた。かわりに肩の神経がやられて指先に痺れが残り、おかげでまた傷病休暇だ。その後、クワンティコでの指導員の職を紹介され、仕事ぶりは高く評価しているがプロファイルのストレスが積もり積もったのだろうと言われたよ」

「だがお前は去った」

「ああ。マトモじゃないとか正気を保てないとか思われながら働くなんてごめんだ。実際そのとおりでもさ」

「なのにまだコーンに追われていると思う根拠は？」

ルーカスがオーガストと視線を合わせた。

「俺が越した二ヵ月後にあいつもこっちに越してきて、女性の失踪が始まったからだ」

「コーンの仕業だと思うのか」

ルーカスはうなずいて、片手で目をこすった。

「証明しようがないけどね。失踪の裏にあいつがいるという証明すらできない。でも、あいつなんだ。あいつは飽きが来るまで俺を苦しめて、それから殺すつもりだ。車の中でそう言っていた。彼女たちを拷問するのと同じくらい楽しめるだろう、と言ってたよ」そこでいきなり体を起こす。「もう寝たほうがいいね。お互い、朝から講義があるだろ」

引きつった表情を、オーガストはじっと見つめた。

「いいだろう、今夜はもう十分だ。だがこれで終わりじゃない。コーンには対処が必要だ」

その隣にルーカスが転がって、ぴったりと寄り添うと、二人の上にブランケットを引っ張り上げた。

「今夜は枕の壁はいらないのか？」

オーガストの胸元にルーカスがキスをして、答える。「ああ、もう今夜は」

10

Lucas

昨日と同じく、ルーカスが目覚めた時にはオーガストはもういなかったが、枕の上にメモが残されていた。携帯電話を確認せよ、と。ルーカスは関節が鳴るほどのびをしてから、微笑を浮かべて寝返りを打ち、充電器から携帯電話をつかんだ。

オーガストからのメッセージがあった。添付されている写真はルーカスのもので、手足を投げ出してのびのびと横たわり、大口を開けている。オーガストの追記があった。

そそる寝顔だ。

ルーカスの笑みが深くなった。**美しさをひがまれるかな？**

オーガスト：昼食を一緒に？

ルーカス：残念。ブレナーとのミーティングがある。夕食？

画面で三つのドットが踊った。**夕方に所用がある。終わってから行ってもいいだろうか？　デザート？**

この瞬間ルーカスが求めるデザートはオーガストだけだ。**歓迎するよ。**

オーガスト：では後ほど。

たっぷり五分、ルーカスはニヤけ顔で天井を見上げていた。ブレナーは心理学科の学科長で、彼と会うのは政見放送を見るくらいに心が踊る予定だった。政見放送にアンティークドールコレクターの出番があるだろうか。昔から、心理学の道に入るのはイカれた人間だけ、という言い回しがある。ブレナーならまさにどんぴしゃりだろう。

シャワーと着替えを済ませて階下のコーヒーショップへ寄ると、いつものところにクリケットがいた。今日の髪は紫色だ。ルーカスを見てはしゃいだ顔になった。

「ようこそ、ルーカス!」

「やあ、クリケット」

きっとこの静かな店では退屈なのだろう。ほんの一ブロック先にできたスターバックスがこの小さなコーヒーショップから朝の喧騒を奪ってしまって、ルーカスやこの建物の住人にとってはありがたいことなのだが、店はそうもいくまい。

クリケットはくるっと背を向け、言われないうちからルーカスのいつものコーヒーを淹れはじめた。

「今朝、あなたの恋人が来たよ」

肩ごしにからかう視線をとばされる。ルーカスの頬がほてった。

「恋人じゃない」

クリケットが鼻を鳴らした。「それ当人の耳に入れちゃダメだよ」

ルーカスは含み笑いをこぼした。オーガストはとにかく粘り強い。そして細やかで優しい。(そして人殺し)。最後の特性がどんどん取るに足らないものに思えてくる己が困りものだった。

オーガストはいい人間だ。……人間の拷問が好きだと自認する者をそう評するのは、間違っているだろうか。大量殺人犯への恋心を正当化しようとして、ルーカスは倫理観のラインをぼかしているだけなのだろうか。

それが何だ？　三日目にしてルーカスは、もうそんなことを気にしても意味がないほどの深みにいる。

「言ったって平気さ。とんでもなく頑固なんだ」

そう言いつつ、オーガストのそこが好きだということは隠せない。

クリケットはルーカスにカップを、続いてチョコレートチップマフィンを渡した。

「みたいね。もうあなたの朝食分を払ってったし、私に二十ドルのチップをくれて、あなたに断られてもデカフェにしといてくれってたのまれた」

ルーカスは鼻を鳴らした。「ほら勝手だ。てことはこれはデカフェ？」とカップを見せる。

「チップもらっといてデカフェにしなかったら駄目でしょ。サギじゃん」とクリケット。「でもその言葉は自分で書いてったよ」

眉を寄せたルーカスは、カップを回して、はねるような走り書きを見つけた。

たとえ重力が存在しなくとも、ぼくはきみへと落ちるだろう

ルーカスの鼓動がはねた。

「支離滅裂だ」

「メロメロなんだよ」クリケットに訂正される。「その上めちゃイカした人じゃない。彼とあなたなら超イケてるカップルになるって。ランス・バスと旦那みたいにイケてる。ただしもっと頭脳インテリ風味？　あっちの男よりずっとお似合いだよ」

ルーカスはコーヒーに口をつけ、熱さにたじろいだ。

「あっちの男？」

「そう、あなたのこと聞きにやってきたヤツ。元彼だとか言ってたよ？　警察《サツ》のバッジちらつかせちゃってさ。あなたの部屋はどこだって」

脈が凄まじく速まって、紙袋の上をつかむ指に力がこもった。オーガストの目新しさに目がくらんで、この一年で初めて、コーンのことがすっかり意識から飛んでいた。油断した挙げ句にくらったのがこの不意打ちの一撃だ。

「あいつに何と言った？」

声が鋭くなるのが嫌だったが、心をくじかれまいとするので精一杯だった。

「誰のこと、って言ってやったよ。どこに住んでるのかも突き止められないならFBI失格じゃないのって。何か気味の悪いヤツだった。ワニみたいな笑顔で。もし本当に会いたい相手だったらゴメンだけど、でも何だか……イヤな感じで」

「いや、助かった」ルーカスは名刺を取り出すと、カウンターのグラスから取ったペンで携帯番号に丸をつけた。「たのむよ、もしそいつがまた来たり、うろついてるところを見かけたらメールをくれないか」

クリケットはカウンターからのり出すと指先でピッと名刺を取った。

「あいつ本当に元彼？」

「いいや。まったく。姿を見たら連絡してくれ。でも近づいちゃ駄目だ。とてもヤバい相手なんだ。いいね？」

ルーカスは二十ドル札を見せると、それをグラスに入れた。

「ヤリぃ、あなたと恋人からのチップで今月の家賃払えそう」

ルーカスの作り笑顔はこわばっていた。この日が来るとわかっていた。時間の問題だったのだ。それでも心のどこかで、コーンが思い直すのを期待していた。せめて、ＦＢＩがルーカスの見たものの一部でもまともに取り合ってくれていたなら。

コーンは女性の誘拐と殺害を中断してルーカスの追跡にかかっているのだろうか？　その間、犯行は共犯者まかせか？　自分の正気を、肝心の時に証明できなかったがために女性たちが刻まれていると思うと、硫酸でも飲んだような気分だった。もし一つでも、揺るがぬ証拠を透視の裏付けにできてさえいれば……。

だがコーンはあまりに狡猾だったし、立場を悪用して捜査機関と被害者たちとの網目に安全な死角を作り上げていた。そこらのシリアルキラーと違って、コーンはその残虐さを支える奸智をそなえていた。共犯者がいたとして、そいつが主導している可能性は低いだろうと、ルーカスには確信がある。共犯者の知能は比較的低く、コーンの言いなりだろう。追従者、あるいは信奉者。ほぼコーンに心酔している何者かだ。

だが、あの覆面。コーンが正体を隠しているのはその共犯者に対してか？　共犯者はコーンの正体を知らないのか？　安全策ではある、ただルーカスは被害者の目を通したあの部屋で、第三者を見たことはないのだが。それともコーンが自分を撮影していたからか？　しかし、それならどうして潜伏している？　シリアルキラーは己の殺しをひけらかすものだ。コーンは動画を警察に送りつけるような行動はしていない。いや、ルーカスだけだ、コーンの標的は。

オーガストは正しい、ルーカスには助けが要る。謎の解明もままならないし、FBIの力ももうたよれない。〈カリオペ〉が何者であれ、今のルーカスに比べれば情報通だろう。今夜、オーガストにたのもう。彼に会うと考えただけでじわりと熱がこみ上げた。オーガストやその巧みきわまりない舌使いや、しゃぶられながら押さえられた手首のことを頭から追い出そうとする。

「おはよう」

ルーカスはけしからん考えをつぶし、声の主を探してきょろきょろした。向かいのオフィスの女性だ。ベリンダだかビアンカだか、とにかくBのつく名前の。彼女は自分のオフィスを施錠し、肩にバッグをかけて、どうやら朝の講義に向かうところだ。やけにじろじろ見られたルーカスは、オーガストについての下品な考えを見透かされたのではと股間を隠したくなる。

「おはよう」と、どうにか答えた。

彼女は固い笑みを残し、こくんとうなずくと低いヒールをコツコツ鳴らしながら廊下を歩き去っていった。音が消えるまで聞き届けてから、ルーカスは自分のオフィスの鍵を手にする。回したが、カチッという音がしない。先に解錠されている。

眉をひそめ、ドアを開けた。いつもどおりでおかしなところはない。ドア裏のラックにバッグをかけ、もう一度室内を見回してからようやく革張りの椅子に体を沈めると、ルーカスは黄色い付箋に目を留めた。

会いにいくよ

あきれ顔になりつつ、つい微笑んでいた。そうだろうとも、オーガストならオフィスに押し入るくらい簡単だ。いかにもやりそうだし。付箋はそのままにして、ルーカスはコーヒーショップの紙袋を開けると大きなマフィンにかぶりついた。いきなり腹が減っていた。

朝食を半分ほど食べたところで、ふと目が留まった。紙のカップに書きなぐられたオーガストのメッセージに。

付箋を見て、またカップを見た。筆跡が違う。まるきり別物だ。付箋の文字はすべて大文字で、くっきりと書き記されていた。オーガストの文字はいかにも本人らしくカオスで、文字が傾いて絡んでいる。クリケットの代筆でもない、彼女の丸文字はこのどちらとも違う。

ルーカスは付箋から目を離せなくなっていた。今にも襲いかかる毒蛇のように、黄色いメモを凝視する。くしゃくしゃに丸めてゴミ箱へ叩きこんでコーンのこともその悪行のことも忘れてしまいたかった。どうせ、ルーカスのことなど誰も信じないのだ。もうオーガストの専門にまかせてしまおうか？　だがそれではコーンの共犯者は止められないし、ルーカスがこうしている間にも、拉致され、痛めつけられている被害者たちも救えない。目先の大義に釣られて彼女たちを見殺しにするわけにはいかない。

付箋を見つめていると、ふとある考えが浮かんだ……もし障壁を解いたら、ここから何か読みとれないだろうか？　コーンの感情や知覚が十分に鮮明で、わずかな時間でもここにふれていたなら、残留した何かを読めるかもしれない。

ルーカスは閉じたオフィスの扉を見た。邪魔は入らなさそうだ。

マフィンをもう一口かじり、ぬるいコーヒーをもう一口飲むと、障壁を解き、心を開いて、付箋に残るかすかな手がかりも逃さぬよう深呼吸をくり返して心を落ちつけた。忌々しい小さな紙にのばす自分の手がひどく震えているのが腹立たしい。

さわった瞬間、ルーカスの肺からはっと喘ぎ声が絞り出された。絶叫。恐怖。苦痛。それも凄まじいまでの痛みだ。鮮血。電化製品のようなブーンという唸り。例の謎めいた赤い光。椅子にくくりつけられた少女。手首と足首には革枷。肌に刻みこまれた文字。

三文字。I－C－U。

見つけたぞ《アイ・シー・ユー》

「ルーカス？　ルーカス！」

パチッと目を開くと、すぐ前にオーガストがひざまずいていた。二人とも床にいる。いつ自分が倒れたのかわからない。オーガストの手がほてった顔をひんやりと包んでいる。ルーカスの感覚は苦痛だけに焼き尽くされ、視界はくらんで体が煮えるようだ。耐えがたい痛み。すべてが痛む。筋肉、肌、内臓。それ以上に心がズタズタだ。少女を満たすのは凄まじいばかりの恐怖と絶望。わずかな残りの生は苦しみ悶えて尽きると諦めている。

「ハメられ、た」

カタカタと鳴る歯の合間から、ルーカスは絞り出す。

「何？　誰の仕業だ。コーンか？　奴がここに？」

答えられなかった。隣にオーガストが座ると、ルーカスは寄り添って体を丸め、オーガストの腕の中へ縮まった。口はカラカラで、ひび割れた唇に血がにじむ。眼球が痛い。どうして眼球が。手の感覚がない。枷のせいだ。前腕の革ストラップが……血をせき止めている。あまりの苦痛、それを脳が否定しようとして、意識が遠のいてはただ苦痛の波に引き戻される。

　オーガストにひしと抱きしめられた。痛みが褪せ、薄汚い拷問部屋の情景が凍てついた湖と静寂へと塗り換えられていくうちに、ルーカスのはねるような鼓動も徐々に静まっていく。至福の静寂。顔を撫でる氷のような風が、景色の静謐さが、染み入ってくる。果てしなく孤独なその場所には何マイルにも渡ってただ何もなく、時おりの風が裸の枝を口笛のように鳴らしているだけだ。

「……どうやって？」とルーカスは呟いた。

「うまくいったか？」

「うん」

　そう答えて、ルーカスはそのまま荒涼とした風景を眺めつづけた。そこにはオーガストもいて、すぐ背後からルーカスに腕を回し、肩にちょこんと顎をのせている。

「こんなの……ありえない」

「どうしてだ」オーガストの息が耳元を温めた。「お前がふれたものから映像を読み取るのなら、お前に接触しているぼくが任意の情報を与えられて当然だろう。科学的な道理だ」

　科学。ルーカスの能力を知る人間からついぞ聞いたことのない言葉だ。科学だなんて、思われたことがない。狂っていると思われてきた。嘘つきだと。

　オーガストだけが、彼の能力《ギフト》を真に受容してくれているようだった。その能力によって最大の秘密を暴かれたというのに。その秘密すら、日ごとに取るに足らないものに思えてくる。

コーンからルーカスが何か学べたとするなら、この地上には空気を呼吸するにも値しない人間が存在するということだ。彼らがいないほうが世界は安全になる。オーガストとその一家はその処理をしているのだ。人々の安全を保っている。ただの正当化かもしれない。オーガストを求めるあまり、自分の心があらん限りのアクロバティックな柔軟さで状況を受け入れようとしているだけなのかも。だが、もうどうでもよかった。

人生は短い。コーンは本気でルーカスの人生を地獄に変えようとしているし、飽きるまでいたぶって、最後には殺しに来るだろう。オーガストには彼を救えるかもしれないし無理かもしれない。自分の身は不自由なく守れそうだが、ルーカスまで含めて守れるかは何とも言えないところだ。

どれだけでもいい、オーガストとともにすごせる時間を享受しようと、ルーカスは腹を決めた。いつ終わるかもわからない時間を計ることに意味などない。彼らは加速された時間軸で生きているようなもので、あらゆる標識を光速で突っ切っているも同然なのだ。

頭頂部に唇が押し当てられた。

「気分は良好になったか？」

ルーカスは目をとじ、オーガストのたよれる存在へもたれかかる。

「そう思うよ」

「まだここにいたいか？」

むき出しの枝から垂れる氷柱《つらら》を見つめた。

「あと少し、いいかな」

時間とともに脈拍が落ちつき、体温も平常に下がっていき、苦痛と悲憤が流れ去っていく。ついにまばたきしながら目を開けると、そこは薄ぼんやりとした自分のオフィスで、穴につまずいて落ちた先が別世界だったような混乱を覚えた。

オーガストが立ち上がり、ルーカスを引き起こしてソファへとつれていく。そこで二人でイチャついたのはまだ昨日のことだ。あれからたった一日？

「何があったか説明できるか？」

「コーンにしてやられた」

絞り出したルーカスの声はヒリついていた。

オーガストが苦い顔をする。「そのようだな。だが、いかにして？」

ルーカスはクリケットの会話から始めて付箋の不意打ちまでを話すと、丸ごと信じた様子のオーガストを見てほっとした。オーガストがどれほど彼の能力を認めていても、まだどこかに次は疑われるかもという怖さが残る。

「今夜の予定をキャンセルしてくる」

それにルーカスは首を振った。

「やめてくれ。この先ずっと俺のボディガードをしてもらうわけにはいかないよ。俺たちは講義もしないとならないし、きみにはその……ボランティアの仕事もある。俺は引きこもったりはしない、それじゃどのみちコーンの勝ちと一緒だ」

オーガストの口元はきりりと険しく、鼻から怒り狂った雄牛のような息が押し出された。

「あの男はぼくが殺す。可能な限りの苦痛を延々と味わわせてやる。覚えておいてくれ、奴の連続殺人と共犯者について調べ上げ、全部済んだら、ぼくが奴の生皮を剝いでやる」

オーガストの言葉にたぎる毒に嫌悪を感じるべきなのだろうが、実際にはルーカスのささくれた神経を癒してくれる。

「俺にも見物させてくれよ。とにかく、被害者女性たちさえ無事なら。奴のしでかしてることときたら……」

「ぼくはあいつとは違う」とオーガストが言った。

ルーカスは「えっ？」と頭をはね上げる。その顔をオーガストが眺めた。

「その点はわかってもらえないだろうか。ぼくはあの男と同じではないと、その一点は」

ルーカスは手でオーガストの顔を包んだ。

「わかってるよ。たしかに初めて会った時はパニックになったけど、家に押し入られた時だって、きみはあいつとは違うって心のどこかで知っていた」

のり出したオーガストの唇がルーカスの唇と重なり、そのままキスを分かち合う。開いた唇から舌が入りこんできて、ルーカスは呻いた。コーヒーの味。

「今夜はお前のそばに誰かつけていくぞ」とオーガストが唇に囁いた。

「誰かって？」

また知らない相手に部屋をうろつかれるのはぞっとしないのだが。

「それは今から考える」

ルーカスは腕時計を見た。反論の暇はない。

「俺もきみも一限に大遅刻だよ」

オーガストがためらう。「もし何かあったらすぐメッセージをくれ。講義中でもだ」

ルーカスはうなずいたが、それでは足りなかったようだ。

「約束してくれ」

「約束するよ」ルーカスは答えた。「じゃあお互い仕事に戻らないか？」

唇を押しつぶすようなキスでルーカスの爪先までじんとさせてから、オーガストが立ち上がった。

「メールをくれ。何も起きなくても。とにかく……くれ」

ルーカスは微笑を返した。「わかった。さっ、授業に行けよ」

心残りな様子のまま、オーガストは結局、ソファに脱力する彼を残して去っていった。

朝のうちにオーガストがルーカスの顔を見に来なければ、一体どうなっていただろう？　コーンはあの付箋を毒餌のように仕掛けていった。ルーカスが頭の中をのぞこうとするだろうと、見抜かれている。畜生が。よりによってルーカスの能力を信じるたった二人ともがサイコパスだとは、どうしてなのか。

オーガストは自分とコーンは違うと言ったが、それは正確ではない。彼らは鏡写しであり、陰と陽なのだ。光と闇、炎と水……罪悪感や悔恨を知らない人間の、それぞれ最善と最悪のなれの果て。他者の苦悶を嬉々として啜るものたち。

目に強く手を押し当て、ルーカスはこの朝のすべてを振り落とそうとする。今日の講義は満員だし、今頃学生たちは時計を見ながらルーカスが来る前に抜け出せないかと企んでいるだろう。

コーンのことは、未来の自分に丸投げしよう。今はこの一日を乗り切らなくては。生きたまま。

「お前の出来立ての彼氏のお守りをしろって？　元ＦＢＩだろ？」

オーガストは弟をにらみつけたが、その言を正す前にノアが「わあ、ぼくらにまかせて」と割りこんだ。

アダムの表情からしてその『ぼくら』はあくまでノアの主観にすぎないようだ。当然、ノアはルーカスに会いたいだろうし、会ってどこにオーガストが惹きつけられたのか知りたいのだろう。ノア一人にまかせられるならオーガストだってそうしたいが、そのオプションは存在しない。

アダムは、ノアの単独行動は許すまい。ノアは十分身を守れるのだが。起きている間中ずっと張り付いていなければたちまち逃げられるとでも思っているかのようだ。どう見たってノアにもアダムしか見えていないのだが、それは関係ないらしい。

十分に自衛できるのはルーカスもだと、オーガストだってわかっているが、しかしながらノアと異なるのは、ルーカスには明確な弱点があるということだ。あの付箋にさわっただけで行動不能になって悶え苦しんだのだ。あんなことがコーンの前で起きれば、簡単にいいようにされてしまう。いくらでも。

それを思うだけで、血がふつふつと煮えたぎる。あんな姿のルーカスを前に、オーガストはただ無力感と憤怒を噛みしめるしかなかった。コーンにはじっくり思い知らせてやろう。考えうる限りの手段で苦しみを与えてやりたいし、苦悶に歪むコーンの顔を妄想しながら一日をすごしていた。コーン相手なら、例外として、奴の悲鳴を聞くためにイヤホンを外してもいい。

コーンの策略が通用したのはルーカスの隙を突いたからだと、頭では理解している。だがあの男の手がルーカスまで届くのだと思うと、猛烈な憤怒がほとばしるのだ。オーガストのルーカスを。この際だ、あのローレンス・コーンを見せしめにしてやろうか。内臓から裏返してあいつを吊るし、世界に見せつけて、オーガストのものに手を出した人間の末路を知らしめてやろう。

コーンはルーカスをためして弄んでいるのだ、殺す前に。好きにするがいい。奴に残された時間はわずかだ。だがひとまずオーガストは、今夜の任務が片付くまでのルーカスの安全を確保しなければ。

いつもなら、殺しは楽しみだ。今回の災禍をこの地上から抹殺できるのをずっと楽しみにしてきたのだ。調べ上げるのに数ヵ月かかったし、それを済ませた今、トーマスはまた犠牲者が出る前に迅速に片付けてしまいたい――オーガストにその実施を求めていた。

父トーマスは、オーガストたち兄弟とは異なっている。トーマスこそ一家の心臓、その拍動だ。アーチャーいわくの『心ある心臓《ハート》』であり、すべての殺しに責任を負い、どうしてかその殺しで傷を癒している。トーマスが今の道にどうやって至ったのか誰も知らないが、何か――きっかけになる物事があっただろうことは皆がわかっている。不安定な精神を持つ子供たちを手元に集めて訓練し、人でなしどもにけしかけようと決めた、決定的な出来事があったはずだ。ある日ふと起きて、私設アベンジャーズ部隊を組織しようなんて思いつく人間はいない。何らかの義憤が必要だ。

「その人が大好きなんだね」とノアに言われて、オーガストは我に返った。

「彼は……完璧なんだ」

カウチにもたれかかったアダムが笑いに体を丸めた。

「お前本当にオーガストかよ？」

「それは修辞的な質問と解釈してよいのだろうな」

アダムが鼻で笑う。「どーぞ。完璧な人間なんていやしねえぞ。ノアでさえな」

さっと弟に視線を向けたオーガストの顎がヒクついた。

「彼はぼくにとっては完璧だ」

「意地悪を言わない」とノアににらまれたアダムが、笑いからしゅんと拗ねた顔になった。

「どうしてお前は甘やかされんだ？」まるでそれがオーガストの責任であるかのように、アダムがぼやく。「お前は兄弟イチお利口で無慈悲なのに、何だって誰もが、ちょっとでもへそを曲げたら……泣きながらセリーヌ・ディオンかなんか流してふて寝するのが心配でたまらないみたいにお前を扱う」

オーガストはいささかムッと鼻息をついた。「セリーヌ・ディオンの何が悪い」

アダムはやれやれという顔をした。「ポップスの歌姫《ディーバ》たちがどんだけ好きなんだよ、ビョーキだろ」

「見る気があるのかないのかどっちなんだ」

怒りをにじませてオーガストは言い返した。

アダムがニタッと唇を歪める。

「そーだな、お前の彼氏を見張ってやってもいいぜ、ただしおかしな頼み事をしてるってのをお前がちゃんと認めればな。ちゃんと……声に出してそう言えよ」

オーガストは首を振った。「お前は何もわかってない」

「なら説明してくれない？」とノアが優しく割って入った。

たしかにアダムの不平も無理はない――家族の誰もが、まるで人質の解放を求める交渉人のように神経を使いながらオーガストに接している。どうして今まで気付かなかったのだろう。

そんなにも彼が——怖いのか？　気障りだとか無神経だと周囲に見られがちなのは知っている。人々が本音や本心を虚礼でもってくるみこんで隠す姿こそ、内包するどんな無様な真実よりはるかに醜いと思うのに。

だがトーマスは、その判断は妥当ではないとオーガストに教えた。オーガストは自閉スペクトラム症と精神病質《サイコパシー》によって、自分の言葉や行動が他人に与える傷に対して鈍感なのだと。オーガストには、トーマスが真実を語っていると信じるよりほかなかった。

オーガストはソファの逆端にどさっと座った。

「ルーカスを追いかけてきた男。奴はルーカスの……能力を知っている。それを逆手に取ってルーカスを攻撃しているんだ」

アダムはあきれ顔で、

「あの超能力ってやつか？　またそれかよ。本気でそんなトンデモ信じてんのかよ？」

「トンデモではない、サイコメトリーだ。ルーカスが残像を読むためには物にさわらなくてはならない。ぼくがそれを信じているのは、その話が真実だとすでに検証済みだからだ。それに、能力の油断を突かれるとどうなるかも見た。コーンは……ルーカスの能力を逆利用するやり方を見つけて、感情や情景を物に付与し、それを不用意に読み取るよう仕掛けていった。ルーカスをいたぶっている」

「なーるほど、そういうのがお前の彼氏の好みなわけか」アダムがせせら笑った。

「ぼくはあのような真似はしない」オーガストはぴしゃりと言い返す。

「わかっているよ」ノアがなだめながら、ナイフのような眼光でアダムを制した。「この弟はわけもなくゴネてるだけだから。ぼくらで、きみが帰ってくるまでルーカスのそばについてるよ。何かあった時のためにね。心配しないで」

オーガストの胸の締め付けがゆるんだ。

「ありがとう。ルーカスは四時に大学を出る。家まで尾けてもらいたいが、彼には知られないようにしてくれ」

アダムが「マジ?」と鼻を鳴らす。またもやノアがひとにらみして答えた。

「もちろんそうするよ」

「ありがとう」

もう一度、オーガストはまっすぐノアへ向けて礼を言った。

車へ戻ると、カリオペへ電話をかけた。

呼び出し音が二度鳴ったかどうかのところで彼女が出る。

『おやおや、うれしいこと、あんたからかけてくるなんて初めてじゃない』一瞬の躊躇があってから早口でたずねてきた。『待って待って。全員無事よね? 誰か死んだって連絡じゃないよね。ね?』

「は?　違う。ぼくが訃報を伝える適役に思えるか?」

『そりゃあんた以外全員ぶっ殺されてたらほかにいないじゃないの』と返ってくる。

「もし全員死亡したなら、ぼくは外部に連絡しようという発想には至らない」

『なんてありがたいお言葉かしら』

彼女の言葉が皮肉にまみれていることぐらい馬鹿でもわかる。

「頼み事がある」

『一体なぁに、バターカップちゃん？』

昨日済ませておくべき事柄だったが、少々……ほかに注意がそれてしまったのだ。

「ローレンス・コーンという男を調べ上げてほしい」

爪がカチカチとキーボードを叩く音。

『それってやっぱ、フロリダの老人ホームに入居中で九十歳のラリー・コーンじゃないよねえ？』

オーガストはけげんに眉を寄せた。「違う」

カリオペが鼻を鳴らす。

『ああそう、ならもう一人のほうでもありませんように。だってこいつはFBIだから』

「そう、その男だ」と裏付けた。

『何それやーだ何かの冗談よね？　FBIをハッキングしろとかマジで言ってないよね？』

こんなやり取りにつき合う暇はない。

「この男は大量殺人犯だ。正体不明の共犯者がいる。現在も女性を監禁して痛めつけている可能性がある」

『何を調べればいいの』カリオペは溜息交じりだ。

「コーンはこの町にいる。ここで奴が何をしているのか、いつまでいる気なのか、誰に連絡を取っているのか知りたい。今もバッジを携帯しているから、任務中か、異動してきたかだろう。こっちに転属したなら近辺ですでに女性を狩っている可能性がかなり高い」

『そいつの行動パターンは？』

「ニューメキシコでは居留地で狩りをしていた。先住民の少女や女性。こちらの近隣に居留地はないが、弱者を狙うのは明白だ。ゆえに、ハイリスクの少女たちをまず調べるべきだろう。だがセックスワーカーや薬物中毒者は日々消えているから、割り出しは容易ではない」

カリオペの声は陰気だった。『そうだね、調べとく。奴についてどの程度詳しく掘り返す？』

ハンドルを握るオーガストの手に力がこもった。

「すんだ時には、かかりつけの肛門科医より奴を知り尽くしているほどに」

『まかせて。何かつかんだら知らせるわ』

それで電話は切れた。カリオペがコーンを調べにかかり、アダムとノアにルーカスをまかせた今、オーガストの気が少しばかり上向く。

ルーカスは、同意しないだろうが。

オーガストとしては、己はフェミニストと言っていいと思う。鉄槌を下す相手に男女どちらの性器がついていようが気にしない。そこにいるべき相手である限り。

そしてドロシー・ブライヤーは、当然ここにいるべき女だった。オーガストに言わせれば最悪の怪物の類いだ。信頼して子供を託されていたはずの女。他人の子、そして自分の子も。

たしかに無垢そうに見えた。金属の折りたたみ椅子に縛り付けられた彼女を見れば、誰しもオーガストが悪役だと思うだろう。それも正しいわけだが。だがこの女はさらに邪悪だ。ルルレモンのレギンスとそろいのクロックトップを汗だくにして、ダクトテープでがっちり固められた口の中からくぐもった罵倒をオーガストへ浴びせながら、ポニーテールをはずませている。

大体いつも、器具を目の前にすると彼らはパニックを起こす。媚びや賄賂、あるいは怒声などでは切り抜けられない事態だと、そこで悟るのだ。自分の正体を見抜かれていると。だがドロシーは……怯えていなかった。怒り狂っている。今にも「上司を呼びなさい！」とオーガストを叱りとばしそうな顔をしていた。

ふと面白半分に、オーガストは彼女の口からテープを剝がした。

「失礼、聞き逃した。もう一度言ってもらえるか？」

ふんとドロシーが鼻息を荒立てる。

「ええ、あんた私が誰だかわかってんの？　私の夫が誰だと思ってんの？　許されない女に手を出してるわよ、このクソ野郎！」

彼女の夫が誰なのか、もちろんオーガストは承知だ。レジー・ブライヤー。不動産王だ。オーガストがドロシーについて隅々まで知っているのは、彼女が日々の思いの丈をすべてネット上に垂れ流し、ソーシャルメディアで己の病気の子や死んだ子に対する同情をかき集めているからである。自分の弱い遺伝子や運のなささを嘆いて。どうして神は彼女の子をくり返し奪いたもうのかと問いかけて。

「夫は、お前の正体を知っているのか？」

問いかけながら、オーガストはステンレスの作業台に並べた手術器具に指を滑らせた。

そら、見えた――かすかな恐怖の萌芽、いかに心の欠けた人間でも消しきれない一瞬の焦り。

「何のこと？」

オーガストは手術用のメスを取り、明かりにかざした。

「夫は、彼の子供にお前が何をしたか知っているのか？　今も何をしつづけているのか」

「ひどい！　私に向かって子供の話ができるなんてどういう神経なの。私がどれほど地獄のような苦しみを味わったか知らないくせに。悪夢の人生よ」

言うなり彼女はわっと泣き出し、本物の涙が頬をつたい落ちた。オーガストはもう一脚の金属の折りたたみ椅子をつかみ、コンクリートをやかましく鳴らしながら引きずっていくと、その椅子を前後逆にまたいで彼女の前に座りこんだ。

「芝居はいい、ドロシー。泣こうがわめこうがすがりつこうが何の効き目もない、頭痛がするだけだ」

ドロシーは器用に鼻をすすり上げた。

「あんたは怪物よ」

「それはしかり、さりとてお前は？」

オーガストはそういさめて、彼女の上腕に布の上からゆったりメスを滑らせた。純白のクロップトップに血がじわりと広がってもドロシーは悲鳴も上げず、鋭く息を吐いただけだった。今やオーガストをにらみつけ、その涙はあふれた時と同じぐらいたちまちに乾いていた。

「これ高いんだから。ムカつく」

事前の期待に反して、この女にはうんざりさせられるだけだ。

「葬式も高くつくだろう。お前は葬儀を企むのが好きなようだがな。黒が似合わないのに、皮肉なことだ」

彼女が手首をくくったダクトテープを懸命にねじりながら左右に引っ張った。好きなだけ体力を無駄遣いするがいい。またドサッと背もたれに寄りかかって、オーガストをにらみつけた。

「で、あんたは何なのさ」

「どうしてあのようなことをする？」とドロシーの問いにかぶせて問い返す。

「何をよ」

「殺しただろう。苦しめて。溺死、窒息……何故哀れで無力な子供たちを殺す？」

「するわけないでしょ！　うちの子たちは二人とも生まれつき病気だったの。どれだけ医者を替えて治療法を試しても、何も効かなかった。どうしてこんなことするのよ。私は母親として精一杯やったわ」

「子供は二人とも病気だったのか？」

オーガストは興味を持ったふりをする。

「そうよ、そう言ってるでしょ。あんたが何を聞かされたか知らないけど、誓ってもいい、私は子供を愛してたの。いい母親だったはず。ねえ、信じてちょうだいよ」

戦略を変えてきた彼女の前で、オーガストはさっと立ち上がった。彼女は流れをつかんだと、自分が優位に立ったと思っているだろう。テーブルに近づいたオーガストは、そこに置かれていた小さな束を手に取った。

椅子に戻り、写真を見せる。四歳くらいの幼女。

「お前が愛していたのはこの子か？　お前はこの子にとっていい母親だったか？」

「ええ。見てよ、この子を」

ドロシーがすすり泣いた。

オーガストが放った写真がひらひらと彼女の膝に落ちる。

「その子はアレルギー薬の過剰摂取で死んでいる」

「検死官はそんなこと言ってない」

切り口上で返したドロシーの口元は険しく張り詰めていた。

「なら、この子は？　お前の息子、ハンター。六歳。この子のことも愛していたか？」

「当たり前でしょ。愛してたわよ」

「それなのに、その子に馬乗りになって顔に枕を押し当てたのか」

大きく見開いた目を、それからすうっと細めて彼女はせせら笑った。

「どこに証拠があるっての」

「その子の喉から繊維が発見されたのを知っているか？　検死官が見逃したものだ」

「どうかしてる」

「ではお前の言い分を信じるとしてみよう。お前は二人の我が子を愛していて、子供たちが他界したのは生まれつきの体質と不運によるものでしかなかったと。それを信じたとして……」

立ち上がる。次の写真を手にして。また別の子供。

「お前の周りでは子供たちがやけに死にやすいようだな、ドロシー。この子たちも体が弱かったのか？　ベニー・オルテガ生後十ヵ月、ハリー・ベケット三歳、ジンジャー・ドゥニガン五歳、フローラ・エッカード二歳――」

一人ずつの名を並べながらそれぞれの写真をドロシーの膝へはじき落とす。判明しただけでも十人、おそらくわからないだけでもっといる。

もはやドロシーは何も言わず、ただ怒り狂っていた。明らかにオーガストと同種のサイコパスだ。罪悪感や悔恨の情がない。この女は冷血で計算高い人食いザメだ。すでにどう手のひらを返すか、次の手をどう打つか計算を始めている。それにつき合ってもう少し彼女で遊びたい欲もあった。もともとは彼女をじっくり拷問し、子供たちと同じ恐怖や苦しみを味わわせてやるつもりだった。誰より信じていいはずの人間に裏切られて子供たちが受けた苦しみを。

だが無駄というものだ。彼女は、かろうじて人の形をしたからっぽの皮にすぎない。

ポケットで携帯電話が唸り、オーガストはメスをトレーに戻すとポケットへ手をのばした。ルーカスからだ。

「少し待て」ドロシーにそう告げた。〈通話〉をスワイプする。「何があった?」

ルーカスが何か発する前にドロシーがわめき立てた。

「助けて！　助けて！　殺される！」

オーガストは溜息をつき、携帯を置くと、彼女の口にまたダクトテープを貼り直した。女はさっきのように荒々しくオーガストを罵りはじめる。口枷を嚙みちぎる最初の獲物になるかもしれない。

ふたたび携帯電話を取り上げた。

「大丈夫か?」

『どうして遠くから女性が「殺される」と叫んでるんだ？』とルーカスが聞いた。

「お騒がせ女だからだ」

オーガストがそう言ったものだから、背後からのもごもご声がさらに大きくなった。

『今……女性を殺そうとしてるのか？』

「これから死ぬのは子殺しだ。たまたま女性だと言うだけの。もう二十一世紀だダーリン、これが男女同権というものだ。さて、女を殺すとは何事だと物言いをつけにかけてきたのか？」

ルーカスがふうっと長い息をついた。

『いいや。きみが弟とその彼氏を俺の子守りに送りこんできたことに物言いをつけるためだよ』

オーガストはけげんな顔になる。「どうしてだ？　何か問題が？　アダムの性格が悪いからか？　そのうち慣れる、心配ない」

『そこじゃなくて』だが否定はしてこない。『ただ、やりすぎだと思うし、ちょっと恥ずかしいよ』

「今朝も言ったが、あの忌々しい付箋の後ではお前を一人きりになどできない。ノアなら弟を行儀よくさせておけるし、ぼくもじき帰る。どのみちこの女はあまり楽しくない」

金切り声のようなものが上がって、ルーカスから注意をそらしたオーガストが顔を向けると、ドロシーがメスを引っつかんで振り回すところだった。オーガストの視線の先で自分の黒いシヤツの袖が濡れていく。ひょいと下がって彼女をよけた。

「また後で」と言ってポケットに携帯電話を滑りこませると、同時にドロシーがドサッと床へ倒れこんだ。

その足首は折りたたみ椅子の脚にしっかりくくりつけられたままだ。それでも諦めない。椅子を引きずりながらずるずると、オーガスト目指して這い寄ろうとした。オーガストはガラガラヘビを相手にするように彼女を大きく回りこんで背後に立った。メスをつかんだ彼女の手首を靴底で踏みつぶし、上がった絶叫に少しばかり胸をときめかせる。手首が折れたようだ。

「いいかな」語り出しながら身をかがめ、もう役立たずの手からメスを奪い取った。「お前と二人きりの時間を、それは楽しみにしていたんだ。この瞬間、家にいてボーイフレンドと夕食を食べたり、それこそセックスをしていてもよかった。しかしながらここに来てお前を殺すことを選んだのだ、お前の存在を見つけた時からずっと待ちわびてきた時間だからだ。しかし、率直に言って、お前はじつに退屈だ」

彼女の背に片膝を乗せると、くくった髪をつかんで首をのけぞらせた。

「いずれ地獄で会おう、ドロシー」

「てめえこのクソ――」

メスが肌にバターのように食いこみ、頸動脈をかき切って、オーガストは熱い血しぶきを浴びた。溜息をつき、手袋を外すとポケットからまた携帯電話を取り出し、今度はアダムにかける。

『もう戻るかよ？　お前の彼氏は俺が気に入らないみたいなんだけど』

「お前はいけ好かないからな。たのみがある」

『どんな？』

「一時間ほどルーカスをノアにまかせて、現場の片付けを手伝ってほしい」

アダムが嫌そうに唸った。『あのドロシーって女か？　溺死させて川に放りこむもんだと思ってたぜ』

「まあそうだが、思いのほか手を焼かされた」

『あー、ありがちだよな』アダムに同情される。『どの程度の片付けだ？』

「動脈シャワーくらいの」

『マジかよ。ビシャビシャ系は嫌だっつってんだろ。アーチャーを呼べよ。アティカスでもいいや。あのマサカリ事件で貸しがあんだろ』

オーガストはあきれ顔になった。アダムは時々、じつに怠惰だ。

「マサカリではない、肉切り包丁だ。そもそもアーチャーはポーカーのトーナメントでベガスだし、アティカスは〈今年の人〉系のパーティーで父さんの付き添いだ」

『父さんは何回受賞すりゃいいんだ、アレ』アダムがぼやく。

「顔のいい金持ちでいる限りずっとだ。有力者の老婦人たちは父さんに首ったけだからな。それで、来るのか？」

『わあったよ、行く。やっぱりお前の彼氏、俺のこと嫌いだと思うしな』

オーガストはニヤッとした。「賢い男だと言っただろう」

『そうかい。三十分で行く。父さんのところに寄ってバンに乗り換えねえと』

「場所をメールする。ああそうだ、デザートは少し遅くなるとルーカスに伝えておいてくれ」

返事はなく、アダムがうんざり唸っただけで電話が切れた。オーガストはむっつりと、血の気がなくなったドロシー・ブライヤーを見下ろす。

このためにルーカスとの夕食を諦めたとは、とても信じがたい。

12
Lucas

子供扱いされている気分だった。三十三歳だというのに、カウチにこうして座り、ビールを買える年齢かも怪しいようなお子様にお守りをされている。

オーガストの家族についてそれほどイメージがあったわけではないが、少なくともこのスーパーモデルの弟とそばかす天使顔の彼氏は、ルーカスの予想外だった。

オーガストと電話中のアダムの側だけの会話が耳に入って、不安が膨らむ。アダムがキーをつかむとノアの額にチュッとキスをし『後始末』を済ませたら迎えに来ると約束するのを見てしまうと、なおさらだ。何の後始末だ？　オーガストは無事なのか？　アダムに心配の影はなく、むしろやれやれと思いつつ少し楽しんでいるようにも見える。

ルーカスは質問はしなかった。どうせアダムは口数も少ない。対してノアは、ルーカスと二人きりになるチャンスをここぞとばかりに待っていたようだった。

ドアが閉まるとノアがすぐにこちらを向き、ソファにあぐらをかいてのり出した。

「そのうち慣れるから」

ルーカスは眉をひそめた。「慣れるって、何に」

ひらひらとノアが手を振る。

「この常識外れぶりにだよ。独占欲とか。ぼくらが一人じゃ何もできないかのような子供扱い。ぼくだって、アダムにとってこれがぼくの身への気遣いを示す唯一のやり方なんだと言い聞かせてなければ、つきあいきれないよ」

ルーカスは顔をしかめる。

「オーガストに俺の身を気遣われる理由がない。まだ知り合って一週間にもならないのに」

ノアが鼻を鳴らした。

「マルヴァニー兄弟にとって時間経過が重要だなんて思ってる？　まさか。彼らは動物みたいなものだよ。気に入った匂いを嗅ぎつけたが最後、それから十秒だろうと十年だろうと関係ない、もうそれは自分のものなのさ。オーガストは決してきみを離さないよ。おっかなく聞こえたらごめんだけど、あの一家のそばにいると……退屈はしない。それに、誰よりがっちり守ってくれるし」

「俺に発言権はないってことか？」

ルーカスはノアの気さくな語り口につき合おうとした。

ノアは慈しむような笑みを浮かべる。

「あるって、オーガストは言うだろうね。みんなトーマスから徹底的にお行儀を叩きこまれてるし――一方的なやり方が良くないこともちゃんとわかってるし、でもそんなの、ひび割れの上をペンキでごまかしてるようなものさ。しまいには地の色が出てくる。……わかる？」

プロファイラーとして、ルーカスが幾度も見てきたことだ。強迫観念は飼いならせないし、永遠につきまとう。時に何年もセラピーを受けていてさえ、唾棄すべき妄想を現実のものにしたいという執拗な欲に屈してしまうのだ。いずれは欲求に負け、そこで惨劇が始まる。

だがオーガストは己の欲求を定期的に満たしており……それはマシなことか？

「きみは彼をどう思ってるんだ。その、オーガストを」とルーカスはたずねていた。

ノアがついと視線を横へそらす。「彼はズレてて……極端。いつも懸命だね」

それは実際、オーガストを的確に言い当てていた。極端で、ズレていて、それでいながら魅力的で情熱的。朝のコーヒーカップに他愛もない文章を書きつけようとするオーガストを思うだけで、ルーカスの口元はゆるんでしまう。

「でもきみは気に入ってる、だよね？」

はっと視線を上げると、ノアがルーカスをじっくり眺めていた。

「え？」

「オーガストの興味の対象でいることを気に入ってる」

ルーカスは反論しかかるが、ノアは肩をすくめて、

「あれこれ言わなくてもいいって。わかるよ。本当、ぼく以上にその気持ちの動きがわかるやつはいないね。アダムも極端だけど、ゲームのノリで普通の人間のふりはできるんだ。世間ズレした遊び人と冷血な私刑団とを、流れるように切り替えられる。オーガストは……そうでもない」

今度はルーカスのほうから身をのり出していた。

「それだが、どうしてだと思う？」

ノアは考えこんだ。

「そうだねえ、オーガストくらい脳みそがすごいと些細なことを覚えとくのは負担だろうし、

しかもオーガストにとってはすべてのことが些細なんだよ。だからおかしなタイミングで笑顔になっては、真顔に戻る。トーマスに受けた訓練をなぞろうとしてね。それでぎこちなくなっちゃう」

オーガストのそんなにも懸命な努力を思うと、ルーカスは胸の奥をつかまれるような気持ちになる。本気で人殺しに同情しているのか？

「オーガストは、好きなんだと言っていた。人を拷問するのが好きだと」

ノアがチラッと出した舌で下唇を舐めた。「それ聞いて恐ろしくなった？」

「恐れるべきだと思う、違うか？　おぞましく思うべきだ。俺は、彼のような人間をあぶり出す仕事をしていたんだ。自分の行為を楽しむ冷酷な殺人鬼を追ってきた。オーガストは善人じゃない――あらゆる意味で違う。まともな人間なら一目散に逃げ出すべき相手だ」

ノアは肩をすくめた。「まともな人間はマルヴァニー家とはつき合えないし。ムリムリ。あの兄弟たちはみんな極端な二重生活をしてる。ある時は栄華をきわめた大富豪の息子、次の瞬間には利己的で冷血な人殺し。つまずきは許されないんだ、ドミノみたいにすべてが倒れて、トーマスが築いてきたものが崩れ落ち、全員刑務所行きだから。多分ぼくも道連れにね」

「きみも人を殺すのか？」

ルーカスはずばりと切りこんだ。

ノアがつんと顎を上げ、かまえた、ほとんど挑むような表情に変わった。

「一人殺したよ、ああ。まだ自分の名前も書けないくらいの年頃だったぼくを幾度もレイプした男を。たっぷり苦しめながらやってやった。痛むように。でもそれで眠れなくなるようなことはちっともなかったよ。もしかしたらぼくもサイコパスということになるのかもね？」

敏感なところを突いてしまったらしい。ノアの言葉に嘘はなかった。その男を殺して後悔はしていない、それは見ればわかるが、神経を尖らせており、罪悪感はないのかと説教でもされたら相手に食ってかかろうと身がまえていた。

ルーカスはその役をするつもりはない。彼も楽しい子供時代ではなかったが、今となっては祖父を哀れむくらいのもので、深い傷になるほどではなかった。学問としていくら学んでいようが、ノアのようなひどいトラウマを刻まれるのがどういうものか、ルーカスに測れるものではない。

「きみはサイコパスじゃない。これはあまり言うべきことじゃないだろうけど、あらゆる死が傷跡を残すわけでもないし、中には惜しむに値しない人間もいる。俺は現役の時、何百人という殺人犯の聴取をした。考えうるあらゆるタイプの殺人鬼と向かい合ってきた。ゆきずりの他人を殺した者、家族を殺した者、同僚、友人……傾向として、人を殺した決断を誰よりおだやかに受け入れていたのは、虐待犯を殺した者たちだ。唯一の逃げ道をつかみ取ったとわかっている。笑顔で刑期を務めていくよ」

ノアの肩が下がって、ルーカスは知らないうちに課されていたテストに合格したような気になった。しげしげと彼を眺め、ノアがたずねる。

「どうしてオーガストを密告しないわけ？　きみはＦＢＩで、オーガストは殺人犯。兄弟たちはきみが全員分の証拠を集めてるんだって言うけど、ぼくは違うと思うな。ほら、オーガストを知っているからね。オーガストはすっかりきみにのぼせてるから、何だってしゃべっちゃうよ。一日半もかからず罪状を残らずまとめて仕上げにきれいなリボンで飾れるはず。きみは、オーガストが好きみたいだね、どれだけ変人でも。でもどうして、これまでの努力で得たものを投げ捨てるんだ？　捜査官になるのってとても大変なんじゃない？」

答えるのをやめようかとも思った。過去についての思いを、ルーカスはもうずっと自分の心だけに閉じこめてきた。

「……向こうが俺を捨てたんだ。俺は文句なしの評価を受け、桁外れに精度の高いプロファイルを行ってきたのに、その手法の正体を俺がついに明かした時、信じないばかりか俺を精神病院に放りこんでずっと閉じこめると脅してきた。その間、女性を拷問する殺人鬼は野放しのままだ。おかげで、善悪の境目は必ずしもはっきり線引きできないと学んだよ。あらゆる命が尊いとは言い切れないこともね。息をするべきでない人間もいる」

ノアがソファの背もたれに両腕を突っ張った。「この一家に加わると、素早い判断力を養い、いつでも死体を片付けてアリバイをこしらえ、銃をぶっ放し、ナイフを振るい、スタバでぼくにウインクした男をサイコパスの彼氏が殺そうとするのをやめさせないとならないよ。マルヴァニーの伴侶でいるのはそれだけでフルタイムの仕事だ」

ルーカスはノアの左手にはまった指輪に目をやった。

「きみはそれを生涯の道として選んだようだがな」

ニコッとしたノアは頬を染め、指を飾るマット加工の銀の指輪を見つめた。

「うん。でも、ぼくには楽な決断だったから。アダムとぼくは……純粋に、わかり合えるんだ。こう、お互いのことが欠点まで何もかも見えていて、それがうまく嚙み合ってる。イカれた部分がうまくハマる。アダムはぼくの家族だ。マルヴァニー全員がぼくの家族だ。彼らの一員になるのは、何より簡単な決断だったよ」

「俺も家族はいない」ルーカスはポツリとこぼしていた。「かつていた家族も、名ばかりだった」

ノアがうなずく。「物にさわるたびに何かが見えたり感じたりするなんて、そんな能力があったら人生がどうなってたか、ぼくには想像もできないよ。自分の生い立ちを考えると……一生病院に隔離されるか、その前に生きるのをやめるかしてただろうな。どうやってるの――どうやって正気を保つわけ?」

強く主張もしないで自分の能力を信じてもらえるのは、奇妙な感覚だった。

「俺は、障壁と呼んでいる。脳の中に自分の意志で仕切りを立てる感じだ。だが時々、ほころびが出る。何かを感知しないよう脳に命じるのは疲れるんだ」

「だからオーガストが好きなの？　似たもの同士で？」

ルーカスはけげんな顔になった。「どういうことだ？」

ノアが小首をかしげる。「オーガストがほとんど四六時中イヤホンをつけてるの知らない？」

ルーカスは記憶をひっくり返して、オーガストがイヤホンらしきものをしているところを見たか思い出そうとした。初めてぶつかった日か。

「気がつかなかったな。だからってどうして、俺と似てるんだ？」

「オーガストが超記憶の持ち主なのは知ってた？　見聞きしたすべての物事を難なく思い出せるんだよ。でも当人は嫌がってる。頭の中が騒がしすぎるんだって。だからほとんどいつも音楽をかけて、知らない人の声を永遠に記憶に溜めこまなくていいようにしてるんだ」

ルーカスは肩をすくめた。

「俺の前でイヤホンをしてたことはないよ」

ノアはまたしげしげとルーカスを眺めた。

「なら、きみのことが大好きなんだね。だってオーガストは、ほとんど何より静寂を大事にしてるから」

その言葉を聞いて腹の奥に生じたぬくもりを、ルーカスはできるだけ無視した。こんな歪みきったおとぎ話の世界に引きずりこまれるわけにはいかないのだ。

手遅れであろうとも。

十一時すぎにノアが立ち上がると、アダムが階下まで迎えに来ていて、オーガストもじき帰るとルーカスに伝えた。

いきなり、ルーカスはどんな態度で迎えればいいのかわからなくなっていた。ソファに座っていようか？　オーガストが上がってくるまで待つか？　ノックはするだろうか？　もうノックはいらない仲か？　優柔不断とはこれまで縁がなかったはずなのに。

ノックはなく、ただドアからあっさり入ってきたオーガストは片手に茶色い紙袋を、もう片手に泊まり用のバッグを下げていた。

「それ何だ？」とルーカスはたずねる。

オーガストは紙袋を掲げながら、ルーカスの耳元をキスでなぞり、そのキスで肌を震わせた。

「お口に入れると最高に満たされるものだそうだ」

ルーカスは眉を上げながら、つい口元が笑ってしまう。「本気で？」

オーガストも口の片端を上げる。

「ベーカリーの売り子が言っていた」

「それ本当に真面目な顔で？」

考えこむようにオーガストが間を置いた。会話を思い出しているのだと、ルーカスは気付く

——ノアの言葉が正しいなら一言一句違《たが》わずに。

「聞いた言葉を残らず記憶してるって本当なのか？」

「ノアから聞いたか？」聞き返しながら、オーガストが菓子をカウンターの上へ、バッグをスツールに置いた。

「きみは雑音を締め出すためにいつもイヤホンをしてるとも言ってた。でも俺は見たことがない」

オーガストが髪をかき上げて、耳から小さなイヤホンを外す。

「していないからな。お前の前では着けない」

「何で」

不思議な質問をされたように、オーガストは眉をひそめる。

「お前に言われた言葉はすべて覚えておきたいからだ」

何気なく発された言葉に、息が詰まりそうになった。どういうわけかオーガストはごく自然に、とびきりロマンティックなことを言えるのだ。部屋を横切るとルーカスはぶつけるように唇を重ねて、不意をついた。すぐに我に返ったオーガストがルーカスの顎をつかんで唇を奪い尽くす。その前腕に手を滑らせたルーカスは、痛みの息を聞いてぎょっと下がった。

「どうした？　大丈夫か？」

「何でもない。今夜は少々の面倒があっただけだ」

ルーカスは眉を寄せる。「面倒？　どんな面倒だ」

シャツを頭から剝いだオーガストが、腕にある五センチほどの深い傷を見せた。

「何があったんだ？」

オーガストは渋い顔をする。「彼女を見くびった。電話中に不意を突かれた」

あきれ顔をしたルーカスはオーガストをゲスト用のバスルームへつれていくと、便器の蓋に座らせた。

「そもそも何だってそんな時に電話に出たんだ」

「お前がかけてきたからだ」当たり前のようにオーガストが答える。「大事な連れ合いがかけてきた電話は取るべきだろう」

連れ合い。それが二人の関係なのか？　ワープなみの勢いで話が進んでいる。サイコパスとのデートより、見合い結婚のほうがまだ段階を踏んでいるだろう。

「俺たちはつき合っていないぞ」

「何とでも」呟いたオーガストはチラッと視線を上げ、口調からしてルーカスの抵抗をおもしろがっているようだった。「いずれ慣れる」

「合意は取れよ」

そう念を押したルーカスの口調は軽かった。

「これは無理強いか？」オーガストが問い返した。「ぼくに迫られるのは嫌か？」

肩ごしに振り向くと、彼は悩んで困惑している様子だった。

「ぼくは、お前に望まないものを押し付けようとしているということか？」

探し物をする手を止めて、ルーカスはなだめに立ち上がった。よもやサイコパスがこんなに繊細だとは。溜息混じりに手でオーガストの顔を包んで、上に向けさせた。

「迫られるのは嫌じゃない。ただ決定事項のように決めつけられたくはない。俺は一人の大人だし、俺の体は俺のものだ。唾つけたから自分の、って理屈は通じない」

オーガストが両手を上げてルーカスの尻をつかみ、熱っぽい目つきになる。

「つけたがな。唾は。またやりたい。今すぐ」

その舌が体中を探り抜くところを想像して、ルーカスは肌を震わせたが、昨夜の記憶に流されまいとこらえた。

「そして今後は、もっとお前の気持ちを思いやれるよう心がける」

ルーカスは苦笑した。「恋愛のハウツー本でも読んだのか？」

返事に冗談の気配はまるでなかった。

「ああ」

胸の中でルーカスの心臓がぽんとはねる。「読んだ？」

オーガストがうなずいた。「数冊」

「マジか」つい声に驚きがにじんだ。

「ノアから、参考になるだろうと言われたのだ」

「参考になったのか？」ルーカスは小首をかしげた。

「なったが、本によって主張が矛盾している」

ルーカスはさっとシンクの下での探し物に戻って、納得いかないオーガストの様子についゆるんでしまう顔を隠した。オーガストはルーカスのために恋愛指南書を読んだのだ。数冊。数冊？　知り合って日数もないのに。ハウツー本を何冊も読む時間がどこにあったのか。その影響でコーヒーカップに可愛い言葉を書きつけたのか？

奥にあった救急箱を発掘して勝利の声を上げる。それをトイレの後ろに置くと、中から小さな瓶を取り出し、蓋の封をねじ開けた。傷の下側にタオルをあてがい、精製水で傷を流す。

「かなり深い傷だな」

オーガストが不愉快そうに傷を眺める。「メスはこうしたことに適しているからな」

「メス？　その女にメスで切りつけられたのか？」

ルーカスの口調にオーガストがニヤッとしたが、どこかのサイコにあやうく喉を切り開かれそうになったというのに何がおもしろいのかわからない。

「お前な、殺されてたかもしれないんだぞ」

オーガストが身をのり出し、鼻先でルーカスのTシャツを押し上げて腹にキスをした。「死に際の悪あがきにすぎない」と言いながらジーンズごしに太腿を撫で上げる。「あの女にチャンスなどなかった」

その感覚はわかる。腰骨をオーガストの唇がかすめ、内腿に指が食いこんで、ルーカスははっと息を呑んだ。

「この傷、縫ったほうがいいんじゃ」

「今はお前がほしい」そう返してオーガストは手を滑らせ、あからさまな勃起の輪郭をなぞった。「お前もぼくがほしそうだが？」

その手のひらに自分を押し付けながら、与えられる刺激にルーカスは呻いていた。

「傷を塞がないと」

「なら塞いでくれ。ぼくがこちらを開く間に」

オーガストの手が巧みにジーンズのボタンを開けてファスナーを開き、前をくつろげて、下着ごしのルーカスの勃起へ唇を這わせた。

頭をのけぞらせたルーカスは、焦らされながら目をかすませた。

「そんなことをされると、気が散るから――」

「心配の必要はない」

オーガストが言い切って、濡れてきた先端に口をつける。

傷を塞がないとならないのだ。感染症の危険があるのだから。ルーカスはオーガストの髪をつかむと、彼が唸るほどの勢いでぐいと引っ張った。

「処置が終わるまで大人しくしてろ」猛り立つ勃起にお預けをくわせながら、精一杯いかめしく言い渡す。「すんだら、それからヤらせてやるから。わかったか？」

ルーカスを見上げたオーガストの瞳孔が大きくなった。

「わかった」

生々しさに満ちた声で返事をする。ルーカスはその唇に強くキスをした。「よろしい」

バスタブのふちに座り、探し出した創傷用粘着帯《ステリーテープ》を貼り付けて傷をしっかり閉じていく。一袋丸々使い切った。それを済ませ、包帯を巻いてから立ち上がる。

「これでよし。何とか――」

その続きは、オーガストの膝の間に引き寄せられ、パンツを引きずり下ろされて勃起を呑みこまれると消え失せていた。

「くそ、ヤバい」絞り出し、膝が砕けそうなルーカスはオーガストの髪を握りしめる。「ここじゃ駄目だって」

顔を引いたオーガストが、口のかわりに手で包んでゆっくりしごいた。

「さっきの言葉は本気か？　お前を犯していいのか？」ルーカスの腰骨に噛みついた。「そうしたければお前がぼくに挿れてもいい。ぼくにはどっちも好ましいからな」

まともに集中できない。ルーカスも両方とも好むたちだが、今はオーガストを体の奥で感じたかった。

「ベッドだ。今すぐ」

13
August

オーガストの興奮は限界を超えていた。今夜の出来事から来るアドレナリンか、ルーカスの体の熱さに沈みこむ想像からか。とにかくルーカスから肩ごしにチラッと見られるたびに血流が早まる。ルーカスをベッドに放り出して隅々まで舐め尽くしたいし、味わって組み敷いてその体を犯し、昨夜のフェラで引き出したようなたまらない声をまた聞きたい。

寝室まで来るととても我慢できず、ルーカスをドアに押し付けて顔をつかみ、その口を貪って唇を、顎をついばんだ。

「一日中、これで頭がいっぱいだった。お前が待っていると思うと、今夜も仕事に集中するのがやっとだった」

呻いたルーカスがオーガストの尻をつかみ、引き寄せて腰を合わせる。ルーカスの頭がドアに当たり、無意識に喉をさらけ出して服従の仕種を見せたことに、オーガストの屹立がドクンとうずいた。

ルーカスは彼を信頼し、何でもさせる。あらゆることを許す。そう思うと、本能に火がつき、このまま服を剝いでドアに押し付け泣いてすがるまでルーカスを犯したくなる。なすすべを奪われたルーカスはどんなふうなのだろう？　どんなことまで許すだろう？　ただれた妄想を読み取ったかのように、ルーカスが押し付けた腰をくねらせる。

「前戯はすっ飛ばしてもいいよ」オーガストの唇にそう喘ぐと、開いたジーンズに手をつっこんで勃起を包んだ。「何でも、俺を好きにしていい。俺も今日ずっと頭がいっぱいだった」

（俺を好きにしていい）

そんなことを言ってはならないのだ。

荒々しく息をついて、オーガストは体をもぎ離した。いきなりの距離に、ルーカスが目を丸くする。

「どうしたんだ？　何かまずかった？　え、何かあったか？」

ルーカスに対して歯止めを失ったり、何か……ルーカスにしてしまうことを考えると、オーガストの心臓が荒れ狂う。（俺を好きにしていい）これはまずい。

「とにかく……今すぐぼくを縛ってくれ。今のぼくは信用ならない」

ルーカスが近づこうとしたが、オーガストは手で制した。彼を傷つける妄想をどうやってもかき消せない。

「たのむから」

じっとオーガストを見つめるルーカスは明らかに困惑していた。追い出されて二度と顔を見せるなと言われても仕方がない。そうするのが道理だろう。正気の人間ならオーガストの危険性がわかったはずだ。立ったまま、ナイフのエッジで踊っているような気分で待つオーガストの前で、ルーカスは考えこんでいる。

ついにルーカスが告げた。

「服を脱いで、ベッドの上に寝るんだ」

緊張が一気にほどけ、オーガストはくらくらした。追い出されなかった。しかもオーガストの不安を聞き流されもしなかった。これで安全だ。ルーカスは守られる、オーガストの手から。いざ何かが起きても。

オーガストは服を脱ぎ、仰向けに横たわって、ルーカスを見つめる。クローゼットに歩み寄って一番上の引き出しに手をのばしたルーカスのTシャツの裾が上がって、ちらりと素肌がのぞいた。

ひっかき回して目当てを見つけたルーカスがくるりと振り向き、それをオーガストに見せた。政府支給の手錠がその指から垂れている。小さな鍵をサイドテーブルに置くと、彼は着衣のままオーガストにまたがり、胸元に座って、手首に手錠をはめた。

「もっときつく」とオーガストは命じる。

ルーカスは面倒そうな顔をしつつ言われたとおりにすると、ヘッドボードの丸棒に鎖を通してから、逆の手にも手錠をはめた。

「完了。これで満足かい、イヤイヤくん？」

からかわれてるのはわかるが、かまわない。ルーカスを守る最善策なのだ、彼をバラバラに刻みたいこの衝動が治まるまで。

「満足だ。これでお前に手をかけずにすむ」

ルーカスは頭から剝いだTシャツを投げ捨て、背を丸めるとオーガストの胸元をベロリと舐め下ろした。

「おかげで俺のほうは何でもやりたい放題だけどな」

ルーカスが舌で乳首をつついてから歯でくわえ、オーガストは息を詰めた。体を起こしたルーカスは、後ろにのばした手でオーガストの勃起を包み、ぐいと数回しごく。

「でもさ、心配することはないんだよ」

呟いて、手を離すと唇を重ねてゆったりとキスをし、オーガストの顎を歯でたどり、耳たぶを唇で弄んで、ルーカスは囁いた。

「その気になればきみの考えなんかすべて俺に筒抜けだ。不意打ちは許さない。そんな真似はさせないよ」

焦らされながら、オーガストは虚空に数回腰を突き上げた。「危険性を野放しにはできない」座りこんだルーカスが肩をすくめ、オーガストの胸元から腹へと爪を這わせた。「なら俺にいいようにされてろよ」と告げる。「こっちは願ったりだ」

オーガストの視線の先でルーカスが立ち上がり、ジーンズと下着を脱いだ。その裸身は完璧そのもの、際立った筋肉だとか割れた腹筋とかではないが、腕は引き締まっているし熱心なランナーのように見事なふくらはぎだった。

彼にさわりたい、たぎらせてきた妄想を果たしたい衝動がきしむ。だがもうオーガストは囚われの身だ。

ルーカスがサイドテーブルの引き出しを開け、コンドームと潤滑剤《リューブ》をつかんでベッドの上、オーガストのそばに放り投げた。枕をオーガストの頭の下から引き抜いて床へ捨てる。じっくりと彼を眺めてから、また上に位置どったが、今回は足のほうを向いていた。オーガストの縛められた腕の横に両膝をつくと、屹立の先はオーガストの唇まであとわずか。

うずくペニスをルーカスの口に包まれると、オーガストはハッと息を呑んで、濡れた吸い上げに目の前をくらませた。いや、それならこっちもだ。頭を上げてルーカスのものをくわえると、応じた呻きが振動となってオーガストの肉棒から陰嚢までを震わせ、さらに昂ぶらせる。ルーカスは膝を大きく開いて腰を下げ、オーガストの口を短く浅く、やりすぎを用心しているように犯した。ルーカスのペニスでなら窒息も本望だが。

オーガストもなるべく動かずに、同じ心遣いを返そうとしたのだが、いつしか膝を立ててマットレスを踏みしめ、ルーカスの口へ突き上げていた。気を損ねはしなかったかという不安はルーカスの手がオーガストの太腿を下からすくい上げ、白目になりそうなくらいペニスを深くくわえこまれるとはじけ飛んだ。

ところがルーカスが頭を上げたので、口腔の熱も去った。ルーカスはオーガストの腿の下に転がっているローションを取り、見つめられながら指を濡らすと背後に手をのばし、見せつけるように自分の穴をさすってから、そこに二本の指を差し入れた。

オーガストは一度ならず刺されたこともあるし、太腿に銃弾を受けたり、一度など手裏剣が肩に突き立ったことも――アティカスの下手な狙いのせいで――ある。だがルーカスがすぐそこにいて、オーガストの顔からほんの十数センチというところできつい穴に指を差し入れする間、何もできずに見ているだけというのは、これぞ最悪の責め苦だった。

オーガストの指でできたはずだ。舌で。ルーカスを数限りないやり方で征服できたただろうし、ルーカスは許しただろう。求めていた様子だった。そして今ルーカスは、オーガストに思い知らせようとしている。己の自制心を信じきれなかったオーガストを苦悶させて。これ見よがしに指を沈めて腰を後ろにゆすり、深くくわえこむたびに唇からかすれた悪態をこぼして。

「ルーカス……」

脅すように、オーガストは名を呼んだ。金属の手錠は無理でも、気合い次第でヘッドボードくらいはきっと破壊できる。

ルーカスが肩ごしにオーガストをじろりと見た。

「何だよ？　自信がないから嫌だって言ったのはそっちだろ。放っとかれてるから、仕方なく自分で準備してるんじゃないか」

「放っといたりしていない」

オーガストの口調は拗ねた響きになっていた。

「何言ってんだ。参加したいのか？」

からかって、ルーカスは指を抜くと、シーツで拭った。コンドームの包みを取って歯で破る。

オーガストが息を吸いこむ前で、ルーカスはそれを先走りのにじむ彼のペニスにかぶせ、上からローションで濡らした。

ルーカスが膝立ちになると、オーガストはたのんだ。

「こっちを向いてくれ。顔が見たい」

言われたとおりに向かい合い、オーガストの腰をまたぐと、ルーカスは後ろ手でオーガストのペニスの根元をつかんで自分の入り口に狙いをつけた。

体が沈むと、二人して呻きを上げていた。止まることなく一気に根元まで呑みこむ。「くッそ、お前、見た目よりデカっ……」と言いながら、幾度か腰を振って、最後まで。

オーガストはほとんど声も出なかった。わずかな動きの一つずつが神経を稲妻のように灼く。

ルーカスが彼の胸元に手を置くと、ゆっくりと腰を上下させた。「ああ、くそ、気持ちいい」と呻いて動きを速める。

「お前、そんな真似をするとすぐ終わるぞ」オーガストは予告する。

身をのり出したルーカスが、唇に言葉を吹きかけた。

「なら、どうぞ。足は縛られてないだろ？　動けよ」

言葉が終わるのを待たず、オーガストはベッドを踏みしめて突き上げたが、何も好転しない。むしろ悪い。動きを抑制できない——こんなにルーカスの体が熱く、きつく、濡れていては。

「自分でしごけ。お前がイくのを中から感じたい」

ルーカスが片手で己をつかみ、逆の手をオーガストの胸元にのせた。その姿にオーガストの目は釘付けだ。途方もなくエロティック——とりわけ絶頂を求めて我を忘れる姿が。息が上がり、突き上げのたびにこぼれる低い啼き声。

ふと思いつきが浮かんだ。

「あれは本当か？」

「あれって？」

上の空で聞き返しながら、ルーカスの手が突き上げのリズムで自分をしごく。

「本当にぼくの考えていることが、感じていることが読めるのか？　こうしていても？」

たじろいでから、ルーカスがうなずいた。「その気になれば」

「やってくれ。どれだけお前の中が気持ちいいか教えてやりたい」

ルーカスの手つきが乱れ、しくじったかと、オーガストは凍りつく。だがそれからルーカスは目をとじ、押し付けた腰をゆすった。二人は同時に呻く。

ハッと息をつまらせ、ルーカスの動きが荒々しく乱れた。オーガストはそれに合わせながら、ルーカスから目をそらせない。オーガストを強烈な昂ぶりが襲うたび、ルーカスが呻いたり喘いだり声を上げたりして、さらにオーガストの興奮をかき立てていくのだ。世界一官能的なフィードバックループ。相手の快感を互いに貪って。

もはやルーカスは自分にふれてもいなかった。背をしならせ、オーガストの太腿に両手をついて激しく体をはずませ、すでにあやういオーガストの抑制を粉々にする。腰が沈むごとに二人の間で熱が凝縮されていく。

「ああ、すごい、信じられない、感じるよ、二人分……まるで重なってるみたいに――」

オーガストを感じ取れているなら、もう限界が近いのも伝わっているだろう。

「ぼくはもうすぐだ」

「わかってる、俺も……」

絞り出して、ルーカスがどうやってかさらに動きを速める。

オーガストの背骨の付け根に熱がとぐろを巻き、続けて絶頂がほとばしって、快楽の衝撃に呑みこまれた。かすれた叫びとともに達し、コンドームを満たしながら全身の産毛が立つ。その腰をルーカスが膝できつく締め付け、忘我の荒い息が乱れた。

ついにルーカスは、紅潮して雫をこぼす自分の怒張を握ると、一、二度しごいて高く叫び、オーガストの胸元と腹の体毛の上に白濁をぶちまけた。

足りない息を吸いこむオーガストの上へ、ルーカスが崩折れる。

「何だこれ……こんなの……すごい。きみにも伝えられたら……何て言うか……頭がふっとびそうだ」

「そうは言っても、これまでも可能だったことだろう」

言いながら、オーガストはほかの男のことを持ち出した自分にイラッとした。

ルーカスがオーガストの胸の上で腕を重ね、上腕に顎をのせた。

「わかってないな。こんなこと、一度もしたことないよ。俺の能力を誰も信じなかったから、皆、自分の脳の中は聖域だと思ってる。基本的にはそうなんだけど、時々俺がうっかりしくじって、おかげでひどい目に遭うのさ。でもきみは……きみは俺を中に入れた。招き入れたんだ。最高かよ。こんなのめちゃめちゃそそる、きみの頭の中は絶対に安全だって信じられるんだ」

どう返事をしていいのか、オーガストにはわかりかねた。これまで生きてきて色々な言葉を浴びたし、素敵だとすら言われたことはあるが、信じられるとは誰にも言われなかったし、めちゃめちゃそそるなんて言われたこともない。今みたいな目で見つめられながらなんて、特にありえない。言葉を思いつく前に、ルーカスが手をのばしてキーをつかむとオーガストの手首を解放し、手首の血行を戻そうと揉んだ。

「シャワー?」とコンドームを捨てるオーガストへ聞く。

「ああ。望ましい」

「そしたら食事をたのもう。腹がペコペコだよ。きみは食べてきたのかい……例の、アレの後?」

ヒッチコックの映画風に、何かを刺す仕種をした。

ついオーガストは笑いを誘われていた。

「いいや、後片付けを済ませたらそんな時間はなかった。死んでからも面倒な女だったよ」

ルーカスがオーガストの手を取ってバスルームへ向かい、シャワーを出した。しぶきの下に二人で立ってから、ルーカスがけげんそうに彼を見る。

「大丈夫か?」

大丈夫ではなかった。ある考えが、肺への一撃のようにオーガストを打ちのめす。

「ぼくを置いていくのは許さない」

パチパチとまばたきしたルーカスの睫毛に雫が留まった。「え?」

その顔を包み、オーガストは強く視線を合わせる。「わかっている、こんな状況は常軌を逸していると思ってるだろう。それにお前は、心のどこかできっとコーンに殺されると決めこんで、投げやりになっている。だから人殺しとこんなに気軽に寝たりする」

言い返そうとするかのようにルーカスが口を開くが、オーガストは首を振った。

「やめろ。ぼくに嘘をつくな。自分にはもう限られた時間しかないと思っているだろうが、そんなことはない。そんなことにはさせない。どこかの他人かお前かという選択ならば、ぼくは必ずお前を選ぶ。誰かにお前が傷つけられるくらいならその前に本当にこの世界を灰にしてやる。誰が犠牲になろうとかまわない。極端で異常に思うだろうが、本気だということはわかっておいてくれ。お前を死なせはしないし、お前を手放さない。別れたいなら、まずぼくを殺せ。たのむから、殺してから行け」

そこで口をつぐみ、数分足らずも正常なふりが続けられない己のていたらくを呪いながら、横を向いた。

一時間にも感じられたが、やがてルーカスの腕が背後からオーガストを包み、うなじに唇が押し付けられた。

「言っとくけど今の言葉は、セックスの後に聞かされたセリフとしてはこれまででぶっちぎりにヤバいよ。兄にそっくりだって言われたこともあるのにさ——ヤッた相手から。しかも恐ろしいことに、言われる前から知ってたんだけど。ほら、その……見えてね、頭の中で」

笑いたかったがとても笑えない。オーガストはルーカスから「出ていけ」と言われるのを待った。サイコや狂人だとなじられるのを。

「お前には知っておいてもらわないとならなかった。悪いと思っている。いや、思う能力があれば悪いと思っている。申し訳なく思うべきだとは承知している。だが自分自身のこともわかりきっている。互いをほとんど知らないことなど、ぼくにはどうでもいい。お前だからだ。ぼくにはお前だけだし、お前といられないのならぼくはもうこの世に存在したくはない」

ルーカスがオーガストの体をくるりと回し、首に腕を巻きつけた。

「そう言われて、どう思っていいのかよくわからないね。俺の専門のはずなのに、皮肉だな。もし伴侶がそう言ってきたと誰かから相談されたなら、迷わず逃げ出せと忠告するし、それは精神的ＤＶだと言うだろう。でもこうしてここにいる俺は、逃げたりはしないよ。きみを恐れてもいない。たしかにきっと、自分の人生にあまり先がないような気はしているんだろうけど、だからってこの関係を雑に考えてるわけじゃないんだ……これがどんな関係なのかはともかくね」

「ぼくが恐ろしくはないのか」

胸の中に重い鼓動をドクドクと轟かせながら、オーガストはたずねた。

ルーカスの眉がひょいと上がり、うっすらと笑みが浮かぶ。

「きみが？　いや怖くはない。ただ、ほかの人たちのことは心配かな。俺一人のために世界を灰にさせるわけにもいかないだろうし」

オーガストはルーカスの顔をじっと見つめ、濡れた髪を目の上からかき上げてやった。

「自分に選択肢があるような言い方をするんだな」

「それな」ルーカスは溜息混じりに答えて、石鹸に手をのばした。「でも結婚したりはしないからな。俺たちは恋人じゃない。今はまだ。知り合って何日にもならないんだぞ」

オーガストは眉を寄せた。「そこに何の問題が？」と唇を尖らせる。それから「ならぼくたちはどんな関係なんだ？」

ルーカスは泡まみれの布をオーガストの胸元に押し付け、丁寧に洗いながら時間をかける。

「精神病院のルームメイトかな。コーンの件がこじれたら、きっと二人ともそこ行きだ」

ルーカスに逃げ出す気がなく、ただからかっているだけだと気付いて、オーガストの鼓動が平常に戻っていく。「おそろいの拘束服でな」

それにルーカスがニヤッとし、タオルを下げてオーガストの陰嚢をそれは念入りに、後で皿に載せる気かのように洗った。「ブランドものの拘束服はあるかな？」とたしかめる。

オーガストはのり出してキスをしながら、ルーカスの手に己をもっと押し付けた。

「もちろんある。マルヴァニー家には常に最良のものを」

14
Lucas

　店に入ってきたルーカスとオーガストを見て笑顔になったクリケットが、つないだ二人の手を見てニヤついた。今朝の彼女の髪はアシッドグリーンで口紅は紫。いらっしゃいと手を振ると彼女はさっさと二人のいつものコーヒーに取り掛かり、彼らは扉近くのテーブルに陣取った。店内にほかの客はいない。それでもオーガストが出入り口を見渡せる位置に座ったことを、ルーカスは見逃さなかった。まるで警察官だ。オーガストはまさに正反対の存在だから可笑しな話だが。

　コーヒーが用意されると、オーガストはそれをカウンターから回収するついでにチップをたんまりクリケットの瓶に放りこんだ。席に戻るとルーカスのコーヒーとマフィンをテーブルに置き、二人の足を絡める。あまり会話はなかったが、沈黙は居心地がよく、時おり視線を交わしてはほんの数時間前の行為がよみがえったルーカスが赤面するのだった。

ルーカスはのろのろとチョコレートチップマフィンを割き、小さなかけらにしてから口に放りこんだ。選んだチェダー・ハラペーニョ・スコーンを、ジーンズやTシャツにひとかけらの食べくずも落とすまいとするように几帳面に食べるオーガストの様子を愉快に眺める。

食べる二人をクリケットがうかがいながら、彼らとカウンターの後ろにある何か、店の入り口、そしてまた彼らへと視線をさまよわせていた。彼女の不思議な行動はいつものことだが、不穏な態度がルーカスの警戒をかきたてた結果、オーガストまで脅威をあぶり出そうとするように店内へ目を走らせる事態になっていた。

携帯電話が鳴ると、オーガストは表に返して画面に目をやり、発信者を見てすぐ通話に出た。ルーカスとの間に携帯を置いてスピーカーボタンを押す。

「おはよう、カリオペ」

通話をスピーカーにした仕種が、やけに密接に感じられる。そんなふうに思った自分にルーカスはあきれ、オーガストからけげんな目を向けられた。気にするな、と手を振ってやる。

『腕の具合はどーよ？』

挨拶がわりのカリオペの第一声はそれだった。

オーガストの口元が険しくなる。「誰がしゃべった」

カリオペがふふっと笑う。

『誰かなー？　あんたが倉庫を出るのも待たずにアダムからメールが来てたわ。あのヤバ女にメス取られたなんてあんたらしくないじゃないの』

「ありがとう。俺もそう言ったんだよ」

口をはさみながらルーカスは、それ見たことかとオーガストをにらむ。

長い沈黙、それから。

『ああマジで？　あなたが〝彼〟？　ルーカスなの？　あのルーカス？』

まるでセレブ相手の畏敬と崇拝を丸出しに、カリオペがたずねる。

オーガストがルーカスへニヤッとして、コーヒーに口をつけた。

ルーカスは携帯電話に顔を近づける。

「まあ、うん。よろしく」

『ええ。本当に、ええ』くり返す。『あなたのこといっぱい聞いてるよ。サイキックだなんて本当？　私そういうの信じてるんだ。占星術もタロットも幽霊も。私の母はね、もうじき死ぬ人のことがわかったの。人の顔を見ると普通の顔のかわりにガイコツが見えるんだって言ってた。そうなったのは子供の頃、なんと教会でね——』

「カリオペ」オーガストが割りこんだ。「電話してきた理由は？」

ルーカスはすでに彼女が気に入っていた。態度のでかい弟アダムと違って、カリオペにはもっとノアのような……人間くささがあった。ぬくもり。ルーカスと知り合えてうれしいようだ。

これまで何百人もの——医者から同僚まで——人間に頭がおかしいと思われてきたので、何だか奇妙な心地だった。

『パパの家に行けそう？　調べた中身を説明したいんだけどさ、デカい画面で見るほうがいいと思うのよ』

オーガストにちらっと視線を向けられて、ルーカスは肩をすくめた。

「一時間ほどで行く」

「俺も一緒に」ルーカスもかぶせ、議論の余地はないと強い目つきでオーガストに伝えた。

じっと、オーガストが彼を見つめる。

「ぼ、ぼくたちは一時間ほどで着く」

カリオペの声は浮かれきっていた。

『家族との顔合わせ？　もう？　アダムより手が早いじゃないの』

オーガストの溜息。「カリオペ……」

ルーカスは微笑んでいた。オーガストはそうやって人の名前を警告のように使う。ルーカスからベッドに縛り付けられた昨夜も同じことをしていた。その場面を思い出して、全身がカッとほてる。彼はオーガスト・マルヴァニーをベッドにくくりつけ、人生でもおそらくぶっちぎりのエロティックな体験をしたのだ……誰にも言えないほどの。

『はいはい、わかったよ。あんたたちが来るってパパに知らせておこうか？』

カリオペがしょげた声を出す。

「いや。必要ない。在宅しているのであればいずれにせよ顔を見せるだろう。この手のことには超常的な勘を持っているからな。それと、何をしてもいいが、ほかの兄弟には伝えるな。家族のせいでルーカスに余計な負担をかける必要はない」

『やぁん』とカリオペが笑う。

オーガストはあきれ顔で通話を切ってから、ルーカスを見た。

「本当に心の準備はできているのか？　父は、アダムがノアを初めてつれてきた時、ノアに冷たい態度を取ったんだ」

ルーカスはぐっと息苦しさを覚える。「俺が友人だと信じてきた連中ほど悪いってことはないだろうさ。今回のことは、自分で見届けたいんだ。退院してから臆病に逃げ回ってばかりで何もできなかった。その間コーンが一体どんなことをしていたか……そのせいで俺の手にどれほど血が染みているか……」

オーガストが眉を寄せる。「お前がしたことではないだろう。お前は周囲に知らせようとした。正しいことをしようとしたが、そのせいで罰せられたんだ。責任は向こうにある」

オーガストが立ち上がった時、クリケットが声をかけてきた。

「あの、ルーカス？」

その声の揺れが、さっき感じた不安をさらにかき立てる。

「ん？」

ためらってから、クリケットはカウンターの下に手を入れて、箱をつかみ出した。

「あの男をまた見かけたら連絡しろって言われたけど、でもさ……」

青ざめた顔で言葉を途切らせる。

特におかしな箱には見えないが、爆弾か何かのように恐ろしげに持っていた。ただの黒い靴箱に洒落た赤いリボンが巻かれて白いタグがついている。

クリケットがカウンターを回りこんで出てくると、下唇を嚙んだ。

「あのね、今朝これが店の前に置かれてたの。あなた宛で。オーガストの字じゃないし。何だか気味悪くてさ、でも例の男の仕業かどうかもわかんないし。来てすぐ見せようかと思ってたんだけど、とても楽しそうだったから。でももう帰るなら……ねえ、これどうしよう？」

ルーカスの胃が虚ろになったが、オーガストが落ちつき払って彼女から箱を受け取ると、笑顔で安心させた。

「こちらでこのまま引き取ろう。今後似たようなものがまた出てきたら、連絡をくれ。手をふれずに、まず知らせてくれ」

ポケットから取り出した名刺を手渡す。

「今後、ルーカスはぼくのところに滞在するので」

「え？」

ルーカスはがばっと顔を上げた。

いざとなれば争いも辞さぬというようにオーガストが口元に力をこめる。

「聞こえただろう。あの男はお前を弄んでいる。シリアルキラー相手に隠れんぼなどさせられない」

クリケットが息を呑んだ。「シリアルキラー？　ＦＢＩ捜査官だって名乗ってたのに？」そこで眉をひそめて「バッジは本物っぽかったけど」と独り言を呟く。

「あの男はシリアルキラーで、それはたしかにＦＢＩのバッジだ」

オーガストが淡々と述べたので、ルーカスはぎょっとした。

「その事実のみでも、奴の危険さが理解できるだろう。見かけたら電話をくれ。何時だろうとかまわない。理解したか？　警察への通報はせず、まずぼくに連絡を」

目を大きくしたクリケットが、すっかり怯えた様子でうなずいた。

きっと、こんな有無を言わせぬ独断的なオーガストを、不器用で堅苦しいオーガストと同じほど魅力的だなんて思うべきじゃないのだろうが、ルーカスは魅入られていた。オーガストの理知的でそそる輪郭の下には十数もの異なる顔があって、それが心理学者としてのルーカスにはたまらない。興味が尽きそうにないほどに。

クリケットがごくりと唾を飲み、潰しそうなほどオーガストの名刺を握りしめた。

「私、殺されちゃったりするかな？」

オーガストは驚くほど優しい笑顔を見せた。

「きみはあの男が狙うタイプではない。きみが失踪すれば周囲が騒ぐ」

一度は安心したものの、言葉の裏に気付いたクリケットがぞっとし、表情を様々に揺らした。誰だろうと、自分の安全が誰かの不幸の上に成り立つとは思いたくないものだ。

ルーカスは片手を彼女の腕にのせようとして、思い直した。またうっかり感情に呑みこまれるわけにはいかない。それでなくても動揺気味だ。

「大丈夫だよ」

クリケットからはとても信じられないという目を向けられた。仕方ない。ルーカス自身、彼女以上に自分の言葉を信じられているのかわからない。だが言い聞かせるしかないのだ、己に、大丈夫だと。

それが嘘になるまでは。


トーマス・マルヴァニーの家は映画の世界のようだった。緑豊かな庭園が広がっている。ガレージだけでもルーカスの部屋全体の五倍はありそうだし、大学の社会科学部棟がすっぽり、それも楽々入ってしまうほどの壮麗な豪邸だ。

オーガストはノックもせず、いきなりドアを開けて、ペルシャ絨毯に掃除機をかけながら結んだ髪をはずませているポロシャツとカーキ色のパンツ姿の若い女性に一つうなずいた。その先にも清掃中の人々が山ほどいた。この広さの家を保つにはどれほどの人員を要するのだろう。

オーガストはどの相手にも注意を払わず、けげんそうな顔を向けてきた者には一つうなずきを返しながら、名乗りもせずただルーカスをつれて家の奥へどんどん進んでいった。屋敷の複雑な間取りを熟知した様子だけで家族の一員と見なされても不思議はないかと、ルーカスは思う。こんな大きな家に足を踏み入れるのは、放火魔に狙われた大企業重役の事件を担当した時以来だし、あの家は到着した時にはもうほとんど壁がなくなっていた。

オーガストが細い廊下を進むと、突き当たりにキーパッド付きのどっしりした扉があった。ルーカスから肩ごしにのぞかれようがかまわない様子で、コードを打ちこむ。毎日変更されているのかもしれないが。

中は、豪華な会議室のように見えた。ルーカスの部屋に侵入した夜、オーガストが自分たちは〝バットマン〟だと説明して記憶の中で映した部屋だ。大きなテーブル、壁の二面にまたがったスクリーン、三つ目の壁には事件捜査のような情報表示ボード……そしてその巨大な会議用テーブルを囲んでいるのは、ルーカスを凝視している四人の男たち。

オーガストがふうと溜息をついて、テーブルに靴箱を置いた。

「どうしてお前たちが雁首《がんくび》並べている」

年配の男性が立ち上がって、ルーカスに温厚な笑みを向けた。トーマス・マルヴァニーは、客観的に言っても、写真よりさらに美男子だった。彼の年齢について読んだことがあるかとルーカスは記憶をひっくり返したが、空振りだ。四十代後半から五十代前半のあたりに見えるが、引き締まった体を上等な服に包み、従われるのが当然となっている空気感をまとっていた。

「ルーカス、こちらはぼくの父だ」オーガストが仕方なさそうに、この場ではそうするべきだからやむなくという様子で紹介した。「ぼくの弟、アダムにはもう会ったな。臭いものを嗅いだような顔をしている赤毛は兄のアティカス、海賊船から転げ落ちたばかりのようなのは弟のアーチャーだ。さて、彼はルーカス」

ルーカスの反応を待たず、トーマスが手をのばしてルーカスの手を握った。

たちまちイメージの連鎖がなだれこんでくる。とても若いトーマス、五つの棺を前に泣き崩れている。観察窓から幼い少年を見ている男。ずっと年下の、薄錆色の髪と暗い目をした若者と争うトーマス。このテーブルを囲む皆に、ルーカスを丁重に扱うよう言い渡しているトーマス、彼らからの口々の反論。

ルーカスはぱっと手を振り払う。全身を震えが走った。

首を傾けたトーマスの目は鋭かった。「何が見えた？」

ルーカスは躊躇した。試されたのか？　オーガストの話では、ノアも圧力をかけられたことがあるようだし。今回も同じことを？　ルーカスはこの会合に参加する権利を勝ち取った？

今見たものすべてが、トーマスが見せようとしたものではないはずだ。いくつかは……ひどく私的なものに感じられた。ここで明かすべきではないほどに。

「あなたはみんなに、俺に礼儀正しくするようにと言った。そうでないとオーガストの気を損なうからと。初めてノアが来た時には冷たく当たったのにと、アダムが拗ねた。アティカスは、ケンドラとかいう人物はつまはじきにされているのにと文句を言っていた」

全員がルーカスをまじまじと凝視し、それからさっとトーマスを仰いだ。まるでルーカスへの審判を待つように。トーマスはただ微笑むと、空いている椅子を示した。

「座ってくれ、ルーカス。ようこそ」

ついでのように最後を付け加える。ルーカスは立ったままだった。トーマスの態度が大いに軟化したとはいえ、この部屋はまだ敵地に感じられた。

「どうしてお前らがそろってここにいる？」オーガストがまた聞く。

アティカスが鼻を鳴らした。「それはだな、お前がカリオペにＦＢＩ捜査官を調べさせているからだ。この男のために——元ＦＢＩの部外者のために。それをほかの家族に知らせもせず」

オーガストが気色ばんで言い返す。「そしてカリオペは告げ口し、物言いの舞台をお膳立てしたというわけか」

トーマスが溜息をついた。「カリオペから聞いたことなど、ここの面々からすでに聞かされたことばかりだよ。それに彼女は、黙っているのはお前の怒りを買うより大きなリスクを生むと理解している」

「彼女にローレンス・コーンの身辺調査を禁じたのですか？」

オーガストが問いただす。ルーカスの心が沈んだ。やっとのことで糸口を見つけたと思ったのに。

だがトーマスは眉を寄せた。「いいや。調査は続けてもらっている。私がたのんだのは、別口の身上調査だ。そこにいるお前の友人について」

やはり雲行きは怪しい。オーガストを巻きこむべきではなかった。いや待て、ルーカスが巻きこんだのか、向こうが勝手に巻かれてきたのか？　もう思い出せない。

オーガストの態度が冷えきった。「カリオペにした個人的な頼み事を報告する義務はないと判断したまでです。それにしても、ぼくの恋人の身上調査を断りもなく行うとは心外だ」

アティカスが頭をアダムに寄せ「恋人と言ったか、今？」とわざとらしく囁いた。

「んー」とアダムが肯定し、喧嘩を期待するように前にのり出す。アーチャーは琥珀色の液体が入ったグラスに手をのばし、あからさまに飽き飽きしているようだ。

トーマスの動じなさは異様なほどだった。

「お前はカリオペに、ＦＢＩ捜査官の調査をたのんだ。ならばこの問題は我々全員に関わる」

「だからこうして待ち伏せを？」オーガストは聞き返した。「カリオペが何も見つけていないのなら、我々は帰らせてもらう。仕事があるので。今後の調査はこちらだけで行うとします」

そしてルーカスの手をつかみ、ドアのほうへ向かった。

「オーガスト、待ちなさい」

父親の鋭い一声に、オーガストは凍りついた。

「カリオペは例のＦＢＩ捜査官についての情報を見つけてきたよ」

オーガストは振り返らない。

「それはぼくの家に転送してもらいます。それならあなたに影響が及ぶことがあるとしても最小限ですむ」

オーガストのこれほどの……憤激は、ルーカスが初めて見るものだった。外見上はかけらも怒りを表さない。だがその憤りは生き物のように息づき、ふれ合った手から流れこむ熱となってルーカスの中をめぐる。オーガストは父からの信頼の欠如に腹を立てており、ルーカスに向けて飛んでくる父親のイメージはほとんど戯画的で、怒りが積み上がるにつれ暴力性が増した。

トーマスの声は揺るぎなく、だが一方的なものでもなかった。

「オーガスト。座りなさい。今すぐ」

ルーカスは身を寄せてオーガストの耳元に口を近づけた。

「俺のせいで喧嘩しないでくれ。説明を聞こう。ここまで来たついでだ」

テーブル端の二つ並んだ椅子までオーガストの手を引いて向かい、大人しくついてきたのでほっとする。腰をかけると、ルーカスはたずねた。

「俺についてどんなことがわかったんです？　せめて自分の口から説明したいんですが」

トーマスがあるかなしかの微笑で応じた。「まずはじめに、私が知りたかったのはきみが精神の問題を抱えているのか、それとも本当に透視能力があるのかだ。あるいはこれが、我々のことを知っていると息子に思いこませる手のこんだ罠かもと疑ったからね。おとり捜査の一種かもと」

「それでどうなりましたか？」ルーカスは身がまえて聞き返す。

「ＦＢＩでのきみの経歴や、急激に精神状態が悪化した経緯、入院中のカルテに目を通した後、その分野に精通した信頼できる友人に連絡を取ったが、おとり捜査の偽装工作としてそれだけの期間を精神病院ですごすなどありえないと断言されたよ」

「それはルーカスを信用したということですか？」オーガストが問いただす。

「父さんは、彼はおとり捜査官ではなく狂人だと言っただけだ。高評価とは言い難い」とアティカス。

トーマスが長兄を視線で制した。「アティカス、黙っていなさい」

大柄なアティカスはすっかりふてくされてしまった。マルヴァニー兄弟は横槍を入れられるのが嫌いで、思いどおりにならないことが我慢ならないのだ。人殺し好きの幼児の集団が、オモチャや父のお気に入りポジションを奪い合って凶暴に騒ぎ立てているかのようだ。ルーカスの犯罪学者としての部分は、一人ひとりとじっくり対面してその行動を分析したい。だが今日の目的はそれではない。

トーマスがルーカスへ顔を向けた。

「きみが主張しているとおりの能力を有していると、私は信じるよ。きみが陥れられたのだということも信じる。それ以上の判断は、カリオペの報告を聞くまで保留にさせてもらうよ」

そして彼は会議室のスピーカーのボタンを押した。「カリオペ、全員そろったよ」

正面のディスプレイが光ったが、何の情報も表示されなかった。

『ごめんね、オーガスト』

しょげた彼女の声。

『じゃあ行くよ、今わかってるのはコレ。ローレンス・コーンは、ルーカスが教授に就任した約二週間後にこっちに異動してきた。それどころか、あいつがこっちに住んだほうがルーカスが正式に引っ越すより先。調べた限りじゃ一人暮らし、管理官としてデスクワークについてて、支払いの滞納もない、パソコンの中身も清廉潔白、銀行口座の動きは平凡。書類上、こいつは真っ白』

「共犯者の候補は見つかったか?」オーガストが聞いた。

『そーなの、そこがさ。あの男について、通話記録だけが普通じゃないんだよ。プリペイド携帯からの着信がめっぽう多い。てっきり用心深い共犯者が期限ごとに携帯電話を取っ替えてんのかと思ったけど、同じ番号からくり返しかかってきてるんだよね。あいつはプリペイド携帯からやたらと通話を受けてるけど、相手は一人じゃなくて大勢なんだ』

「人身売買ブローカーか？」

アーチャーが呟いた。ルーカスは首を振り、

「コーンはさらった女性たちを拷問している。人身売買業者だったら商品を傷物にはしない、ドラッグや借金漬けにして相手を支配する。邪魔にならない限り女性たちを切り刻むような真似はしない。彼女たちは、コーンの歪んだ快楽のためにかどわかされたんだ。失踪から死体発見までの期間も短すぎる」

オーガストがルーカスへと向き直った。「だが若い女が幾人も消えているのに発見された死体は三人分だけ、と言っていただろう。手元に置いておけない理由があったとは考えられないか？　その三人が手に余ったとか。ほかの者たちは売られたがその三人だけは……見せしめにされたとか？　もしくは、お前も言ったように、お前をいたぶる目的で？」

「ありえなくはないが。ただ……どこか嚙み合わない。違和感がある。うまく説明できないよ。もし彼女たちを売り飛ばしているなら、あいつはどこかに金を隠してるはずだろ？」

アーチャーが身じろぐ。「ダークネットでやり取りしてんなら暗号資産使ってるかもな。裏社会好みのカネだ」

「じゃあ何もわからないのか？　実質、あいつはご立派な市民の一人？」ルーカスは嫌悪感をにじませて吐き捨てた。

「だが我々はそうではないと知っている。あの男はお前を嘲っている。あの付箋はただの脅し

ではない、あれは餌だ」とオーガスト。「あいつはお前で遊びたがっている。自分の腐ったゲームにお前を引きずりこもうとしている。その箱に入っているのが何であろうと、パズルの新たなピースと引き換えにお前におぞましい思いをさせるものだろう。奴が有罪なのはすでに確定だ。ぼくが殺してもいいだろう。誰にも惜しまれない男だ」

ルーカスは例の靴箱を見つめながら首を振った。この箱は、オーガストが言うとおりのものだろう。コーンはルーカスを弄んでいる。

「ほかにもさらわれた女性がいたら？　拷問されている女性がまだどこかにいるかも」

『ルーカスは当たり。この頃この辺で、女の子が消えてる』

カリオペの声が全員の注意を中央のスピーカーへ引き戻した。

「名は」トーマスが鋭く聞く。

画面にカーソルが表示され、カリオペが答えた。

『名はわからない、場所はわかる』

「どういう意味だ？」とトーマス。

地図が映し出された。

『半径六ブロックの範囲が見えるね？』

「ああ」

確認を返して、トーマスはピンク色でマークされた地区を見つめた。

カリオペは話しながらも猛烈にタイピングしていて、どうやってかマルチタスク中のようだ。

『ここは我らが地元版スラム街。ホームレス、中毒者、セックスワーカーがもっとも密集してるところ。おわかりだろうが、二つや全部カブってる人もたくさんいる』

「それが？」とオーガストがうながす。

『窮乏層の失踪は常にいくらか起きている。不思議とその数は一定してるんだ。だけどローレンス・コーンがここに引っ越してきて半月後から、その数が……一気に増えてる。この地域から気味の悪い勢いで人間が消えてるんだよ』

行方不明者のポスターが画面を次々と埋め尽くし、しまいには個が埋没して見えなくなる。

『男性と、死体が発見された人を除けば、あとは若い女の子ばっかり』

ルーカスは朝食が喉にこみ上げてくるのを感じた。

「カリオペ、彼女たちに共通項はないかな？　何らかの共通点がないか調べられないだろうか。容貌、容姿？　パターンが導き出せれば」

『やってみるよ。時間はかかるけど。この界隈は記録に名前が残らない暮らしをする人が多いからねぇ。自発的だったり不可抗力だったりで』

「その間に我々は昔ながらの方法を試すとするか」とオーガストが言い出す。

ルーカスはけげんな顔をした。「それって、つまり？」

「あの男を尾行すればいい」

ルーカスは首を振った。「俺たちにも生活がある。朝から晩まであいつをつけ回してはいられないだろ」

ぎゅっとオーガストの眉根が寄った。「ぼくらではない。あの男の車にGPS発信器を装着すればいい。家に盗聴器を仕込んだり」

それをアダムがせせら笑う。「FBI捜査官のおうちに押し入るのはオススメしないね」

トーマスの溜息。「GPS発信器は可。家宅侵入は不可だ」オーガストから猜疑の目を向けられて「今のところは」と付け加える。

オーガストは鼻息をついた。「いいでしょう」

「カリオペ、この件を最優先にしてくれ。ノアのほかの案件は後に回して、ルーカスの提案どおり次の犠牲者の傾向を絞りこめないか、分析を。それと、コーンが何らかの暗号資産を保有していないか探ってくれ」

爪がカチカチとタイピングを再開する。

『やってみるけど、ビットコインやイーサリアムならともかく、マイナーどころの暗号資産だと突き止められる見込みはほぼほぼゼロよ』

「手は尽くしてみてくれ」とトーマス。「報告は随時私に。私の許可なく誰も勝手に動くな。了解したな？」

オーガストは小鼻を膨らませたが、それでも一つうなずいた。

「カリオペ、コーンについてわかったことをぼくに送信しておいてくれ。今日のうちに奴の車に発信器をつけたい」

『あいよ』

その一言を最後に彼女は消えた。

トーマスがルーカスを見やる。

「きみは、求める答えが得られなかった時の覚悟をせねばならないよ。被害者を突き止められなかった場合、きみは選ばねばならない。数人の行方不明の女性か、数知れぬ今後の被害者たちか」

「そんなこと、とても俺には……」

どこかで死にゆく女性たちを見捨てるなど、ルーカスの息が詰まりそうになる。

「なら俺らがかわりにやるさ」アーチャーが言って飲み物の残りを一息にあおった。

「ああ、今回の作戦は期限付きだ」トーマスが言った。「来週くらいまでに突き止められなければ、この男を始末する。そうするしかない」

ルーカスは手でごしごし顔をこすった。理解できるし、もっともだと思う。行方不明の女性たちを永遠に探しつづけることはできない。名前すらわからない女たちを。そんなのは亡霊を探すようなもの――もしかしたら本当に。

どの段階で、マルヴァニー一家の流儀にゆだねるか。

そのすべてが終わった時、ルーカスは自分を許せるのだろうか。

15
August

午後あたまの講義が終わると、オーガストはルーカスを探した。教室に残っていた暇そうな一年生によれば、ルーカスは期末レポート用の評価基準《ルーブリック》をコピーしに二十分前に図書館へ向かったという。オーガストは首をひねった。どうして教員用のコピー機を使わない？

図書館は赤レンガ造りの三階建て、窓や入り口がアーチになったゴシック様式の巨大な建物だ。入ってきたオーガストを鬱陶しがるように学生たちが渋い顔を向ける。オーガストは気にもかけなかったし、机にイヤホンを忘れてきたせいで内部の静寂がありがたかった。会議室や勉強専用の防音ブース、学生たちが担当している三つの貸し出しカウンターを通りすぎる。

どの階にもコピー機は設置されているが、入り口から見える一階のコピー機にルーカスの姿はなかったので無視する。二階にもいない。三階へ上がると、オーガストはこの図書館でも特に人が寄り付かない、ハウツー本や技術書が埋め尽くしたコーナーへ向かった。

コピー機の設置場所を知らなくとも、ルーカスの苛立った悪態で明らかだっただろう。オーガストは笑顔で足を早めた。角を曲がると、丁度ルーカスがコピー機を蹴とばすところだった。さらにもう一蹴り。

「そのコピー機は気難しいことで悪名高い」

オーガストの声にルーカスはぎょっとしたが、すぐに立ち直ってふてくされた声を出した。

「どうせそんなことだと思った」

またコピー機の蓋を叩いたルーカスを、オーガストは書架の奥側へとそっと引き離した。

「教員用のコピー機は使えなかったのか？」

「故障中だ」

ルーカスは横にあるコピー機が諸悪の根源かのようににらみつける。

「ならばオフィスのすぐ外にあるコピー機は？」

ふう、とルーカスが鼻息をつく。こうも神経がささくれ立った様子は初めてだ。

「それはだ、きみの友人が俺を見るたびに、俺ときみの仲について聞き出そうとしてくるからさ」

「ビアンカか？」

ルーカスが肩をすくめた。「だと思う。初めて会った日も彼女と仲良くしてたよな」

その声には何か……ほんのかすかに潜むものがあった。まさか嫉妬ではあるまい。

「お前は……ぼくが同僚と関係を持っていると疑っているのか？　このぼくが。そういうタイプに見えるのか？」

「わかるわけないだろ？　お互いのことなんかろくに知らないんだから」

らしくもなくふてくされた様子だった。

オーガストは綿密にルーカスを凝視した。

「どうしたんだ。父さんの家を出た時には特に変調はなかったはずだ。それが今のお前はふくれっ面で、金を持ち逃げされた相手かのように学内の機材に当たっている」

「女性たちが一体どれだけさらわれてるのか、どうしても考えてしまうんだ。俺のせいで。この何ヵ月も、俺は何もなかったふりをしようとしてきた。身勝手で愚かだった。今やそのせいで巻きこまれた人々が苦しみ、死にかけている」

オーガストは両手でルーカスの顔を包み、黄ばんだページの古書が詰まった書架の奥まで彼を後ずさらせた。本の歳月が香る。

「お前はできるだけのことをした。その女たちを救おうとして、殺人犯の脅威を除こうとして、精神病院に放りこまれたろう」

ルーカスに思い出させる。

「嘘をつけばよかった。ほかのやり方であいつが犯人だと証明できてたら。俺がもっと何か

「……」言葉は途切れ、ルーカスは力ない手ぶりをした。

「もっと、何だ？　証拠を偽造するか？　犯行現場を押さえるか？　奴は単独犯ではない。お前を殺して終わりだ。お前は正しいことをした」

ルーカスは顎がピクつくほど歯を食いしばり、大きく唾を呑んで、言い返した。

「きみならあいつの喉を掻き切ってケリをつけただろ。いや違うか、ゆっくり苦しませてから殺しただろう。そうすれば、女性たちがあれ以上あいつの毒牙にかかることもなかったはずだ」

オーガストは首を振る。「それは、ぼくが殺すよう躾けられているからだ。ぼくは捜査はしないし、誰にも何も証明する必要はない。ノアとカリオペ、トーマスが事件を見つけ、証拠を固める。ぼくは計画書をもらう。そして自分の役目を果たす」

オーガストはルーカスを見つめ、心痛の色がいくらかでもやわらぐのを期待したが、むしろ深まったように見えた。

「ルーカス、お前は能力を得た。さわるだけで人間の明部から暗部までを読み取る。そんなことができる者は世界中でわずかもいないだろう。お前は奇跡に等しいんだ。父はまだ何も言わないが、お前をどう一家の中で役立てるか、すでに勘案中のはずだ」

ルーカスの頰を涙がつたい、オーガストの手がふれる顔がほてりを帯びて、それから振り払うように離れた。

「俺を励まそうとして気休めを言ってるだけだろ」

オーガストはふんと笑う。「真実だからだ。ぼくは、励ましを求める者がたよる相手ではない」

鼻をすすり上げたルーカスが顔を拭い、古びた本の並びに頭を預けた。

「この頃じゃ、俺の気分を救ってくれるのはきみの存在だけみたいだ」

オーガストは眉根を寄せた。褒め言葉だが、あまりにみじめそうに言われて混乱する。

「それは悪いことなのか?」

ルーカスからはしなびた笑いが返ってきた。「俺は大量殺人犯の一人と寝ながら、別の一人と神経戦をやってるんだよ。出会って一週間にもならないのに、心に穴が空いたみたいな気持ちの時、聞きたいのはきみの声だけだ」

ルーカスの言葉の何かが、オーガストの独占欲を激しく燃え上がらせる。ここにいる存在が我がものだと刻みつけたい本能的欲求。ルーカスが聞きたいのはオーガストの声。彼だけの声。オーガストはルーカスの唯一。

一気に距離を詰めてぶつけるように唇を重ね、驚きの声をこぼしたルーカスの唇がゆるんで受け入れられると、オーガストは唸った。

書架にルーカスを押し付け、腰に高ぶりの兆しを感じて喉を鳴らす。唇を滑らせて顎をキスでたどり、耳朶をくわえた。ベルトへのびた手をルーカスがひっつかむ。

「何してるんだ」と囁いた。

オーガストはきょとんとして手を見下ろす。

「ズボンを脱がせている。どうしていきなり小声になった？　図書館のこちら側にはまず誰も来ない。三階に人が来るのは学術誌を読むためだけで、それは逆側の書架だ」

ルーカスはオーガストの肩の向こうをうかがっているが、手首をつかむ力はゆるんだ。「こんなのはマズいよ」とは言うが、声が弱い。

オーガストはその耳元に鼻をこすりつけた。

「ぼくの口を今すぐ感じたいだろう」囁く。「想像してみろ。ひざまずいたぼくにしゃぶられて、喉の奥に注ぎこむところを」

「よせって、オーガスト……」

助けを求めるようなルーカスの声に、オーガストのペニスが熱をはらむ。

「ぼくをひざまずかせるのが好きだろう。ぼくもそうするのが好きだ。もっといい気分にしてやれる。お前を味わわせてくれ」

今回、ズボンの前を開くオーガストをルーカスは止めなかったが、息を荒らげて体の横で拳を握っていた。オーガストは膝をつき、髪をつかまれるとうっとりと喉を鳴らす。見下ろすルーカスは唇を薄く開き、瞳孔が黒ずんでいる。

「そうだよ、きみに膝をつかせるのは最高だ」絞り出し、ルーカスはちらっと下唇を舐めた。

そのシャツの裾をまくり上げて腹にキスをし、オーガストは邪魔にならない程度にズボンと下着を引き下ろした。はね上がったルーカスの全長の下側を舐め上げる。ルーカスが低い呻きを上げ、頭をドサッと書架にぶつけた。

オーガストは笑みを浮かべ、亀頭のすぐ下をねぶってから、口に含み、先端の割れ目に先走りの苦味がにじむまでそこをつついた。

満足の鼻息をこぼして喉奥までくわえこむ。ルーカスのかすれた叫びが図書館の静寂に響いた。オーガストは行為を止めることなく、ただ手をのばして開いた口に手のひらをかぶせた。長く強く吸い上げる。狙いを定めて。手のひらの下でルーカスが我を忘れて悶え、くぐもった呻きがオーガストを荒々しく駆り立てる。

ここでないどこかでなら、一日中だって続けていられる。舌にずっしりとかかるルーカスの重みを、肌の味を、鼻をくすぐる毛のくすぐったさを、オーガストは求めてやまない。ルーカスのあらゆる部分を永遠にむさぼろうとも決して飽きることはない。だが今は、長引かせるわけにはいかなかった。時間がない。彼は十五分後に講義だし、ルーカスだってすることがあるだろう。ルーカスが腰を揺らしてオーガストの唇を犯しはじめると、オーガストは喉をゆるめて絶頂を好きに追いかけさせた。

限界が近づいたルーカスのこぼす音が高くなる。オーガストの倒錯した一部分は手を離して世界に聞かせてしまいたかった。彼らの相性が最高だということや、ルーカスの欲を彼がどれほど深く満たしているのかを。ルーカスはオーガストのものだと世界に知らせたい。彼らはお互いのものだと。

腰の動きが乱れ、オーガストの髪をきつくつかんだルーカスが手の下で最後の声をこぼすと、彼の口を満たした。オーガストはすべてを飲み干し、さらに一滴も残すまいとする。

口元から手が離れた時には、ルーカスはぐったりと書架にもたれて荒く息をついていた。オーガストは丁寧にルーカスのズボンを整えたが、自分のほうはぴったりしたズボンごしにも勃起があからさまだ。

ルーカスが彼を立たせてズボンに手をかけ、お返しをしようという意欲を見せた。だがオーガストはその手を払い落とす。

「いや。それは今夜だ。ぼくはいい。今はお前のための時間だ」

「ありがとう」

ルーカスがオーガストの首に腕を回し、熱っぽいキスをしてから、肩に頬を預けた。

オーガストの胸が温かくなる。お返しにルーカスの背を抱いたが、意外にもルーカスは抱擁をやめなかった。むしろきつくしがみついてくる。腕の中にあるルーカスの重みを味わった。

石鹸とスパイシーなコロンの香りがして、服ごしに分け合うぬくもりに安らぎを覚える。いきなり、後で二人きりになったらしたい様々な行為が思い浮かんできて、オーガストはそれを押しとどめた。

欲情している場合ではないのだ、今は。

「大丈夫か?」

昼下がりをこのまま腕の中ですごしそうなルーカスにたずねる。

「あと少しだけ、このままでいたい。いつもは誰かとハグしたりしないんだ。障壁を保てないと相手のろくでもない考えが全部透けちゃうから」

オーガストはルーカスの髪に頬ずりする。「ぼくは違うのか?」

肩にのったルーカスの頭が揺れた。

「うん、違う。きみの中にあるのはただ、俺が次の講義に遅刻しないかという心配と、どれほどこうしているのが好きかと、今夜俺と試したいドエロいアイデアだけだ。ああ、今夜については俺から異論はないよ」

「ハグだけでそこまで読み取れるのか」

「そうなんだよ。きみの考えは、俺にはとても読みやすい。というかね、さわるたびに読み取りやすくなってる」

「それは嫌なことか?」

「ある日失ってしまうかもしれないのが怖いだけだよ」と打ち明ける。

オーガストはさらにきつく抱きしめた。「お前が逃げ出さなければどこにも消えない」

「ここにいるだろ?」そっとルーカスが囁いた。

約束を求める言葉がオーガストの舌先まで出かかったが、拒否されたら悲惨なことになりそうなので諦めた。

「ぼくは講義に行く。途中まで一緒に行こうか？　まともなコピー機まで案内しよう」

ルーカスは一歩下がり、ためらいがちにうなずいた。「ああ。次の授業までにコピーしないと」

オーガストは手を差し出し、ルーカスに握り返されて安堵した。心のどこかで断られるんじゃないかと、他人の前では関係を隠したがるのではと疑っていたのだ。彼らが、本当に一つだということを。

真実、一つなのだ。たとえルーカスがまだそれを認めていなくとも。

しまった、この考えも読めるのか？

「読めるよ」とルーカスが笑い混じりに言った。

「すまない」

ルーカスは鼻を鳴らす。「いいや、すまないなんて思ってないだろ」

オーガストは微笑した。「そうだが、すまなさを感じる能力があれば思っていたとも」

ルーカスはあきれた顔をしてみせたが、そこには先刻までなかった軽やかさがあって、オーガストにとって大事なのはそれだけだった。

仕事上がりのルーカスはやけに口数が少なかった。後部座席に置かれた箱を、目を離していると襲ってくる野獣か何かのようにチラチラうかがっている。図書館で会った後の授業はつつがなく終わったように思えたが、そうではないかもしれないので、オーガストは沈黙を保った。この状況での正解がわからない。

これまで読んだ恋愛本には大切な相手の一日について聞くのがマナーだと書かれていたが、二人の今日がどう始まったのかを考えると、そんな安閑とした質問はあまりに場違いに思えた。とはいえ、本物の恋人らしいことをせずに手抜きをしていると思われたくもない。オーガストはルーカスを見て、自分も正常な人間のような共感や心配を抱ければいいのに、と願った。ルーカスの思考や感情を知るためにつつき回してみたい、という飽くなき知的欲求ではなく。

トーマスならば、人間は実験用のネズミではないとオーガストに説くだろう。だがオーガストはルーカスをそういうふうに見ているわけではないのだ。そうではない。ただ、ルーカスが欲するものを（恋愛本の指南に従って）どう与えられるのか、適切な方法をルーカス自身で実験せずにどうやって判断できるだろう。

トーマスならば、いいからルーカスと話し合えと言うはずだ。

どうにかオーガストが口をつぐんでいるうちに、やがて車はゲートに囲まれたきれいな集合住宅地の外周に着き、停車した車列脇をゆっくりと通りすぎた。コーンの車にGPS発信器をつけると言ったオーガストに、ルーカスが強引に帯同したのだ。ルーカスがそばにいるのはまったくかまわないが、うっかりコーンと顔を合わせてしまえば隙を突けなくなる。だが、オーガストには断れなかった。あまりにもルーカスとすごす時間が好きなのだ。

住宅群の外にある集合インターホンで車を停めると、オーガストはアルファベットの頭から住人を呼び出しにかかった。二回目で相手が呼び出しに出て、何も聞き返さずボタン一つでゲートを開放する。

「どうしてこの手でうまくいくとわかったんだ？」とルーカスが聞いた。

オーガストは車を停めた。「わからなかった。何回か空振りしたならカリオペに連絡してゲートをハッキングさせていた。だが人というのは、自分の居住区域に他人を入れることに不用心で無頓着なものだ。入る理由がある相手だと思いこんだり、ドアは鍵がかかっているから問題ないだろうと理屈をつける」

ルーカスはうなずいたが、また黙った。車は建築物の迷路をゆっくり抜けて、コーンの住む建物を探す。左手に現れた二階建てへ、ルーカスが顎をしゃくった。

「そこだ。あれだろう」

オーガストは駐車場を見た。部屋別ではない。「ではまずあの男の車を探す」

まだルーカスは窓の外を見つめていた。

「もしあいつがまだ帰ってなかったら？」

「待つ」

「もしあいつがどこかで人を痛めつけてる最中だったら？」ルーカスがじりじりしてくり返す。

オーガストはふっと息を吐き出した。

「それなら我々にできることはない」

不穏な沈黙が戻ってくる。オーガストは借り物の車をバックさせて駐車スペースに入れ、ライトを消した。彼のメルセデスは十万ドル以上する。このあたりはかなり上品な住宅街ではあるものの、あの車で目立って人目を引きたくない。そこで父の所有する数台の中からフォードのピックアップトラックを借りてきたのだ。

コーンの車は歩きで探したほうがいいだろう。トヨタ車やホンダ車ばかりの中、黒いリンカーン・ナビゲーターを見つけるのはさほど難しくないはずだ。こんなありふれた住宅街に住みながらどうしてそんな目立つ車に乗っているのかは新たな謎だった。

目を向けると、ルーカスが窓から暗闇を凝視していたので、ついにオーガストはたずねた。

「さわってもいいだろうか？」

ビクッとして、ルーカスが振り向いた。唐突すぎたかとオーガストは反省する。

「聞かなくてもいいよ」ルーカスが答えた。「言っただろ、きみの思考は怖くない」

いつかルーカスはオーガストの思考を恐れるだろうと、それどころか吐き気をもよおしたりおぞましく思う日が来るだろうとは、告げたくない。とにかくそれは、また別の日に話し合うことだ。オーガストはルーカスの太腿に手を滑らせ、ぎゅっとつかんだ。

「大丈夫か？」

「いいや。今はね。多分。失踪してる女性たちのことで、どうしても責任を感じてしまうんだよ」

オーガストは首を振る。「それはお前の――」

「オーガスト……」遮りながらルーカスが指をさした。

指の先に、角を曲がって出口へ向かう黒いリンカーン・ナビゲーターが見える。

「出かけるところだ」とルーカス。

たっぷり三十秒待ってから、オーガストはライトをつけて車をゆっくり道へ出した。

「よし。どこへ行くか尾ける」

ゲートへ向かって集合住宅の間をくねくねと抜けながら、できるだけ距離を保つ。外の道路へ出ると、丁度先の信号をコーンが右折するところだった。見失うまいとスピードを上げながら、尾行を気取られないようコーンとの間に数台の車をはさむ。

北へ向かうハイウェイに入ったので、ルーカスが当惑顔でオーガストを見た。答えを持たないオーガストは運転に集中する。神経を研ぎ澄ませていないとどこかの出口でコーンを見失ってしまう。ルーカスの両手は膝の上で握られ、目を細めてフロントガラスを見つめる顔はこわばっていた。

三十分は走った後、シャワーや歓楽施設や二十四時間営業ダイナーのけばけばしい看板が並ぶトラック用サービスエリアに続くだけの出口を、コーンが下りた。オーガストも続いたが、ダイナーの前に停めたコーンをそのまま行きすぎて、コンビニエンスストアを回りこんでから引き返す。彼らが停車した時には、コーンはダイナーの中で奥のブースに座っていた。

オーガストは店の窓に面した駐車場に車を入れ、店が見える向きでヘッドライトを切った。コーンは一人だった。こうして見ると、彼から言い寄られたルーカスが驚いたのもよくわかる。コーンは大柄でたくましく、茶色の髪は頭頂部で少し立てたミリタリーカットにきっちり刈りこまれていた。いかにも……人を寄せ付けない雰囲気だ。

コーンがコーヒーを飲みながら十五分ほど待っていると、新しい車が停まった。改造された黒とシルバーのマツダRX－7がコーンのリンカーンの隣に滑りこむ。かなり金をかけた車だ。

「誰だあのワイルド・スピード男？」とルーカスが呟く。

その男は上背があってがっしりし、タトゥのあるたくましい体に白いタンクトップと着古してこなれたジーンズをまとっていた。ずかずかとコーンのいる奥まで進み、向かいに座ると銀髪のずんぐりしたウェイトレスを手で呼んだが、うんざりした目を向けられていた。

「あいつだと思うか？」向こうに聞こえるのを恐れるようにルーカスが声をひそめる。「あいつが共犯者？」

ルーカスは緊張すると小声になるのだと、オーガストは頭の片隅に留めた。

「お前の判断は」

「プロファイルの型には当てはまらない男だ。見ろ、自信たっぷりで、堂々としていて、コーンに遠慮する様子もまるでない」ルーカスはそこで首を振った。「俺の分析が間違っていたのかもな。わけがわからないよ」

オーガストは答えず二人の様子を観察しつづけた。謎の男の隣にあった車が出ていくと、自分たちの車を隣に寄せる。男の車の窓はスモークだった。ああいう男は車にセキュリティを付けているに違いない。

考えがあった。とび下りたオーガストは車の窓へ寄り、携帯電話でフロントガラス直下にあるVINコードを撮った。

車に戻ると、携帯のボタンを押した。車内に呼び出し音が響き、ルーカスが不思議そうに彼を見る。

二回目の音でカリオペが出た。

『あい？』

口に何か頰張ってる声だ。

挨拶は省いてもよかろうと、オーガストは判断した。

「車の警報をバイパスすることはできるだろうか。そうだな、五分か十分ばかり」

『VINコードはあんの？』

「今写真を送った」

『少しお待ち』

　彼女のタイピング音が一分間流れてくる。

『車の所有者はヴァシリー・クダシェフ。六十歳。ロシアの輸出入業者』

　オーガストは眉を寄せて、ブースにいる男に視線を戻した。どう見ても六十歳のロシア人ではない。くすねた車に乗ってきた可能性もなくはないが、六十歳の男がストリートレースをやるとは思えないし、この車はレース用の改造車だ。

「息子はいないか？」

　さらにタイピングの音。

『んー、いないね。娘がいる。娘は三十八歳、孫は十五歳』

　オーガストは頭を振って、筋道立てようとした。

「その車の中に入りたい。警報をオフにできるとありがたいが？」

『ふーむ、そいつはどうやら五千ドルかけてハッキング不可能な警報装置をつけてるよ』オーガストの不満の息に続けてカリオペが、『めでたいことにそのシステムはアプリで操作するんだ。めっちゃハックしやすいアプリでね。十分ちょうだいよ、そしたらその車を好きにさせてあげる。何ならそのまま乗ってけば』

　通話がぶちっと切れた。

二人が座って、一歩も引かずに何か言い合っている店内の男たちを眺めていると、コーンがテーブルごしに男に指を突きつけたが、男はデートでもしているかのような態度でフライドポテトをミルクシェイクに浸していた。

オーガストにメッセージが届く。**車はあんたの。**

「あいつらから目を離さないでくれ。あっちの男が帰るようならぼくに知らせろ」

ルーカスは返事をせずにただうなずき、店内の二人に目を据えていた。オーガストはさっそく運転席側から車内に入って、あの新たな登場人物の正体がわかりそうなものを探しにかかった。車の登録証にはやはりヴァシリーの名があったが、保険の登録証によればD&G社所属。いかにもペーパーカンパニーらしい名前。

何か落ちてこないかとオーナー用マニュアルをパラパラ振ったが、何もない。グローブボックスを閉める寸前、奥にはさまった紙切れに気付いた。車のパーツ屋の請求書だ。宛先はデヴォン・ニコルス。

ルーカスが窓を下げた。「ここまでだ。店員が伝票を持ってきた」

オーガストができるだけすべてきっちり元に戻し、ドアを閉めてピックアップトラックの後ろに隠れた時、デヴォン・ニコルスがダイナーから出てきた。オーガストが車内へ戻るのと同時にニコルスが車のアラームを解除する。というか当人は解除したつもりだ。オーガストたちのほうへは目もくれない。勢いよく乗りこむと、タイヤ跡を路面に残すほどの急発進で駐車場からとび出していった。

店内ではコーンが支払いを済ませながら、デヴォン・ニコルスに嫌な顔を向けたあの店員と談笑していた。

ルーカスがさっとGPS発信器をつかんだ、あまりの勢いにオーガストが先を読む暇もない。車からとび下りたルーカスが身を低くして空の駐車場をつっきり、コーンのリンカーン・ナビゲーターへ突進する。

ホラー映画のように、オーガストは大股で出口へ向かうコーンを見つめた。ルーカスへ目をやると、タイヤの上、フェンダーの内側に隠して発信器を取り付けているところだ。まずい。車を降りながらオーガストの脳内で無数のシナリオが展開される。コーンがすでにオーガストの顔を知っていたら、詰みだ。

オーガストはコーンに向かってつっこみ、さっと身をかわさせた。

「あっ、すまない。もしかして店内に公衆電話があるか知らないか？　携帯が壊れてしまって、急ぎなのだが」

コーンがあっけにとられてまばたきした。「え？　いや。知らないな」

その肩の向こうで、戻ったルーカスがそっと車のドアを閉めるのが見えた。

「ああ、だな。悪かった。ごきげんよう」

そのままレストランに入って待つほか、選択肢がなかった。ありがたいことにコーンはオーガストへの関心をすぐ失ったようで、友人と同じくさっさと駐車場から出ていった。

　車に戻ると、オーガストはルーカスに向き直った。

「どうかしている。殺されたかもしれないんだぞ」

　ルーカスがムッとした視線をよこした。

「ダイナーの駐車場の真ん中で俺を殺したりはしないよ。俺にプレゼントをよこすのが楽しくて仕方ないんだから。とにかくあいつがこの先どこに行くのか、どうしても知りたかったんだ」

　オーガストは溜息をつくと、ルーカスのうなじに手を引っかけて抱き寄せ、唇を重ねた。

　ルーカスは抗わなかったが、手が離れるときょとんとしていた。

「何で？」

　オーガストは肩をすくめる。

「お前がお前でいてくれたことに、かな。もう帰ってもいいか？」

　うなずいたルーカスの顔には色濃い疲労がこびりついていた。「うん。帰ろう」

16
Lucas

オーガストは「帰る」と言ったが、ルーカスはどうしてかそれがオーガストの家にだとは思っていなかった――今朝言われていたのに。本当にあれは今朝か？　一日がどんどん引き伸ばされているようで、だが一方では不可視のおぞましいタイムリミットが迫っているような異様な感覚もあった。

オーガストのマンションは、まさに高級と呼ぶにふさわしかった。建物は高く、豪華で壮大、天井までガラス張りだしホテルなみに広々としたロビーがある。エントランスで車を停めたオーガストはキーを車係に渡すと、ぐるりとルーカスの側に回りこんでドアを開け、車係に一つうなずいた。本物の、制服姿のドアマンの前を通る。ドアマンがいる建物がまだ存在することすらルーカスには初耳だ。

オーガストはルーカスの手を取って中へ向かい、スタッフたちの仰天した表情にも無反応だった。これまで誰もつれてきたことがないのだろうか？　そう思うとどこかしら優越感がこみ上げる。エレベーターではオーガストはルーカスの背後に立ち、腰に腕を回して、肩に顎をのせてきた。上へ、さらに上へと彼らはただ上昇していく。

鏡張りのドアに映る自分たちを、ルーカスは見つめた。あらゆる面で対極の二人。白と黒。共感力と無関心。過剰と恒久的欠落。

それでもルーカスはオーガストの愛撫に焦がれ、彼の執着を、味方がいる安心感を求めてやまない。オーガストがこころよく差し出しているものを受け取ることは、ルーカスが悪に染まることを意味するのだろうか？

ドア横のキーパッドにオーガストが解錠コードを打ちこんだ時、ルーカスはどんな部屋が待つのか何も考えていなかった。オーガストはきっとミニマリストで、整然として全体に白系だろうという予想はあった。本の山はありそうだ。オーガストのようなタイプの人間は、ルーティンや自分の環境にきわめて厳密なものだ。下着に至るまで色分けする人も多い。

だが目の前に広がったのは、殺風景やミニマリストとはかけ離れた光景だった。黒で統一された部屋。壁、家具、棚、すべてが。フローリング上のラグさえも。だが不思議なぬくもりも宿っていた。暖炉上にある黒い木の炉棚の端からこぼれるように垂れた植物。黒いコードが巻き付いた木製の電球型ライトが、黒ずくめのキッチンで唯一純白のカウンターと巨大なダイニングテーブルの上からいくつか吊られている。

黒い内装と無垢の木材、植物の取り合わせが、奥にのびる空間に不思議な息遣いを与えていた。

ルーカスは忘れていたが、世間向けにまとう顔はオーガストの薄皮にすぎないのだ。とにかく、それが彼のすべてではない。

これぞオーガストのもっとも暗い深奥、真実の彼だ。遺骨らしきものが入った瓶、水晶に覆われた頭蓋骨、小さなアンティークの陶人形、今にも塵に返りそうな本たちなどを、一列に並べて平然としている男。

「これはまた衒学的《げんがく》かつマニアックな美学を感じさせるね、ミスター・マルヴァニー」

ルーカスはそう軽口を叩く。

すべてをありのままに見ようとした。色彩的にはほぼモノトーンで統一されているものの、いくつかの美術品や、凝った装飾の金縁の鏡、奇怪な小物類なども目に入る。だがルーカスの注意を引き付けたのは、アートの構成品のように暖炉の上に配置された剣、ナイフ、その他の武具類だった。

ルーカスは目を見張る。

「本物の武器か？」

「嫌か？」オーガストが眉を曇らせた。「ノアとアダムに、あれは許容範囲を超えているだろうと言われている。何ならお前の好みに合わせて変えてかまわない。黒は単に、ノイズを消すためのものだ」

「ノイズ？」

ルーカスは聞き返して、あたりをぐるりと回る。

「強い光、音、過剰な色彩、そのすべてがぼくの頭にノイズを引き起こす。思考を妨げる。色がないほうが落ちつけるんだ」

なるほど。オーガストは騒々しさを好まない、と。彼の脳内で何が起きているのか思えば、納得いく。

「俺は気に入ったよ。ここはとても……きみらしい」

「お気に入りのものを手元に置くのが好きなんだ。父はこれらをぼくの宝物と呼んでいる。何年もかけて見つけて、一目で気に入ったもの。何があろうと手放したがらないもの」

「俺もその一つ？」

口にして、すぐルーカスはその言葉を後悔した。

さっと向けられた凝視、独占欲丸出しに全身をまなざしで探られて、ルーカスのものがたちまち熱くなる。

「そう。まさしく、お前もそうだ」

「俺も棚に並べるのか？」

オーガストは首を振った。「いや。お前はベッドの中がいい」

ルーカスはゆったりと近づいていった。「昼の借りをまだ返していなかったね」

「その借りを今すぐ形にしたいのは山々だが、この箱の対処を先にしたほうがいいだろうな」

ルーカスはごくりと喉を鳴らして、箱へ目をやった。

「やらなきゃいけないのはわかってるよ。ああ。ただ、あの苦しさを思うと。こんなの弱い根性なしに聞こえるだろうけど。でも、体の痛みだけじゃないんだ。あれは……感情も伝わってくる。肉体的苦痛だけじゃなく、その瞬間に彼らが味わっている心の苦しみ、衰弱、恐怖、あらゆる後悔が襲ってくる」

オーガストが身をのり出してルーカスの額にキスをした。その仕種の何気なさに、ルーカスの心臓がトクンとはねる。

「それについてだが。ぼくに案がある。ただし、ぼくを信頼してくれるならば」

「信頼しているよ」

そう返して、それが本心だとルーカスは自分で驚いた。たしかにオーガストの苛立ちや憤怒が自分に向けられないのは確信しているが、信頼に足るかは別問題のはずだ。

だがルーカスは、心底オーガストを信頼していた。命すら懸けられるほど。そして心も。

そしてどうやら、自分の脳すらゆだねられるほどに。

「寝室へ行こう」

オーガストがテーブルから箱を取ると、ルーカスをまた別の、緑茂る部屋へつれていった。

室内はやはり黒っぽく、壁は熱帯雨林の深奥で茂る植物のようなダークグリーン。シーツはまったくの純白だが、上掛けは模様付きの黒いベルベットだ。ほかの部屋と同様に木目のアクセントがあしらわれ、ぐるりと置かれた植物のみずみずしさだけが周囲から浮いている。オーガストが植物のような、世話を要する何かを持っているとは意外だ。

「これ全部、自分で世話してるのか？」

オーガストがうなずく。「植物は酸素を合成するし空気を清浄化する。どうしてだ？」

ルーカスは生き生きとした緑を見回した。「植物にはあれこれ手がかかるだろ」

オーガストが鼻で笑った。

「植物を生かしておくのはただのマニュアルだ。適切な手順を把握していれば必要なものを供給できる。そしてぼくの完全記憶があれば、何をするべきかは常に明確だ」

ルーカスは一瞬下唇を噛んでから、たずねた。

「俺にも同じ扱いを？　恋愛のハウツー本で読んだマニュアルを当てはめてる？」

オーガストが例の靴箱をベッドの中心に下ろした。

「お前にぴったり当てはまるマニュアルなどない。常に仮説を試しては、お前が一番よく反応するのはどれか観察している」

オーガストを見つめながら、その身も蓋もない説明に、ルーカスは胃が沈むのを感じた。

「つまり、俺は科学実験の材料か？」

オーガストはベッドの縁に座ると、広げた膝の間にルーカスを引き寄せた。

「お前が何かと言うなら、まずお前はぼくのものだ。お前を幸せにするのがぼくの役目だ。独力でそれをかなえるための能力が、ぼくには欠落している。ぼくは愛することができない。罪悪感や共感や悔恨なども感じないし、それなくしてはお前が欲するものを察知できない。ぼくにある手段はリサーチと状況からの類推だが、後者はとても得手とは言い難い。だがそれでもお前が欲するものを与えることはできる。どんな手でも使ってだ。だからこそ補助は不可欠だ。仮説とその検証が、ぼくにとって唯一の手段なんだ」

説明を聞きながらルーカスの鼓動が早まった。オーガストの髪に指を通す。

「独力で俺を『幸せにする能力が欠落している』にしては、きみはとても素敵なことを言ってくれる」

オーガストはルーカスの腰に腕を回し、昼間に図書館でしたように、ただ抱きしめていた。

しばらくして、ルーカスは下がった。

「きみの案って？」

立って服を脱ぎ出したオーガストに目を見開く。

「まず箱を調べるはずじゃなかったっけ？」

オーガストがニヤリとした。「そのつもりだ。ただ、次の手順のためには楽な格好のほうがいい」

下着姿になったオーガストは、うながすようにルーカスを見つめた。ルーカスは溜息交じりに服を脱ぎ、ベッドに上ると箱にさわらないように用心しながらオーガストの脚の間に落ちついて、彼の胸に背を預けた。

「それで、次は？」

「お前はぼくの感覚を読みこめるだろう？　ぼくを緩衝材《バッファー》として使え。ぼくが音楽を使って世界を遮蔽するように。ぼくがお前の能力《サイキック》のイヤホンになる」

「サイキックのイヤホン？」

おかしなことを言う、とルーカスは笑う。

馬鹿げた案だと思う。そんなやり方でどうにかできるわけがない。ただし、すでに一度ルーカスのオフィスで、オーガストは凍てついた湖を投影してのけている。

「わかった。でも箱に入ってるのが切り落とした手足だったら、そこで全部取りやめだからな」

オーガストが箱を持ち上げ、重さを確かめて軽く振った。

「切断された人体ではないようだ」

理由を聞く気になれないほど、確信のこもった断言だった。

「……わかった。どういうふうにやる？」

オーガストはルーカスの胴に腕を回し、手のひらで胸元や腹をさすった。

「ぼくはここにいる。ただし、お前が見ているものがぼくには見えないから、忘れずに説明し

耳元にオーガストの言葉がふれた。

箱の上に両手を近づけはしたが、ルーカスの胃はずっしりと重くなる。

その箱が突如として雪の上に出現していた。

どのくらいそうして立っていたのか、オーガストがルーカスの広げた脚の間に箱を置くと、

されていた。

で受け止められそうだ。風が渺々《びょうびょう》と鳴るが、もう寒さは感じず、ルーカスはただ静けさに満たしめていた。すべてがあまりにもリアルで、手をのばせば枯れ枝をつたって氷柱を作る雫を指前と同じく、凍った湖の岸に立ったオーガストがルーカスを、現実をなぞって背後から抱き

何にしても、オーガストの精神に溶けこむのはたやすかった。

で可能にしているのか。あるいはサイコパスだからなのか。

ものなのか、それともオーガストの才能が、ほかの人間にはありえないような超常的なことま

た瞬間、反射的に身震いした。こんな純度の高いホワイトノイズを誰でも意図して作り出せる

揺れる瞼を下ろしたルーカスは、オーガストの精神から吹いてくる凍てつくような風を受け

「なら目をとじて、ぼくに意識を集中させるんだ」

ルーカスはオーガストの肩に頭を預けた。「ああ」

「あの湖は心が安らいだか？」

てくれ」

ルーカスはうなずく。口をきくのが怖いほどだった。靴箱の蓋をさっと開けると、本当に靴が片方だけ入っていたので、思わずあっけにとられる。コーン相手にこれが普通の靴だなんて信じはしないが、もっとグロテスクなものを覚悟していた。

ヒールがやけに高い厚底靴で、透明なアクリル製の、シンデレラがストリッパーだったら履いていそうな代物だった。踵に垂れたチェーンには蝶のチャームがついている。ルーカスはごくりと唾を飲み、靴に手をかざし、それをつかめと自分をうながした。

「お前ならできる。違和感を見逃すな。わかるな？　今回は備えができている。初めてやることでもない。何千回もやってきたことだ」

オーガストの言うとおりだ。初めてではない。この間はコーンに不意を突かれただけだ。今回はそうはいかない。

靴を取り上げたルーカスは、最初のビジョンに襲われて息を呑んだ。

「……女だ。古いトラックの窓からのぞきこんでいる。車は、煙草と饐《す》えたビールの臭いがする。彼女はハロウィンの仮装みたいに安っぽいピンクのウィッグをつけている。それと青いワンピース。このヒールを履いている。次に、彼女はトラックに乗っている。ベンチシート。古いラジオからクラシック・ロックが流れている。男が彼女の煙草に火をつける。彼女は笑っている。その男を怖がってはいない。まったく」

感電したような衝撃が走って、ルーカスの息がかすれる。

「痛み。暗転。気絶させられたらしい」

次のビジョンはストロボのライトのように明滅しており、焦点が合っては遠のく。吐き気がこみ上げて、ルーカスは呻いた。

「ぼくはここにいる」とオーガストが知らせる。

ルーカスは彼に寄りかかり、記憶の外へ抜け出して、静謐なオーガストの湖を眺めた。

一息つくと、また接続を戻したが、今回は彼女の視点だった。

「背中に何かの金属が食いこんでる。鉄格子が肌に当たってるように。両腕は頭上で、肩が痛い。汗と血と小便みたいな臭いがする。恐怖も鼻につく。恐怖に臭いが？　あいつが見える。すぐそこに。あいつは頭に……袋をかぶっていて、目と口の部分に穴が開けられている」

「脅しのつもりか？　犠牲者の恐怖を増そうとしている？」

「滑稽な格好なのに恐ろしくてたまらない。そいつがつれ出した女の子たちは二度と戻ってこなかった。自分ももう戻れないんだって、それがわかる。いつもカジュアルな格好のそいつが、今日は上半身裸でレザーパンツを穿いている。まるで中世の処刑人みたいだ」

オーガストがルーカスの髪を撫でる。

「見せつけて楽しんでいるのか？」

「とても怖い。それにすごく喉が渇いた。水がほしい。たのんだのに、無視されている」ルーカスは力なく呻いた。「あいつは脅しで待たせてるわけじゃない。動き回って忙しそうにゴソゴソ何かしている。儀式だか手順だかをこなしてるみたいに」

「何をしている？」

「屈みこんで……部屋の隅にある何かをいじってるみたいだ。こっちには目もくれず、ただせっせと。何をしているのかはよく見えない。色々な……器具が壁に並べられている。お手製の。雑な作りだ。ゾッとする。まだその道具を使われたことはないけれど、次はわたしだ。その時がわたしの死ぬ時」

こぼれるすすり泣きを止められない。

「ママ。わたしがどうなったかなんて知らずに……きっとママを見捨てて逃げ出したって思われる。わたしが帰らなかったら心配しちゃう」

「ほら」とオーガストがなだめる。

「あいつがスイッチを入れた、部屋中が真っ赤になる。すごく怖い。あいつが目の前に膝をついて……」

「奴は何をしている？」

「あいつは……そんな。あいつは、彼女の靴を脱がせている。俺のために。俺に見せるために。この光景は俺に見せるためのものなんだ」

ルーカスは唸ると靴を床へ叩きつけ、靴箱を払い落とすとオーガストの腕を押しのけて、べッドの前をうろうろと歩き回った。

「うんざりだ。どうして奴は直接俺を狙ってこない？　どうしてこんな真似をする？　あいつをとっとと殺してくれ、オーガスト。いや違う、俺があいつをぶっ殺す。あいつを殺したいんだよ、オーガスト。痛みでのたうつあいつを見たい。血まみれになるところを。できるだけ苦しめて。痛みを味合わせてやりたいよ」

突然に、目の前に来たオーガストに顔をつかまれていた。

「できる。そうしてやる。約束しよう、あの男を絶叫させる方法を数限りなくお前に教えると」

こんな言葉にときめくなんてどうかしている。今見たものに情欲を喚起するところなどかけらもなかったのに、ルーカスはアドレナリンと憤怒ですっかり興奮していた。そして目の前にはオーガストがいる。

「ヤりたい」ルーカスは囁いた。「お返しをするつもりだったけど、でもこれを止めてくれ。このままじゃ頭がおかしくなる」

「お前とのセックスに何の異論もない」

オーガストはそう言い切り、唇をぶつけるようなキスをしてから、体を引いて続けた。

「ただぼくを抑制する手段の用意が何もない――」

ルーカスは首を振った。「いらない。もうかまわない。そんなもの必要ないよ。きみは自分が思ってるほど危険じゃない」

オーガストは小鼻を膨らませたかと思うと、ルーカスの体をぐるりと返し、背中を自分に引き寄せて喉元へ歯を食いこませた。

「いや、危険だ」

「なら証明してみせろよ」ルーカスは挑発した。

オーガストに拒否されないようにと、オーガストが解き放つ凶暴さに手心を加えたりしないようにと願った。罰してほしいのだ。まだ頭の中で渦巻くあのビジョンたちを焼き尽くしてほしい。オーガストから強引に満たされたい。そうされなくては駄目だ。頭がイカれてしまう前に、この激情と怒りと神経の騒音を、セックスで押し流してほしい。

オーガストが片手でルーカスの髪をつかみ、もう片手をパンツの中へ滑りこませて、一気に猛ってきたペニスを包んだ。

「最後の忠告だ」

ルーカスは腰を揺らして、オーガストの拳に己を突きこむ。

「俺は本気だよ」

オーガストの手が離れていくのを惜しむ。下着が足首にわだかまるとルーカスはそこから足を抜き、肩甲骨の間に押し当てられたオーガストの手で体を二つ折りにされて、両手をベッドについた。

たまらない。

のしかかってきたオーガストが耳朶を噛む。

「ああ、いい格好だな。尻をつき出し、無防備で。何と言ってた？　ぼくのなすがまま、か？」

ぶるっとルーカスの体が震えたのは、恐れからではない。オーガストの手が陰嚢を引っ張り、指の間でさすり、さらに奥、ルーカスの穴を乱暴にいじる。

不意にオーガストの存在が消えた。さらけ出されたルーカスをそのままにして。ルーカスは目の端で、オーガストがサイドテーブルから何か取って戻り、背後で膝をつくのを追った。

尻に深々と歯を立てられて鋭く息を呑む。オーガストが満足そうに喉を鳴らし、噛み痕を舌でなだめた。その痛み——快感——にくらくらして、うずくルーカスのペニスからにじみ出す雫が黒い上掛けに淫らに滴った。

ルーカスに気持ちを立て直す間を与えず、オーガストは彼の後ろを広げて穴を舐め回し、向けられた射貫くような集中力にルーカスは低い呻きを上げながら、素早い舌へ尻を押し返した。

「ああ、そこ、マジで」

オーガストはルーカスの腰を抱えこみ、引き寄せて、入り口を舌で犯す。舐め、しゃぶり、決して足りないかのように。

「もっと」ルーカスはかすれ声で懇願した。「挿れてくれ」

聞こえなかったのかと疑ったが、やがてオーガストの口が離れ、ぬらついた指が二本、一気にねじこまれた。ルーカスの口から止められない荒い声がこぼれる。

「ぐずぐずするな、俺は待ってるんだ。指じゃなくてさっさとお前のをよこせよ」

優雅な一動作でオーガストが立ち上がったが、その間も指はルーカスに入ったままだ。ルーカスの喉元を片手ですくい、上体を吊り上げながらその指を抜いた。

言葉を出すより早く、容赦ない肉棒のひと突きで貫かれて、ルーカスの息が絞り出され、踵が上がっていた。

「もう一度言ってみろ」オーガストが喉元で唸る。

喉をつかまれ、凶暴なリズムでくり返し突き上げられると頭が痺れ、ルーカスは声も出せなかった。これを切望していた。痛めつけられているわけではない。オーガストに……支配されているのだ。体の内側を満たし、そして外からも包みこまれて。

ルーカスにどれくらいの快感を与えるか、どれだけの呼吸を許すか、オーガストの意のままだ。

不意に「しまった」とオーガストのリズムが乱れた。

いきなりの口調の変化に、ついルーカスも慌てる。「どうした？」

「コンドームを忘れた」

ルーカスの胸のこわばりがほどける。「俺は陰性《ネガティブ》だよ」

「ぼくもだ」オーガストが保証する。「でも止めるぞ」

その言葉の意味が理解できると同時に、ルーカスは反論していた。

「いや。止めないでくれ」さらにもっと強く言う。「続けてくれ。たのむから、動けよ」

オーガストの変容は即時のものだった。自分を引き抜いたが、すぐさまベッドへルーカスを突き倒し、後ろから追うようにのしかかってぐいと足で膝を開かせる。マットレスへルーカスを押さえつけ、叩きつけるように突き入れ、容赦なく犯しにかかった。

「くそッ、お前の中がどんなに熱くてきついか、伝えてやりたい。完璧だ」

力を絞り出しながら張り詰めた声で、オーガストが呟く。

ルーカスの肩甲骨の間に手をのせると、ほとんどすべてを引き抜いてから突きこんだ。肉棒の頭が、性感帯をくり返し擦り上げる。

ルーカスは何か言うこともできず、ただ無力な叫びを唇からあふれさせた。ひと突きごとに魂が焼かれるようで、腹とブランケットにはさまれたペニスがドクドクとうずく。またもオーガストの体重がすべてのしかかってきた。

「かまわないからな。いつだろうと、常にだ。ぼくが何を感じているか知りたければ。何を考えているか知りたいなら。やってみろ。ほしければぼくの頭に入ってこい」

ルーカスは迷いなく、すでにほころびていた自制を手放した。呻きを上げて酩酊感の波に底まで引きずりこまれ、自分の存在が純粋な感覚そのものと化す。何とも形容しがたい、背骨のうずきや爪先の痙攣のような陶酔が、神経の隅々までも熱く輝かせる。

犯されながら、どういうわけか同時に犯している。二人だけの3Pセックス。

ルーカスに突きこむオーガストの、原始的でほとんど野生じみた独占欲、そして同じくらい鮮烈な肉体的快感、追い求める絶頂感。ルーカスの内側へ己を注ぎこむ絶頂、その想像がオーガストを昂揚させているのを感じ、ルーカス自身も昂ぶる。

あまりに濃密な体験に、胸が締め付けられて屹立がほてり、隅々まで圧倒される。

オーガストの絶頂が近い。もうそこだ。それがオーガストの中でコイルのようにきつく絞り上げられていくのを感じ、オーガストの荒い息遣いを聞き、オーガストを通じた快感の急速な高まりを味わう。ルーカスにしがみつくオーガストの手にさらに力がこもり、喉元に顔をうずめた。

腰のリズムが乱れ、オーガストが強烈に達して、ルーカスの中に己を放つ。歯がルーカスの肩の柔らかな肌へ食いこみ、二人ともかすれた叫びを上げた。

ルーカスの上で数呼吸、体を震わせてから、オーガストは自分を引き抜き、ルーカスの体を返した。面倒を見てくれるつもりだろうが、必要はない。すでに達した様子を見て、オーガストが驚いた顔になった。

「お前……？」

ふれずにイッたのだ。オーガストの快感を自分のものとして吸い上げて。

「ん。まさかこんなことできるとはね……」

オーガストが彼に深々とキスをして、口の中を舐め回す。「とてもエロティックだ」いきなり芯までの疲労に襲われてぐったりしながら、ルーカスは笑った。

「そう思ってくれてよかった」

「まだ眠っては駄目だ。食事を済ませてないだろう」とオーガストに小言を言われる。

瞼が半分下がり、頭が朦朧として、ルーカスの言葉がもつれた。

「明日食うよ……」

オーガストの返事が届かぬうちに、そのまま深い眠りへとすべり落ちていった。

17
August

オーガストはいつものように早く起き出した。ランニングマシンを一通りこなし、それからシャワー、そして一ミリも動いていないルーカスを見て微笑した。裸のまま仰向けになったルーカスは、眠りに降伏したかのように両手を頭上にのばし、派手にいびきをかいている。昨日は大変だったから眠りが必要だろう。

体が乾くと、オーガストは慎重にルーカスへのしかかり、だらしなく開いた口にキスをした。ルーカスは目も開けず、ただ開いた脚の間にオーガストを誘うと、両腕で首に抱きついてきた。オーガストは固くなった己を感じさせてやる。勃起をぐいと重ねられ、ルーカスが呻いた。

「おはよう」しゃがれ声がオーガストの耳元で囁く。「いい匂いをさせてるね」

「お前もいい匂いがする」

断言して、オーガストはルーカスの首筋に顔を押し当てると、あからさまに腰をゆすり立てた。

「それは嘘だろ」

そう返しながらルーカスはさらに脚を広げてオーガストを抱き寄せる。何をされようと自分もやる気だと伝えるように。

「よく眠れたか？」オーガストは腰をゆっくりくねらせながらたずねた。

「うん。こんなにぐっすり眠れたのは、覚えてないくらい久しぶりだね」

ルーカスが上げた脚をオーガストの太腿に絡めると、ゆるやかな動きのたびに踵がオーガストの脚に擦れた。

もし、自分だけの人間を手に入れるのがこういうことなら、どうしてアダムがあれほどノアに過保護なのかオーガストには理解できた。オーガスト自身、ルーカスを味わい足りない。ぬくぬくとして、色っぽくて、さらに——本人は否定しても——とんでもなくかぐわしい匂いがする。匂いだけで狂いそうなほど。

「お前がこのベッドにいるのが、好きだ」

そう絞り出してもそんな言葉ではまるで足りないのに、伝えきれない自分がもどかしい。

「俺もこのベッドにいるのは好きだよ」

ルーカスが、下からオーガストの動きに合わせながら息を切らせた。呻きが聞きたくなって、オーガストはもっと力をこめて重ねた腰をゆする。

「ん……それ。それもう一度」

オーガストはクスッと笑い、ルーカスの耳たぶを柔らかく噛みながら同じ動きをくり返した。

「こうか？」

「そう、それ」

その喘ぎはほとんどねだるようだ。

オーガストはゆったりと長いキスでその唇を覆い、肩に回した腕でルーカスを支えながら、二人して怠惰に腰を揺すり合った。

「今朝の講義は？」とルーカスの唇に問いかける。

「午後に一つ。そっちは？」

「午前と午後に一つあるが、アシスタントにやらせよう。昼まではこのままベッドにいたい」

「駄目だろ。……いいのか？」

息を切らせてルーカスが期待するように聞いた。

「ああ、無論可能だとも」

それきり言葉は途絶えた。そのままじっくり動きつづけ、やっとリズムが高ぶるともっと速く、荒い息とともに体を擦り合い、重なるようにして達する。

それがすんでもどちらも動こうとしなかった。ルーカスの上でオーガストは突っ伏し、肌の間で精液がちくちくと乾いていく。またシャワーを浴びなくてはならないが、今はもう少しだけこの余韻を貪ってから、どうにかしてルーカスもシャワーにつれこもう。

「朝食をどこかにたのむか？」

「ん……」ルーカスはもそもそ呟く。「クリケットのところに寄ってから大学に行こう。今は動きたくない」

サイドテーブルの上でオーガストの携帯電話がさえずりだし、振動を発した、オーガストは唸ると、手をのばしてひったくり、見もせずにスワイプする。「はい？」

一瞬のたじろぎが返ってきた。

『大丈夫？』カリオペに確認される。『息が荒いけど。ランニングマシンのお邪魔しちゃった？』

隣からルーカスの体が笑いで震えているのが伝わってきた。

「ああ。すんだところだ。どうした？」

『コーンは出勤したから、かわいそうな女の子をさらいに行ってはいないよ。でも昨日調査をたのまれたデヴォン・ニコルスについて、ご注文の情報をつかんだ』

「聞こう」

オーガストは答えながら、ルーカスの胸にそっと手を当て、彼を転がしてどかした。

カリオペが苦い声をこぼしてから話し出した。

『さてと、この男の身辺は汚いなんてもんじゃない。こいつ十二歳の時から刑務所を出たり入ったりだよ。万引きとか車上荒らしみたいなケチな犯罪から始まって、もっとデカい、暴力沙汰やDV、放火なんかに手を染めた。ストリート・レース・ギャングのメンバーらしい。そんなの流行ってんのねェ。アーリアン・ブラザーフッド〔※刑務所内のギャング組織〕の一派。あいつらの悪評はよく知ってるでしょ。ただし、こいつとお仲間のワルどもは地元がナワバリで、麻薬取引から銃の密売まで何でもござれ。しかもSNSのアカウントなんかあったりして、まあ堂々としたもんよ』

「それで、そのネオナチのギャングが、経歴が真っ白のロシアの輸出入業者の車なんか乗り回して夜中にコーンと会っていた理由は？」

ルーカスがカリオペにも聞こえるよう声を張った。

『あら！』

そういうことね、と謎が解けたような言い方だった。ルーカスがいるとわかってカリオペの声がぱっと明るくなる。

『おはようルーカス』

「おはよう」

答えるルーカスの唇に笑みがともって、オーガストは薄目になった。カリオペはノアにもこういう態度なのだ。まるで一瞬にして〝心のある仲間〟という小さな同盟の一員に加えたように。

『今の疑問にお答えすると、私の見立てじゃロシア野郎くんの手は世の中に見せかけてるほどきれいじゃないね。この手の人間ってやつは、自分の手に直接泥がつかないようにするもんよ』カリオペが解説した。『でも大抵カネ払いはいいんだ。ところでデヴォン・ニコルスは、何年も税金をビタ払ってないくせに口座にやたら大金の出入りがあるんだよねえ』

「随分ときわどい真似だ」オーガストは述べた。

「いや、この手の連中にとって連邦刑務所の中ですごす時間なんて遊びみたいなものだ。外でも中でも好きに暮らせるからな。だがそれとコーンが殺人鬼だという話とは、どうつながる？」とルーカスが反問した。

『そこは……まだ、ね』カリオペは話しながらタイピングを続けていた。『でもニコルスは、わんさか影分身をお持ちだよ』

「影分身？」オーガストはオウム返しにする。

『山ほどのネット上の偽アカウントさ。いくつかはダークネットのウサギ穴の底まで根が続いていた。何かの糸口がないか全部に目を通してるところ。この手のクズどもはどこかで手抜きを覚えて雑になるからね。コーンとのつながりを見つけられたらいいけど』

ルーカスの顔にいきなり浮かんだ不安を見て、オーガストは彼の腿をぐっと握るとカリオペに声をかけた。

「見つけたら知らせてくれ」

通話が切れると、オーガストはごろりとルーカスのほうへ転がり、胸元に頭を預けた。

「本当に、時おり彼女が別の言語を話しているような気がする」

髪をかき分け、頭皮を擦るルーカスの指にオーガストは猫のように頭をこすりつけていた。さわられるのはずっと苦手だったが、ルーカスの手にはいつも飢えている。

「プログラムの本を読んで即席で凄腕のハッカーになってみればいいんじゃないか？」ルーカスが答える。「そうすればカリオペとも言葉が通じるだろ」

オーガストは微笑した。

「ぼくの脳内はもう十分混み合っているからな。それにまだ愛の言語というものを習得できていないんだ。とても入り組んだ言語だから。これは一週間でロシア語を覚えた身として言わせてもらうが」

オーガストの耳元でルーカスの鼓動がトクンとはねた。「もし俺のためだったら、愛の言語とやらはがんばって覚えるまでもないかな。俺からするときみはもう十分使いこなせてる」

オーガストははっきりと首を振った。

「そうは言えない。そこが問題なんだ。ぼくはアダムやアティカスとは違う。自閉スペクトラム症ゆえに、彼らのように場の空気を読み取ることができない。だから人に……変だと思われる。ぼくには本が、マニュアルや指南書が必要なんだ。失敗を避けるために」

「失敗なんかしていないよ」ルーカスがそう保証した。「俺は……きみといると、これまで感じたことがないほど安心していられるんだ。人にさわるのをずっと怖がって生きるのってどんな感じか、想像できるか？　神経が擦り切れそうになる。きみ相手だと怖がらなくていい。深くて暗い秘密を恐れずにすむ」

オーガストはルーカスの胸元にキスを落とした。「ぼくはお前を幸せにしたいだけなんだ」

「どうしてなんだ？」ルーカスが問いかけた。

唐突な質問にオーガストは眉を寄せる。「何が」

「どうしてきみは失敗をそんなに嫌がるんだ？　サイコパスは人を愛せない、恋もしない。いつかきみだって俺のことを忘れてしまったり、そうでなくても関心を失うんじゃないのか？」

その言葉が引き起こす、芯から崩れるような経験のない恐怖を、オーガストは厭う。ルーカスの口調には何の底意もなく、学術的な好奇心にかすかな不安がにじんでいるだけだった。

だが、ルーカスを失う可能性など、オーガストにとってはまともに見つめることさえできないものなのだ。

「ぼくがお前を忘れることはありえない。関心を失うこともない。ほんの何日か一緒にいただけで、もうお前に毎日会えないことを思うと……ひどく息苦しくなる」

大きく唾を呑むと、オーガストはルーカスにもっときつくしがみついた。

「どこにも行くな」

ルーカスがふっと息を吐き、オーガストの頭頂部を唇がかすめた。

「どこにも行かないよ」

「ずっと」とオーガストは言いつのる。

また髪にキスがふれた。

「そばにいるよ」

長い静寂の後、やがてルーカスがたずねた。

「本当に一週間でロシア語を覚えたのか？」

「会話は一週間でこなせるようになった。筆記と口語の習得には一月ほどを要した」

またしばらく間が空いて、ルーカスがさらに追求する。

「どうしてロシア語だったんだ？」

オーガストは肩をすくめた。

「九歳の時、トルストイに傾倒した。彼の作品を彼の母国語で読みたかった」

「九歳でトルストイを読んだのか？」

すっかり感心した声だった。

「トルストイはすでに読んでいた。ロシア語で再読したいと思った」

ルーカスが鼻音で相槌を打つ。「あれ？ でもトルストイは英語で執筆してたよな？」

その言葉にオーガストは微笑み、頭を軽く上に傾けて、枕にもたれるルーカスを見た。そういうことに関心を抱く相手と語れるのが楽しい。

「まさしく。トルストイはぼくのような多言語話者《ポリグロット》だった。彼はロシア語に加え、英語、フランス語、ドイツ語を操った。さらに十数の言語を読むことができた。ぼくはただ、彼の著作をロシア語で読まねばという考えに取り憑かれただけだ。一旦そういう考えがやってくると、達成しない限りずっと解放されないんだ。だから……ロシア語」

「それでロシア文学の学位を取ったのか？」

オーガストはニコッとした。

「いいや。ロシア文学の学位を取ったのは、父からもっと多面性を見せるべきだと言われたからだ。物理学以外のことにも関心があるように見せたほうがいいと」

ルーカスがくくっと笑った。「それでロシア文学を副専攻にしよう、となったわけか。とりあえず映画の講義を取ったりとかじゃなく？」

オーガストは肩をすくめ、ルーカスの手をまた頭に引き寄せて、意図が伝わるよう願った。

「ロシア語を話せたからな。簡単そうだった」

ルーカスの指が再度髪を梳かしはじめて、オーガストの瞼がふらふらと下がる。

「六歳でＭＥＮＳＡに入会したって話は本当？」

オーガストはためらってから答えた。「……いいや」

ルーカスの指が止まる。「違うのか？」

オーガストは溜息をついた。

「違う。四歳の時だ。父が、六歳だと周りに言っている」

ルーカスの指がのろくなった。「どうして。四歳のほうがすごいんじゃ？」

「それについては長くこみ入った物語があって、その大部分がぼくから語れるものではない」

指がまたオーガストの頭皮マッサージを始めた。「時間ならある。語れる部分だけ聞いてもいいか？」

オーガストの躊躇はほんの一瞬だった。

「うちの父は、多くの面でぼくと共通項がある。彼は……難のある家庭環境で育った。ただ、父の両親は、彼に才能があるとわかると家庭教師をつけて家で学ばせ、勉強に差し障るからと兄弟や友人たちを遠ざけて隔離し、富裕な知人に見せびらかすために息子を使った。その家族が亡くなった頃、彼はスコットランドの大学に通っていた。十四歳の時だ」

ルーカスが身を丸めてオーガストにすり寄った。

「それがきみの年齢とどう関わるんだ？」

「トーマスは飲酒もできない年齢のうちに博士号を取得した。お前のように、心理学に傾倒していた。ある時、社会病質人格《ソシオパス》について革新的な研究をしている女性と出会った彼は、その仮説を検証したくなった。ぼくらのような人間を……直す方法が本当にあるのかどうか。だがそのためには彼女がしたように、完全にぼくらの環境を管理する必要があったし、そんな研究に倫理的に賛同する機関などあるわけがない。それに、ぼくらが実験材料だと感じながら育っていくのも、彼の望みではなかった。そうではなく……支えられていると感じてほしかったんだ。自分は得られなかった愛情を注がれていると」

「まあ、わかる」

そう言ったものの、ルーカスの口調はためらい含みで、呑みこみきれていないようだった。

「想像がつくだろうが、少し前までそれこそ子供とされていたような年齢の男に、精神の問題を抱えた幼児をまかせてくれる養子縁組仲介業者はない。そこで、彼は少々後ろ暗い手段に訴えた。金を使って、自分の研究に興味を持ち、かつ組織からの干渉を好まない人々とのコネを作った。社会システムから子供が消えるのはよくあることだ。父の力によって、ぼくらは誰からも疑われることなく、社会へ再浮上できた」

「じゃあ、本当はきみは何歳なんだ?」

オーガストは肩をすくめた。「三十歳、というところか。三十一歳かもしれない。実際の誕生日がいつなのかわからないんだ」

「元の家族についての記憶はあるのか?」

オーガストはうなずく。「完全記憶の呪いだ。すべて記憶しているよ。母は……深く病んだ人だった。統合失調症だったんだ。ぼくの発達が早すぎたから、ぼくのことを超常的な存在だと思っていたよ」

「彼女は医者にかかってなかったのか?」

ルーカスの腹に指を滑らせる。

「そうだと思う。彼女は心底ぼくに怯えていた。それは明らかだった。そのことで罪悪感を抱いてもいた。ぼくを傷つけたいわけではなかった、ただ恐ろしかったんだ。彼女はぼくに本と食料、読書用のランプを与えて、それ以外の時はぼくの存在を忘れようとしていた。時々、ドアの向こうからすすり泣きが聞こえてきたよ」

「どうしてそんなに冷静に話せる? そんなひどい目にあったのに」

ルーカスの痛ましげな声に、オーガストは微笑んだ。

「たしかに、精神医学的な見地から言って、トーマスの介入がなければぼくはお前の捜査で追われる側になっていただろう。だがぼくは、悲しいとも怖いとも感じていなかった。日々の単調さを倦厭《けんえん》していたし、同じ本をくり返し読むのにも飽きてはいた。不潔な体にもうんざりしていた。だがあの静けさは、今日ぼくが受忍したすべての光景や音に比べれば、むしろ恵みだ」

「それでも……」

「彼女からあの部屋に放りこまれた時、ぼくは話すことも読むこともできた。やっと二歳の子が。あれだけ病んでいた女性にとって、それはさぞ恐ろしいことだっただろう。彼女はできる限りのことをしていたよ」

「どうして俺の透視能力をすぐ信じられたんだ？　心に問題を抱えた母親を見てきたのに。俺が狂っているとは、まるで考えなかったのか？」

オーガストは首を振った。

「ぼくにふれた時のお前の恐怖の表情は、芝居ではありえなかった。大体、ぼくが研究している科学は、十年前にはSFの範疇だと信じられていたものだ。自分の理解が及ばないからと言ってそれが虚構とは限らないことを心得ずに、ぼくの研究はできないよ。心から言わせてもらうが、お前の驚異的な検挙率が超自然的能力によるものだというほうが、堅実なプロファイルに基づくものだと言われるよりまだ信じられる——プロファイルの本質とは、すなわち経験則に裏打ちされた直感だからな」

どんとルーカスにつきとばされ、見事な一動作でとびかかられて、オーガストは呻いた。

「経験則に裏打ちされた直感？　直感だと？」捉えようとするオーガストを、ルーカスはやたら素早い手であちこちつねり上げてくる。「その『経験則に裏打ちされた直感』のやり方を学ぶために俺がどれだけ勉強したと思ってるんだ！」

オーガストは笑い声を立て、ついにルーカスの手首をつかまえて彼を見上げた。

「経験則に裏打ちされた、と言っているだろう。お前たちが使っているのは予測モデリングだ。単なる統計と心理学の組み合わせによって、どのような容疑者を探すべきかを導いている」

ルーカスがふふんと笑う。「我々のプロファイルは、平均して66パーセントの正確さを誇っているぞ。この数字には反論できないだろ？」

オーガストは顔をしかめた。「たしかにそうだが、それが検挙に結びついた件数は全体の事件総数に対しておよそ2・73パーセントだろう。それではな……」

「それは、俺たちが要請されない限り捜査に関与できないからだ」

ルーカスが拗ねた声を上げる。

ムスッとした物言いのルーカスは初めて見た。へそを曲げた表情が可愛いと、オーガストは思う。尖らせている唇にキスしたい。

「我が家で働けば、常に関与できるぞ」

「我が家？」ルーカスがオウム返しにする。

「そう、うちの家族と。父はお前をどう役立てるか勘案中だろうと前に言ったが、あれは冗談ではない」

ルーカスが返事をできるより早く、オーガストの携帯電話がまた鳴った。ふたたびカリオペからだ。オーガストは眉をひそめてスワイプし、通話に出た。

「どうしたんだ？」

カリオペがまるで傷を負った獣のような音をこぼした。

『見つけたものがあるの。ああ、最悪すぎる……色々と……見つかったのよ……』

「何が見つかったんだい、カリオペ？」

オーガストの上に乗ったままでルーカスが問い返す。

『影分身の複アカの話したよね？　その一つを調べ上げて、変なものがないかメールをのぞいてたら、リンクがあって。そのリンク先に……』

また苦しげなかぼそい声がこぼれる。

『真相を掘り当てたと思う。それが、マジでマジでマジで、シリアルキラーよりひでえ話よ』

「そんなことありえるのか？」とルーカス。

『パパのおうちに集まれる？　全員でね。ってかとにかく近くにいる子は全員。これはエグいよ。最悪。最低。ゲロなみに最低。目玉えぐり出して消毒したいわ』

「ここで説明すればいいのでは？」オーガストが鋭く問いただす。

『あのさ、なんでそんな口をきくの。ダークネットに腰までドボンしてきたのは私のほうよ？

説明は一回こっきりしかしない。だからパパのおうちに行きなさいよ、そこで何がわかったか教えてあげるから。それがイヤなら残念でした』

それきり通話は切れた。

二人は座りこんで当惑の表情を一分ほどつき合わせていたが、ルーカスが口を開いた。

「きみの父さんの家に行くことになったようだね？」

「そのようだ」

「俺は、着る服が要るな」何も持ってこなかったことを思い出してルーカスが言った。

「ぼくにはコーヒーが必要だ」とオーガストは返す。

ルーカスがオーガストの上からのいた。

「俺の部屋に行って、クリケットのところに寄らないか？」

「それでいい。だがまずはシャワーだ」

18
Lucas

ルーカスは気もそぞろに、自分の部屋への階段を上っていった。カリオペが見つけたもの、それがどうやってかすべてのパズルにはまる答えであること、それ以外何も考えられない。

心の一部には、何ヵ月もこの手で探し求めた答えをカリオペが一日足らずで探り出したことへの屈託もあった。オーガストからくり返し、ルーカスには助力もなければ手段もなかったからと諭されたが、悔しいには変わりない。誰かを救えたかもしれないのに。

オーガストがぴたりと背後についてドアまでやってくる。ルーカスが鍵を差しこむと、ドアは鍵をかけ忘れていたかのようにすうっと数センチ開いた。肩ごしに振り向いてルーカスが眉をひそめると、オーガストがすぐさま盾になるように進み出て、ドアを一気に開け放った。

室内をさっと見回し、異常を探す。特に物が動かされた形跡はない。鍵をかけていかなかったとか？　いや。警報装置が切られている。

そんなことができるのは——。

防犯会社へ電話してバッジ番号を読み上げられる男だ、とルーカスは思う。

「何かおかしな点はあるか？　見覚えのないものは増えていないか？」

ルーカスは首を振った。「ないと思う」

「何にもさわるな」

「コーンは指紋を残してったりしないだろ」と呟く。

「室内の何かに思念を刻んでいくことはできる。とにかく、精神的な防御をせずに物にさわるな」

そうだった。考えもしなかった。

「あいつは俺に邪魔される心配なんかまるでしてないんだな。これもただのゲーム。俺を嘲笑っているんだ」

「あの男はサイコパスだ。それもFBIの心理テストを合格した以上、相当に悪賢い。お前には何の責任もない。今から約束しておくが、奴を狩る時が来たら、お前の手で殺していい。手早く殺すもじっくり殺すも、好きなだけ時間をかけて」

これはきっと、オーガスト的にとてもロマンティックなプレゼントなのだろう。

ルーカスとしては誰かをいたぶり殺すなど絶対に無理だと思う一方で、コーンを絶叫させたいと胸が躍りもする。あの男が被害者の女性たちにしたことを思えば。彼女たちの復讐を受けるべきだ。

オーガストが手早く室内を確認する間、ルーカスはぽつんと立って、女性たちがコーンを八つ裂きにする夢想を描いていた。戻ってきたオーガストはさっとルーカスを抱き寄せ、こめかみにキスをする。

「着替えてこい。気をゆるめるな。荷物をまとめろ。もうここには二度と戻らないから」

二度と？　だが思いのほか拒否感はなかった。ルーカスは言われるままに着替えた。手持ちの中でも上等なジーンズとローファー、Tシャツに前ファスナーのカーディガンを選ぶ。大学講師のいいところは服装基準がゆるいことだ。先週など、学生が色褪せたヴァン・ヘイレンのTシャツにリック・アンド・モーティのパジャマズボンで授業に出ていた。誰も気にしないし、今のルーカスの精神状態ではそれがありがたい。

着替えが済むと、外泊用バッグに服をいくらか放りこんで、リビングのオーガストと合流した。

「お前の警報は新しいコードに書き換えておいた。コーンはそれに引っかかるまでもなく死ぬ予定だがな。それにあいつは、ここに来た目的は果たした。いつでも好きな時に手を出せると、お前に知らしめた」

ルーカスはこわばる喉をごくりと鳴らしたが、湧き上がる怒りで息が詰まりそうだった。その手をオーガストが取って外につれ出し、しっかりとドアを閉める。

一階の店では奥のカウンターに座ったクリケットが携帯電話をのぞきこんでおり、今日は燃えるように赤い髪を頭の左右で不思議な形に丸めていた。ドア上のベルが鳴ると顔を上げ、二人を見てパッと表情を輝かせる。

「いらっしゃい。いつものやつ？」

オーガストはそれに加えていくつかのコーヒーを、きっと家族にだろう、追加した。彼の家族の残りと顔を合わせるのだったと、ルーカスは小さく身震いする。

クリケットが仕事にかかると、ルーカスはガラスケースのペストリーの品定めにかかった。

「今のうちに味わっといてよ」とクリケットは悔しそうだ。

「え？」

「店を閉めるんだって。あっちにできたスタバに負けて。そんなわけで……今月いっぱいで私も無職」

それを聞いて顔を曇らせたルーカスの横で、オーガストはあっさりうなずいた。

「そのペストリーも適当に組み合わせて箱に詰めてもらえるか？　テイクアウトする。ああそれと、電話をくれれば職を紹介する。うちの家族ならどこかに求人があるだろう」

クリケットが目を丸くした。

「マジ？　うれしい！」

オーガストはうなずいてさらりと流していたが、ルーカスは心臓がくるりとおかしな宙返りを打った気分だった。これまで出会った人間の中でこの男が誰よりも心優しいなんて、しかも当人は意識すらしてないなんて、どういうことだ。オーガストのすることがすべて完璧に見えるとは、ルーカスの判断力がイカれてしまったのか。

横を向いて外を見ると、通りの少し先に停まっているライムグリーンのトヨタスープラに気付いた。

「オーガスト」ルーカスの警戒した口調にオーガストの頭がさっと上がる。「あれを」

視線の先をオーガストも見た。「クリケット、あの車はいつからあの位置に停車している？」

クリケットは手を止め、思い出そうとしているようだった。

「そうだねえ、ちょっとわかんないけど、今週は改造車がやけにその辺に停まってて。どこかで車のショーとかあるのかなって」

ルーカスは彼女へ向き直る。「運転手が店に入ってきたことは？」

クリケットが固まった。「ど……うだろう。もう客もほとんど来てないし」

ルーカスは確認を重ねる。

「スキンヘッド系の客とか、物騒なタトゥをした客は？」

彼女は首を振った。「それはない。さすがに覚えてる。そいつらも人殺しなの？　ねえ、あなたたち大学教授なんじゃないの？　副業で探偵でもやってるわけ？　私の身も危険？」

危なくなんてないと言ってやりたいが、ルーカスにもさっぱり状況がつかめていないのだ。

「あいつらはきみを狙ってるわけじゃない、狙いは俺だ。もし奴らがここまで来て俺のことを聞くことがあったら、全部話してくれ」

「えっ、どういうこと？」クリケットが動揺した。

「念のために言ってるだけだから。あいつらはどうせ遠くから俺をのぞき見してるだけだろう。でももし、俺の居場所を聞かれたりしたら、ボーイフレンドのところにいると伝えていい。なんならオーガストの名前を出していいから。ほかには何も知らないと言うんだよ。その後で俺たちに連絡をくれ。なるべく通りから姿が見えるところにいるといい」

クリケットの白い肌から血の気が引いた。

「具合が悪いって言ってもう帰ろうかな」

「それもいい」オーガストが賛成した。「より安全だろう」

彼女の視線がカウンターの携帯電話へ向く。「そうね、オーナーに電話するよ」

「それまでついていようか？」とルーカスは申し出た。

クリケットは通りの先にいる車を凝視しながら首を振った。

「ううん、いいよ。店に来たらドアに鍵をかけるから」

コーヒーが並んだカップホルダーをオーガストが取り上げたので、ルーカスはペストリーの箱を持った。

「ぼくらが店を出れば、あの車は我々を追跡してくるかもしれないしな」

クリケットが深々と息をつく。「言っちゃなんだけど、そう願うわ」

マルヴァニー家深奥の本拠地に入ったルーカスは、ぎょっと足を止めた。特に何かを予想していたわけではないが、テーブルを囲んでずらりと勢ぞろいした一家は予想外だった。見知った顔もある——オーガストの不機嫌な兄アティカス、アルコール中毒のアーチャー。アダムもいて、ノアと並んで座っており、その向かいには瓜二つの二人組が座っていた。トーマスだけが立っている。

オーガストはテーブルにペストリーの箱を押し出し、皆の間にコーヒーを置いた。唖然とするルーカスの前で兄弟たちは獲物を見つけたサメのごとく目当てのペストリーに群がり、肘打ちで争った。アティカス一人だけはつんと鼻を上げて甘味を見下し、ブラックコーヒーを取ると、この狂乱からあらん限りの距離を取って座った。

「横取りしやがってこのカス」

双子の片割れに言われながら指先からドーナツを奪い取ったアダムがそれを丸ごと口に詰めこんだ。「のろのろひてるひゃらだ」と口いっぱいのドーナツごしに言う。

ノアは一群のありさまにあきれた顔で、ルーカスにすまなそうな目を向けてから、箱の隅から取ったチーズデニッシュを割って食べはじめた。

アーチャーがコーヒーの蓋を取り、グラスから琥珀色の液体をドバッと足す。アル中リハビリ施設行きの未来が目に浮かぶようだ。

やっと全員が椅子に戻ってもぐもぐとかぶりつくと、ルーカスは声をかけた。

「えーと、そろそろ始めても？　カリオペが何を探り出したか聞きたいんだが」

「へー、今度のヤツは態度がでかいわ」双子のもう片割れが言った。「こりゃ意外」

オーガストが双子をじろりとにらんだ。

「ルーカス、今の無礼なほうがアヴィ、もう片方がエイサだ。残りはもう知っているな。カリオペはいるのか？」

ルーカスは双子を一人ずつじっと見つめてから、彼らのことは放ってトーマスへ向き直った。

「彼女の発見をもう聞きました？」

ノアが首を振る。「まだだよ。ぼくらも来たばっかり」

「カリオペ、いるか？」トーマスが聞いた。

『いるわよ』その声はまだ張り詰めていた。『いなくてすむならどんなにいいかと思うけど、いるよ。人の心がある面子はオヤツはやめときな。今回のはキツいよ』

ノアが手元の菓子を惜しそうに眺めて、押しやった。ルーカスはもともと何かを食べる気分ですらない。残りの兄弟たちはカリオペの警告を右から左に聞き流していた。

「何がわかった？」

トーマスは、オーガストとルーカスがやっと席に着いてからたずねた。

『〈赤い部屋〉を見つけた』カリオペが早口にまくし立てる。

「何を見つけたって？」

聞き返したルーカスは、周囲も意味がよくわからない様子だったのでほっとした。

目の前のディスプレイに画像が表示される。

自分が何を見ているのかルーカスが理解できるまで、しばらくかかった。スプラッター映画のポスターのような、どこかコミカルなほどおぞましい光景。体を引き伸ばす中世の拷問台の上に横たえられた女性が、苦悶に顔を歪めている。そしてレザーパンツ姿で頭に袋をかぶった男がカーブのある刃物を振るっていた。

画像は全体に赤く染まり、〈あと5日〉という文字がその上で点滅していた。

『これが〈赤い部屋〉だよ』

それですべて説明できるかのように、カリオペが言った。

「見たまんまじゃねえか」そう返したアダムが、ノアに肘打ちを食らって「何だよ！」と聞こえよがしに囁き返していた。

「〈赤い部屋〉とは何なんだ、カリオペ？」

ルーカスは気をそらさず問いかける。

またカリオペが、言葉を紡ぐのもつらいように細い声をこぼした。

『……〈赤い部屋〉は、ダークネットにある拷問ポルノの有料サイトだよ』

「え?」

ルーカスは打ちのめされたような衝撃を受ける。

カリオペが深く息を吸い、吐き出して、ゆっくり続けた。

『〈赤い部屋〉では、レイプ、拷問、人体切断、殺人が、同意してない人間に対して行われていて、課金すればそれを見物、または参加できる』震える声で説明した。『当然、この部屋は期限付きでしか開かれない。そしてとんでもなく儲かる。普通は足取りを消すために海外で撮影するもんなんだ。でも、これはすぐ近くで行われてると思うね』

「つまり、あの女性たちがさらわれたのは、人々に……拷問シーンを売るためか?」

ルーカスは問い返す。カリオペの忠告を聞いておいたのはつくづく利口だった。

残忍な、きっとおぞましい裏があるのだろうという予感は持っていた。死体をこの目で見ていたし、彼女たちを苦しめた拷問もまざまざと味わったが、あれが個人のサディスティックな欲望のはけ口ではすらなく、じつは……見世物だった? 金儲けのための?

目の前がかすんで思考が渦を巻く。息ができない。あの娘たち……みんな死んだのか? 幾人がそれを見物したのだろう。参加したのか。自宅という安全地帯でくつろぎながら、残忍な行為に加担したのか。

オーガストに話しかけられているのはわかったが、肺に息を吸いこんで吐き出そうとするだけで精一杯だった。このままでは失神する。薬を飲まなくては。いきなり顔を手ではさまれて上を向かされたが、オーガストではなかった。ノアだ。

「ルーカス。ぼくの声に集中して。パニック発作を起こしてる」

「薬を。俺の、ポケットに」

急に乾ききった口から絞り出す。

ジーンズのポケットにのびたノアの手を、オーガストが叩き落とした。「ぼくがやる」

さわらないと誓うように両手を上げたノアが見えたが、またルーカスの視界がぼやけた。今回は目に汗が入ったせいだ。

心臓が早鐘を打ち、本当の心臓発作じゃないかとちらっと不安がよぎる。みっともない姿をさらしたと後で落ちこむだろうが、今はとにかく落ちつかないと。こんな状態では役立たずだ。

オーガストから唇に押し付けられた錠剤を、ルーカスは飲みこんだ。

またノアがのぞきこんでくる。「大丈夫だよ。まずは一緒に息をしよう。五秒で吸って、五秒止めて、五秒で吐くんだ。できるよ」

発作は永遠に続いたようだったが、きっと十分足らずの出来事だっただろう。全員に見つめられているのに気付いて、ルーカスは赤面した。

「すみません」とボソボソ言う。「あまり眠れてなくて」

ノアが励ますようにうなずいた。トーマスから思いやりの笑みを向けられる。オーガストは握りつぶしそうにきつくルーカスの手を握っていた。ほかの面々はただじろじろと様子をうかがっている。

アーチャーが手にしたスコーンでノアを指した。

「どってことねえさ。そこのチビなんか最初の時はゲロ吐いたんだ」

ノアが中指を立ててみせる。「ごめんよ、子供の性売買の話は苦手なんだ。そっちだって二週間前に安物の赤ワインを一ケース飲み尽くしてうちのバスルームをめちゃくちゃにしたじゃないか、吐き散らした挙げ句に中で酔いつぶれてさ。犯罪現場と勘違いしてハウスキーパーが通報するところだったよ」

アーチャーが馬鹿にした表情になる。「あの女は大げさだ。ビックリしすぎだろ」

「『シャイニング』のエレベーターシーンなみの惨状だった」アティカスが論評した。

アヴィがひひっと笑う。「そうそう、俺もＴＭＺに載った写真見たよー。グロヤバ」

「無駄話を続けるか、それとも俺たちは誰か殺しにいけんのか？」アーチャーが切り返した。

兄弟の軽口にうんざりと首を振り、ルーカスは顔を手で拭いながらオーガストを見た。

「どうするんだ？」

「あの男は殺す。当然」とオーガスト。

エイサがペンを手に顎をつついた。「でも出資者はどこの誰なわけ？　ほら、コーンって野郎がただの処刑人なら、そいつがぶっ殺されてもかわりが出てくるだけだろ？　な？」

　トーマスがうなずく。「そのとおりだな。この仕組みのスポンサーは誰だ、カリオペ？」

「あえて誰かを選ぶなら、ぼくは染みひとつない純白の経歴持ちのロシア人に賭ける」とオーガスト。

「ロシア人？　コードネームか何かか？」アティカスが聞き返した。

　オーガストは手早く、トラック用のサービスエリアであった出来事とカリオペがデヴォン・ニコルスについて調べ上げた内容を共有した。

「てことはそのロシア人が、金目当てで女性を拷問してるストリート・レース・ギャングのスキンヘッド連中とグル？」とノアが言った。

『そのセンでよさそう』カリオペも加わる。『もう少し深掘りしてみないとだけど、そういうことだと思うね』

「そいつら全員殺しに行こう、いいよね？」とノア。

「行こう、じゃない」アダムがたしなめた。「お前は居残りだ。お前が現場にいると俺が集中できない」

「俺は行く」ルーカスは断固としてオーガストを見た。「置いていこうなんて考えるなよ。クワンティコで訓練は受けている。コーンの相手はできる。約束しただろ」

「まずコーンを捕らえよう」トーマスが述べた。「拷問して可能な情報を引き出す。女性たちを見つける。次の〈赤い部屋〉は五日後の開催だ。奴らに次の犠牲者を狩る暇を与えてはならない。コーンの口からストリートギャングたちの関与を裏付けられれば、そちらも片付ける。だがまずは一つずつ段階を踏んでいくんだ」

全員がうなずいた。

トーマスは一人ひとりを鋭い視線で見回し、脅しつけるかのように厳しい声で言った。

「ほころびがあってはならない。我々は連邦捜査官の身柄をさらおうとしているんだ。ミスは許されないぞ。それまでの間、このギャングたちについての詳しい情報がほしい。たまり場はどこか。人数はどれだけいるのか。しっかり計画を立てて行う。前回大人数を片付けた際は、捜査が落ちつくまで時間がかかりすぎた。あの二の舞は避けたい」

ルーカスは言葉の内容に目をまたたかせた。そんなによく一度に複数のターゲットを片付けているのか？　ネオナチのギャングを一網打尽にするなんて話、こんなにさらりとすることか？

気になって、車内に戻ってからやっと聞いてみた。

「つかまる不安はないのか、きみらには？」

オーガストがけげんな顔をする。「不安？　ぼくらは本当の意味で不安になることはない。そういう脳の回路がないからだ。逮捕されるのは不都合だろうがね。とりわけ、ぼくにとっては。刑務所は騒がしくて不潔で照明が強すぎる。父は苦しむだろうから、それは避けたいところだ」

「え、どういうことだ？」

オーガストがちらっと路面から目を離した。

「父には保つべき対面がある。家名を誇りに思っている。継いできたものを。世が世なら、我々の隠された面をも誇れただろう。だが今我々が生きるのはそういう世界ではない。カリオペによるアリバイ偽装工作やSNS投稿の細工は見事だ。しかしじつのところ、我々が安全でいられるのは、父のような人物が息子たちを使って無関係な他人のために私刑を行うという話が、あまりにも現実離れしているからだ。あまりにも想像しがたい」

まさしく。目の当たりにしていなければルーカスだって信じられなかっただろう。

「うまくいくと思うか？　俺たちでコーンをさらってきて、失踪している女性についてあいつの口を割らせられる？」

オーガストから視線を向けられると、ルーカスの総身が冷えた。仮面を脱ぎ捨てたオーガストにはどこかぞくりとするものがあった。

「奴は口を割る。いつもそうだ。だが時間や大変な労力がかかることもあるのは覚悟しておいてほしい。お前が関わりたくないのであればそれでいい。ぼくが、いくらでもかわりに行う」

コーンを泣きわめかせる役目をオーガストがかわりにやると思うと、ルーカスは何だか損をしているような気がしたが、きっとそんな自分をもっと不安に思ったほうがいい。

「かわりにやってほしいわけじゃない。やり方を俺に教えてほしいんだ」

オーガストのほうが驚いた顔になった。「拷問のやり方をぼくから教わりたいのか?」

教わりたかった。本気で。

「ああ。よろしくたのむよ」

19
August

「拷問において重要なのは、相手の恐怖の根源を見つけることだ」

灰色のスウェットと着古したクワンティコのTシャツを着てオーガストの部屋で黒いソファに座ったルーカスは、自室ではなく講義用ホールにいるかのように行ったり来たりするオーガストを、小さく微笑みながら見ていた。

「それはその人間の文化から来るものだったり、心理的なもの、生理的なものであることもある。〈血のワシ〉や〈ユダの揺り籠〉といった古い拷問法のような、情報を引き出すにはあきれるほど非効率的な手法は、もう遠い過去のことだ。今では我々は、感覚を完全に遮断するだけで目的を果たせることもあると学んでいる。あるいは対象によっては感覚を飽和させればいい。時には屈辱が鍵となる。だから、対象を知ることが肝心なのだ」

ルーカスはビシッと手を挙げ、オーガストが足を止めて向き直るまで下げようとしなかった。調子にのっている。

「何だね？」

ルーカスが満面の笑顔になる。

「拷問初心者向けハウツーはありがたいが、俺はこれでも犯罪学者だ。拷問における心理的要素は理解している。俺はそういう拷問の、具体的なコツが知りたいんだよ」

「具体的なコツ」とオーガストはくり返す。

ルーカスが笑った。

「俺は教科書は読んでるよ、教授。必要なのは実習だ。人を苦しませるにはどうすればいいのか、ご教示よろしく」

その比喩にオーガストは失笑したものの、ルーカスに「教授」と呼ばれるとぐっと昂ぶるものがあった。これは後日じっくり探究せねばなるまい。

壁に美しく飾られた武器へ裸足で歩み寄ったオーガストは、凶悪な見た目の小ぶりなダガーを手に取った。とても古いもので、手作業で作られ、高価で、その鋭さを持ってすれば人間の皮下組織を大きく損なうことなく精緻に生皮だけを剝ぐことができる。

その貴重な刃物を手にルーカスのところへ向かうと、ルーカスの太腿を膝でまたいで馬乗りになった。

「留意すべきは」説明しながら、ルーカスの完璧な顎のラインを注意深く刃の腹でなぞる。「ある者にとっての拷問が、別の相手には快楽であるという点だ。ぼくを例にとると」

ダガーを手の中でくるりと回した。

「ぼくをナイフで拷問することはできない。何故なら、その痛みはぼくを昂ぶらせるからだ」

オーガストは前腕に刃を滑らせ、数センチの浅い傷が開くと、フッと息を吐き出した。たちまち血が玉になる。「これでエンドルフィンが大量分泌される」

オーガストの顔を、ルーカスがじっと見上げていた。

「俺は刺されてもエンドルフィンは感じなかったな。肺が潰れそうなひどい痛みだけで」

「コントロールされた切創と殺意は異なるものだ」オーガストは説明した。「だが、ぼくの性癖が万人に適合するわけではない。標的に何が効くのか見定めるべきだ、という話だ」

ルーカスは首を振った。

「あいつの傷つけ方はどうでもよくて……感情を殺す方法が知りたいんだ。きみは大丈夫なんだろうけど、でも自分の人道的な部分が目覚めてきて、痛めつけてるクズ野郎が哀れになってきたらどうすればいいんだ？」

オーガストはルーカスのふっくらした下唇を親指でなぞった。

「ぼくは何も感じないから、どうやって感じないようにするのかを教えることはできない。相手を痛めつけている時、頭にあるのは二つだけだ。自分の目的達成と、相手の痛みから得られる快感《ラッシュ》」

「じゃあ俺にはどうしようもない？」

「そうは言っていない」オーガストは答えた。「鍵は、感情を否定するのではなく、自分の求めるものに集中することだ。自己中心的になれ。己の欲求のみを考えろ。恐怖を捨てろ。快楽に浸れ。心の深い奥底で一度は考えても人に言えない、そういうことを実行するんだ。決して引け目を感じるな」

「こういうことか？」

ルーカスがオーガストの腕を取ると、舌で血をすくい取るようにベロリと舐めたので、オーガストは目を見開いた。

ルーカスの唇にこびりついた血を見て、オーガストのペニスがピクつく。一瞬でレッスンが横道に脱線していた。

二人の間で隠しようのない勃起を、ルーカスが見下ろした。

オーガストは力づけるような笑みを向けた。「そうだな、これは予定外の現象だ」

ルーカスに引き寄せられてキスをされると、塩気と鉄の味がした。

「俺にも俺の性癖があるんだよ。こんなに神経がやられてなかった頃もあった。昔の俺は、それなりに熱い血が通ってて、そこら辺の男に負けず劣らずの後ろめたい妄想を抱いてたりもしたのさ」

「初耳だな」オーガストはからかいながら、ルーカスの口腔に舌をさし入れる。

「拷問の授業を続けるべきじゃ？」と聞き返しはしたが、ルーカスも熱のこもったキスで応じた。

オーガストがTシャツに手を滑りこませて乳首をいじっていると、ルーカスが呻きながら前へゆらりと倒れた。「オーガスト……」と絞り出す。

固くなったとがりを、オーガストはいたぶって、ひねり上げた。

「拷問の実習は、職業訓練のようなものだ。コーンの拷問をお前の課題としよう。それまでの間は、お前のこの一面を追究したい。お前の利己的な面」

「俺にそんな面があると思うのか？」

ルーカスが言い返しながら、すでにゆるいズボンの布を押し上げているオーガストの勃起を指でなぞる。

その唇をまたとらえ、酩酊するような深いキスの合間に、オーガストは答えた。

「誰にでも利己的な面、暗い一面がある。心の一部、世間体を恐れてあえて深入りできないような面だ。もっともお前はすでに詳しいな、だろう？　お前の仕事だ。人間にある最深の暗部を研究する」

「でももし、俺がそれを好きだったら？」ルーカスがオーガストの唇の割れ目に舌を這わせてたずねる。「自分の深くて暗い部分がとっても好きで仕方なかったら？」

オーガストはルーカスの手をつかんで、自分のズボンの中へ引き入れた。

「なら、ともに探究する相手としてぼく以上の適任がいるか？　ぼくにはそれを笑うような能力がない。お前の性癖をぼくも好むとは保証できないが、何が来ようとぼくがたじろぐことはない」

オーガストの唇に吐息をこぼしたルーカスは、手で彼の勃起をしごいて、オーガストの視界がくらむような手つきで先端を焦らす。

「本当にナイフプレイが好きなのか？」ルーカスが聞いた。「誰かに切られる感触が、本当に好き？」

オーガストはうなずいた。ルーカスに嘘をつく理由はない。もう暗い秘密を分かち合った相手だ。

腰を揺らし、拳の中へゆったり突き上げた。

「やってみてもいいかな？」ルーカスが喘ぐように聞いた。

オーガストは片眉を上げる。「ぼくを切ってみたいのか？」

しのび出た舌が下唇を舐め、ルーカスの目にはオーガストが深く追い求めてみたくなるような強い光がともっていた。「そうだ」

オーガストはうなずいた。「ベッドに行こう」

寝室でダガーをサイドテーブルに置き、服を脱ぐオーガストを、壁にもたれたルーカスが見つめていた。ルーカスも勃起していて、灰色のズボンに一点の濡れた染みができている。

オーガストが裸になると、ルーカスが歩み寄ってベッドのほうを向かせ、肩に唇を滑らせた。

「ベッドの上だ」

短い指示に、オーガストはぶるっと肌を震わせた。それに従い、うつぶせに上掛けに横たわって両腕を上にのばした。白いシーツを汚すのはあまり気にならない。そのためにこの世には漂白剤というものがあるのだ。

ルーカスはオーガストの脚の間に膝をつき、ふくらはぎをぐっとつかむと、産毛が覆う太腿の裏を撫で上げて尻に手のひらをかぶせた。それからオーガストをまたいで尻の上に座りこみ、背骨のラインを舐め下ろす。

「自分が切られるのが好きだって、どうしてわかった？　誰かに切らせたことがあるのか？」

のしかかるルーカスの重みが好きだ。かりそめの無力さを味わえる。

「この頃はまったく。それに必ず……プロにたのむ」

オーガストの視線の先でルーカスが体をのばしてサイドテーブルのダガーの柄を手におさめ、彼の傷のない背中に指を走らせた。「もし俺が深く切りすぎたら？」

「その時は縫ってもらう。大動脈さえ避ければ、ぼくが死ぬほど深く切ることはない。もちろん、あと脊髄も。済んだ後も歩けるとありがたいからね」

ルーカスのためらいが伝わってくる。

「これは、お前の暗い夢想《ファンタジー》を現実にする時間だ。ぼくのではなく。気が進まないのであればまた別の――」

一つ目の切り傷は浅く、右肩甲骨を横切るものだった。一気に化学物質が脳内にあふれてオーガストのペニスがうずく。

唸った声は、ルーカスの舌腹で傷を舐めあげられて、呻きに変わった。

「今ので大丈夫か？」

オーガストは咳を払った。「大丈夫以上だ。気を使わなくていい。思いのままにやってみろ」

ルーカスがふうっと息を吸いこむ。「すごい力を持ったようだ」

「そこだよ。誰かを拷問してる間は、相手の心と体を完全に支配できる」

「きみの体を支配するというのはそそるね」

ルーカスはまた一分ほどためらってから、さらにいくつか浅い傷をつけた。紙でうっかり切ったくらいの害のない傷だが、それでも背中に沿って血がうっすらつたい、オーガストは刺激を求めてベッド相手に腰をくねらせていた。

「自分のイニシャルをぼくの背中に書いているのか？」

ルーカスは傷に指先を這わせてから、肌という無地のキャンバスに文字を描き出し、オーガ

ストの血でもって〈MINE〉《おれの》と記した。

ルーカスはオーガストの首をつかみ、頭を傾けさせて血まみれの指を口にねじこみながら、屈みこんで耳元で低く囁いた。

「もしイニシャルだったら何だ？　俺の名前を刻んだら？　どうする？」

オーガストは指にしゃぶりつく。ルーカスのこの一面にほとんどハイになっていた。オーガストの前では歪んで病んだ一面を好きなだけ出してくれるということに。ルーカスの屹立を押し返す。オーガストの尻の間、薄い布ごしにきつく押し当てられたそれを。

「そうなら、刻んだ後には犯すべきだろう」

ほとんど獣じみた声をこぼしたルーカスが、すぐさまベッド脇に用意したローションをつかむとぐいとオーガストの尻を引き上げた。二本の指が突き立てられると、オーガストは待ちかねた腰をくねらせる。物欲しげに見えようがかまいはしない。

ルーカスが指を荒々しく抜き差しした。

「もういいって言ってくれ、中に俺が入ってもいいって」

「十分だ」オーガストは請け合う。「来い」

指を引き抜いたルーカスのシャツがとび、ズボンが押し下げられる。オーガストはもう待てないと起き上がり、ペニスをつかんで後ろに押し当てると、そのまま乗って根元まで自分の中に迎え入れた。

それきり言葉はない。二人はただ共に動き、絡み合った血と汗とセックスの匂いにオーガストはくらくらと酔った。体につきこまれる固いペニスをいつまでも味わっていたい。突き上げられるたびに腰を押し下げて迎えた。

ルーカスの片手が彼の乳首に届き、逆の手はほてるペニスをつかんだ。オーガストはがくりとのけぞった頭をルーカスの肩に預ける。こんな経験は初めてだ。熱く、生々しく、ルーカスに荒っぽくしごかれながら血と先走りが入り混じってベタつく。一片もそそられないものばかりのはずなのに、人生でこうまで欲情したことはなかった。

ルーカスが自分の残した傷に唇を這わせると、オーガストは肉体にルーカスの名を刻みこんでほしいと、魂にもうルーカスが刻みこまれているのと同じようにしてほしいと願った。もう絶頂はすぐそこだ。ルーカスが追い上げるように突き上げ、しごく手に勢いをこめ、耳元で喘いだ。

そしてオーガストは達する。肌に鳥肌が立ち、体が痙攣した。

「すげっ……」

握った拳に精液がほとばしり、ルーカスが唸る。オーガストの背中を手のひらで押し、ベッドに胸をつけさせると、尻に指を食いこませてガンガンと突きこみにかかる。そして全身でのしかかり、オーガストの肌に叫びをくぐもらせて熱を体の内側に注ぎこんだ。

ルーカスにはすぐ離れる気がなさそうだったので、二人はそのままつながり合って横たわったが、やがて果てたペニスがオーガストの体からぬるりと抜けた。

「今のはすごく……」と言いかけて、ルーカスが言葉を途切らせる。

「汚れた？」

笑いながらオーガストが先を引き取った。

うなじをルーカスの鼻先がかすめていく。

「燃えた、と言いたかったんだ。でもたしかに体を洗わないとな。それにシーツも替えたほうがいい。まるで犯罪現場だ。ニオイまで似てる」

オーガストが動く気になるまで数分を要した。熱いシャワーを二人でゆっくり堪能する。傷を洗うルーカスの手はこの上なく優しかった。小さなダガーで手加減した傷などこれまで経験した負傷に及びもしないが、この間の傷のように、ルーカスに世話を焼かれていると心地よかった。未知の感覚だ。まるで当たり前のように大事にされて。まるで、優しく大事にする価値がオーガストにあるように。

体を乾かすと、ルーカスはすべての傷に消毒用軟膏を塗って丁寧に傷を覆った。それからベッドに戻ったところでやっと主導権を取り戻したオーガストは、ルーカスを背後から抱く形で、濡れた髪に鼻を押し付けて横たわった。

しばらくしてルーカスが呟いた。

「もし俺が無理だったら……良心の呵責に耐えきれなかったら……その時は、俺にできないことをかわりにやってくれないか。きっと俺は自分にがっかりするだろうけど、でもきみにやってもらわないと。あの娘たちには正義が必要だ」

オーガストはルーカスの肩に唇を押し当てた。

「お前ならできる。だが、いかなる理由であれ、やらない決断に至った時はぼくにまかせるといい。お前のためなら、いつでも、何だろうと」

「もしあいつが話そうとしなかったら？　拷問というのは成功率がえらく低いものだ」

「奴抜きでも必要な情報は得られる。奴から聞き出せるようなことは、カリオペならいずれ探り出せるからな。だがあんなことをしでかした以上、ぼくのナイフや、戯れに用いる器具を味わってもらわねば。それがぼくの役割だ。ぼくはそのために作られた。奴はこれから身に降りかかるすべてを、自ら招いたんだ」

「俺は心底、この手でそれをやりたいんだよ」

「ならばかなえよう」

ルーカスの声には震えがあった。それが憤怒からなのか恐れからなのか……あるいは両方なのか、オーガストにはわからない。

「あいつの所業……あいつらの、いいや、あいつらの所業。全員に思い知らせてやりたいよ。見物していただけだろうとも、そいつらにもだ。あの娘たちを苦しめて金儲けしていた奴らは、想像を超えるくらい残虐な昔のやり方で痛めつけられればいいんだ」

「少し眠ったほうがいい」オーガストは優しく諭した。

「あいつらは怪物だ」ルーカスが、ほとんど自分に言うように囁く。

「ああ、だがお前にはぼくがついている。ぼくは怪物が恐れる怪物だ」

20
Lucas

翌朝、ルーカスは無口だった。着替えているオーガストの傷を覆う小さなテープをつい凝視してしまう。

ルーカスがやったのだ。ナイフを手にして、オーガストの肌に自分の一部を刻みこんだ。傷跡は残るだろうか？　二人ですごした夜の記憶として永遠に？

後ろめたく思うべきなのだろう、きっと。オーガストはそれが好きだと言ったし、先にオーガズムに達してもいたけれど、それでもルーカスの中にはこんなことをするなど自分はコーンと同レベルではないかという迷いの粒があった。オーガストの痛みを愉しみ、オーガストの服従を楽しんだ。ルーカス自身すら知らなかった動物的本能を呼び起こされた。

しかも困ったことに、またやりたい。

ベッドが沈み、オーガストが隣に座った。

「やめろ」

ルーカスはぎくりとそちらを見る。「え?」

「昨夜のことを頭の中で反芻し、ぼくらの行為が正しかったか疑ったり、自分の人間としての価値を分析するのをやめろ。煩悶するべく脳がフル回転しはじめるギアの音が聞こえるぞ。昨夜の我々の行為は、百パーセント合意に基づいている。楽しんだからと言って、それはお前を悪人にはしない。我々のセックスプレイと、コーンが娯楽として女性たちをいたぶる行為との間には、フットボールスタジアムほど広い隔たりがある。お前も理解しているだろう」

いるだろうか?

「きみは大丈夫か?」話題を変えようと、ルーカスはオーガストの肩のテープをなぞった。

オーガストが眉を寄せる。

「大丈夫でない理由があるか? ああ、背中のひっかき傷の心配か? 爪でかいたよりも軽傷だ。そちらでもかまわないと、今のうちに申し述べておこう。だがぼく自身はむしろ快調と言える。傷のどれかがヒリつくたびに少し欲情するほどだ。もし上半身裸での講義が許されるなら、お前の痕を見せびらかすためにそうしたいものだ。お前に痕をつけられるのが好きだ。お前も自分に正直になれば、つけるのが好きだと言えるだろう」

ルーカスは振り返ると、互いの唇を重ね、余韻を味わってからオーガストと額を押し当てた。

「待っているだけなのが苦しくてさ。ネオナチのギャングを片付けるのに計画が必要なのはわかるけど、コーンにまだ何も手が出せないのが……もやもやする。早く終わらせたいだけなんだ。被害女性たちが無事かどうか確かめたいし、もし救えなかったとしても、せめてこれ以上の犠牲が出るのを防ぎたい」

オーガストがまたキスをした。「わかっている。あと少しだけこらえてくれ。すぐに片付く、約束する」

「その後はどうなるんだ？」

そんな疑問を口に出すつもりではなかった。ただそれは幾日も、ほかの物事に隠れて頭の中を跳ね回っていた問いだった。人が死んでいるというのに自分の恋愛問題を気にしているかのようで、後ろめたい問い。

「その後はどうなるとは……何がだ？」とオーガスト。

ルーカスは立ち上がろうとした。「何でもない」

オーガストに引き戻される。

「何でもなくはないだろう。『その後はどうなる』とは、どういう意味だ？」

「俺たちはどうなるんだ？　これが片付いた後、どうするんだ？」

ルーカスは口走っていた。

オーガストがさっと手を振る。

「我々は一緒に暮らして、婚姻し、多くの者にとっては夢のような人生を送る」そこでオーガストの表情が変わり、影がさした。「お前がそれを望まないなら別だが」

ルーカスの脳が停止する。だがオーガストは先を続けていた。

「そう表明したかったのであれば、その案件については、コーンの問題が済むまで棚上げにしておいてもらわねばならない。お前に二度と会えないと思いながら実行に至ることはできないし、そうなればぼくは帰還するつもりはない」

オーガストはそういうふうに言うだろうと、ルーカスにはわかっていた。わかっていたのだ、心の底では、オーガストがルーカスを決して離さないと言ったのは本気だと。永遠に。

それに焦がれてしまう。自分の奥底の暗い部分――人間には必ずあるとオーガストが言ったところ――でルーカスは、オーガストが決して彼を手放すことはないと知る必要があった。言葉を聞きたい。一度では足りないくらいに。毎日でもいい。ルーカスの暗い部分は、彼を失う予感がオーガストの目にもたらす絶望を見たいし、もしかしたらそれはサディスティックなことかもしれないが、痣を押してみたり虫歯を舌でつついたりしてしまうようなものだ。自分と同じぐらい、オーガストも心がきしむような思いをしているのだと知りたい。

ルーカスは大きく唾を呑んだ。

「この状況がどうかしてるってことはわかってるだろ？　世間から見たら、俺たちは正気じゃない」

オーガストが肩をすくめた。「世間から見ればお前は狂っている。ぼくもそうだ。世間体のことなど気にする必要があるか？」

「そのとおりだとは思うんだ。ただ、じろじろ見られるのにはもううんざりなんだよ。俺はずっと、見世物にされてる気分だ」とルーカスは打ち明けた。

ＦＢＩにいた短期間——それも秘密がバレるまで——を除けば、常にルーカスは母と同じく世間からはじかれる異質な存在だった。血のつながった祖父にすら疎まれた。オーガストの強烈な執着は心地よくとも、スポットライトに絶えずさらされているようでもある。

「お前がマルヴァニーの一員に加わってからもそれは変わらないだろう。ぼくはお前をできる限りそういうものから遠ざけたいが、人々はお前の過去を嗅ぎ回ることになる。ＦＢＩからの解雇を探り出す。おそらくは、サイコメトリーについても暴き出す。うちの家族は注目の的だから、お前にも好奇の目が集まることになる」

「どうやってるんだ？　どうやって、自分たちのしてることを世間の目から隠してるんだ？」

ルーカスはたずねた。これまでだって核心に至るような疑問を持った人間が、一人もいなかったわけはないのだ。

「ぼくらは人殺しであるだけでなく……イリュージョニストでもある。カリオペはフェイクのＳＮＳ投稿を作り上げ、位置情報やらで細工する。写真を加工したり、場合によって工夫を凝らす。それにいざという時には、父の研究の成功を願って見守る有力者たちがいる。強力なコネは信用度の高いアリバイを生む」

ルーカスはおずおずとうなずいた。「俺は、少し時間がほしい……よく理解したいし——納得するには……」

オーガストがふくれっ面になったので、ルーカスはその頬を手で包んだ。

「俺たちについてじゃなくてだよ。俺ときみの関係は、混沌のきわみだけど、でもこれ以上直感に逆らいたくはない。もういい。俺たちはうまくいく。狂っていようがどうだろうが、俺ときみの形は、しっくり来る。ただ、それ以外のこと、世間の注目の的になるとか……きみの一家のこととか……それはじっくり考えてみないと」

オーガストの肩から力が抜けた。

「そうか。それは筋が通る。理解もできる。お前の授業は何時からだ？」

「十時半。そっちは？」

聞き返して、ルーカスはひげ跡がざらつくオーガストの喉に唇を滑らせる。

「一時からだが、十一時に担当してる院生の面談がある」

「いいね、それなら俺に飯をおごる時間がある」

ルーカスは言いながらオーガストの口に気怠げなキスをした。

「そんなキスを続けていると、お前をベッドに放りこんでその口にペニスをしゃぶらせる時間しかなくなるぞ」

ぎょっと体を引いたルーカスが、オーガストの顔を見る。二人はそろって笑い出した。

「俺はそれよりコーヒーと、人の頭ぐらいでかいチョコチップマフィンにかぶりつきたいよ」

立ち上がりながらオーガストがルーカスを引き起こす。「お前はクリケットのところに顔を出して様子を確かめたいだけだろう」

ルーカスはニコッとした。

「いなければむしろほっとするだろうけどね。店に戻ってくる気はなさそうだったし。ただ、俺の部屋の前にまた改造車が停まってないかも見ておきたい。こっちまで尾けてこなかったのが嫌な感じだ」

「あるいは、すでにぼくのところにお前がいると知っていて、こちらにも見張りを置いているかだな」

その憶測はルーカスの肌にぞっと鳥肌を立てた。オーガストがそれをさすってなだめようとする。

「気を楽にしろ。我々が優位だ。こちらが正体に気付いているとは、奴らは知らない。奴らにすれば、お前の知るコーンは大がかりな犯罪の歯車ではなく共犯者付きのシリアルキラーでしかない。知られていると悟った時にはすでに手遅れだ」

「それはそうだけど。ただ、あんな人でなしのクズどもが二度と悪さをできないようにしたいだけだ」

オーガストが励ますようにルーカスの頭にキスをして、二人は着替えを続けた。

部屋を出ながら、ルーカスはオーガストの愉快そうな表情に気付いた。

「どうした？」

オーガストの笑みが広がる。

「いわゆる極右《スキンヘッド》たちが、そろって海外の車を乗り回しているのは少々滑稽だと思ってね」

ルーカスもニヤッとした。「服もほとんど中国製だろうし……？」

オーガストがドアの鍵を閉める。「朝食を買いに行こう」


コーヒーショップの前に改造車は停まっておらず、ルーカスはほっとした。駐車スペースがすべて埋まってるのを見てその安堵が少し薄れる。悪人がストーカー用の車を停められなかったのなら少々滑稽ではあるが。とはいえそれは、ルーカスとオーガストも駐車場所がないということでもある。

外から見た限り、小さなコーヒーショップは平穏に見えた。明かりはついていて、窓にかかった札は〈ＯＰＥＮ〉の側だ。色ガラスなので中までは見えないが、ルーカスの胃のこわばりがややゆるんだ。

「このブロックを二、三周回ってきてくれれば、その間に俺が朝飯を買ってくるよ」

それにオーガストが眉をひそめた。「ぼくも一緒に店内へ行くべきだ」

「コーヒーと何か買って、クリケットの様子を見てくるだけだよ。すぐ出てくる。白昼堂々、開店中のコーヒーショップで襲ってきたりはしないさ」

オーガストは心配そうにしばらくじろじろルーカスを見ていたが、結局は速度を下げてルーカスを降ろした。コンソールごしにのり出したルーカスは、オーガストの頬にキスを残す。

「すぐすむよ」

数台の車をよけて通りを小走りに渡りながら、朝の渋滞をかわせる二人のスケジュールのありがたみを感じる。ネオナチのギャングを始末することを考えていた次の瞬間に渋滞を気にするとは奇妙な流れだが、ルーカスの人生では今さらだ。数えたならば、普通より異常なことのほうがもう多いだろう。

ドアを開けると、いつものように頭上でベルがチリンと鳴ったが、奥から歓迎の声はとんでこなかった。客席は無人、とはいえいつものことだ。ルーカスは進み出て、奥の気配に耳を澄ませた。不気味に静かだ。

「ハロー？」声をかける。「クリケット？」

カウンターに近づき、クリケットの携帯が業務用コーヒーメーカーのそばで充電中なのを見て眉を上げる。

「クリケット？」

答えがなかったので、遠慮はやめてカウンターの中へ入った。クリケットの携帯電話はフル充電されていた。しばらく放置されていたようだ。彼女の財布が、水色のセーターと一緒にペストリーケースの下にある小さなロッカーに入っていた。

立ち上がったルーカスの目があるものをとらえ、血が凍りついた。血まみれの、華奢な金の輪。

打ちのめされたような衝撃だった。クリケットのノーズリング。まさか、そんな。深く考えずにそれをつかんだ瞬間、ビジョンに襲われて息を呑んだ。

クリケットがカウンターのいつもの位置に座って音楽を聴いているところに、ダメージジーンズと黄色いＴシャツ――〈自由を踏みつけるな〉という愛国者スローガンがとぐろを巻く蛇の上に黒文字で入っている――の男がずかずか入ってきた。彼女は耳からイヤホンを引き抜くと、近づいてくる男を硬い態度でうかがった。

「ご注文は？」

「そんなイカれた色に髪を染めたりおかしな化粧をする女、男に嫌われるってわかってるか？　自然界じゃお前みたいなのは警戒色なんだよ。近づくなって言ってる。毒があるぞってな」

クリケットはニヤついた。「なのにあんたは寄ってくるわけ?」

「つまりだ、男は行儀のいい女をほしがるんだ」

「私が男のことを気にしてるように見える?」クリケットが言い返す。

男の返事が聞こえることはなかった。体を痛みが貫き、彼女は崩れ落ちて、カウンターを回りこんできた男はテーザーを手にした別の男に手を貸した。コーンだ。コーンは手をのばすと、クリケットの鼻からリングを引きちぎり、カウンターへ放り投げた。

「女はバンへ運べ。先にヤードに戻ってろ」

ルーカスはぱっと手を引く。鼓動が胸で荒れ狂った。

奴らがクリケットを連れ去ったのだ。

ポケットから携帯電話をつかみ出した。オーガストの名をタップしようとした瞬間、聞き覚えのある声が言った。

「久しぶりだな。やっと会えて大喜びだろ?」

鉛のような恐怖がずっしりと重くのしかかる。

ゆっくり振り向いたルーカスは、自分に向けられた銃口にも、その銃をコーンが手にしていることにも驚かなかった。

「彼女はどこだ」

「ピンクの髪のおトモダチか? 青い髪だったかな? 緑?」コーンが笑う。「無事だよ。今のところはな。好みのうるさいクライアントも、あの女なら今回は特別ってことにしてくれるだろ。あいつらは、俺がしぶとい女の心をへし折るところを見るのが好きだからな」

ルーカスは憤然と小鼻を膨らませた。「ぶっ殺してやる」

コーンは歯牙にもかけなかった。「お前とは……また仲良くできたらと思っていたんだ。俺からのプレゼントはお気に召してくれたか？」

いつか、どこかの時点でコーンと接触することになるだろうと、ルーカスも覚悟はあったが、不意打ちになるとは予想していなかった。オーガストと出会ってからは、まったく。オーガストの存在に安心しすぎていたのだ。

「あれか、あまり工夫がなかったな」と嘲ってやる。

意表を突かれたコーンが大声で笑った。「冗談を言える元気がまだあるのか。次はもっと趣向を凝らさないとな」

ルーカスは自分の携帯電話へ視線をとばした。発信を押せただろうか？　オーガストは店の外にいるのか？

「こんなゲームにいつまでつき合わせるつもりだ？　お前に何の得がある。お前のネオナチのお仲間や〈赤い部屋〉のことを俺が探り出さないと思っていたのか？」

コーンの眉がくいと上がる。「探り出してくれるかと待ってたさ。そのための手がかりもやっただろ。ま、ＦＢＩの看板なしの一人ぼっちでどこまでやれるかは心配したけどな」

奇妙にルーカスの全身が軽くなった。ルーカスの背後にどんな勢力がいるのか、コーンは知らないのだ。ルーカスにはサイコパスの後ろ盾がついている。マルヴァニーの名も。ルーカスはもう翻弄されるだけの存在ではない。

こめかみをつついてみせた。「俺にはFBIにないものがあるからな」

コーンの唇が、笑みを真似た形に歪む。

「それがどうした？　誰がお前を信じてくれる？　でもまだお前には手を引くチャンスをやるよ。楽しかったがそろそろ目障りだしな。ただやっぱり、殺すにはもったいない。お前はすげえよ。すげえバケモノだ」

「あの女性たちは？　彼女たちの命にだって価値があったはずだ」

コーンが馬鹿にした顔をする。「ジャンキーだぞ。売春婦。人間以下だ。社会のお荷物。いなくなっても誰も悲しまないさ。群れから奴らを間引きしたって、まず気付かれないくらいだ」

「じゃあ彼女たちは全員死んでるのか？」

たずねたルーカスの胸に、かつてないほどの悲哀があふれた。

「お前のカラフルなお友達以外、全員な。クライアントの注文が細かくなってきて、手応えのない女はもう飽きられてるんだ。奴らは、自分たちと同じような人間が俺に切り刻まれるのを見たいのさ。プロムで肘鉄くらわしてきたような女とか、陰キャを鼻で笑ってたお高い女とか、

〈ダンジョンズ＆ドラゴンズ〉なんかで遊ぶ負け犬オタクはお呼びじゃないって澄ましてた女とかを細切れにしたいんだ。クライアントは恨みを晴らしたいし、俺はそいつらの夢をこの手でかなえてやれるって寸法だ」

呼吸をしろ、とルーカスは自分に言い聞かせた。コーンはルーカスを挑発し、バカな行動に出るよう仕向けているのだ。だからルーカスは押し黙っていた。この男に抱く憎悪をすべて表情にこめようとしながら。

「今、手を引くなら、お前の過去については黙っといてやるよ。彼氏のインテリ教授にお前がどんだけイカレ野郎か教えるのは心が痛むからな。あいつ、お前が一度ぶっ壊れたってことは知ってるのか？　精神病院に入ってたことは？　お前の正体がバレたら、向こうさんの金持ち一家は慌ててお前らの仲を引き裂くだろうよ。そうしたらお前はまた一人ぼっちだ。無力の。俺は手も足も出ない無力な奴が好きなんだよ。それがまた、お前にはよく似合う」

その瞬間、コーンと同じように裏から入ってきたオーガストが角から姿を見せた。首に棒を押し付けられたコーンが、滑稽なほど全身をブルブルと震わせて倒れ、その手から銃がこぼれる。

ルーカスは落ちた銃を拾おうと、ピクつくコーンの前に膝をつき、ズボンの染みに気付いた。失禁したのだ。

身を屈め、コーンに届くように言った。「手も足も出ないようだな。よく似合うぞ？」

コーンが低い唸りをこぼしたが、ルーカスは立ち上がった。

「一体こいつに何を使ったんだ？」

「牛追い用の電気棒だ」

「こいつがクリケットをさらった」

「わかっている。聞こえていた。計画変更だな。迅速な対応が求められる時だ」オーガストはルーカスにキーを手渡す。「車を回して、裏口につけてくれ。後ろを開けろ。キーパッドがある。暗証番号は1、8、4、2だ。中に結束バンドがあるから持ってきてくれ」

「こいつはどうする？」

「明日の予定をそのまま前倒しする。この男を拷問して情報を引き出す」

それが聞こえたコーンが長く呻き、起き上がろうとしたが、できなかった。

オーガストがその顔をひっぱたく。「おい、聞こえるな？　大人しくしていろ、さもないとこの棒を尻からつっこむ。ボタン一つで内臓がよく焼ける」

ルーカスの中にもそうしてほしい誘惑がある。この場ですべてを終わらせたい。だが連中の手中にはまだクリケットがいるのだ。あの異常者たちがクリケットをとらえている。

思考をせき止め、ルーカスはただひたすらオーガストの指示に沿って動いた。コーンの手首を後ろ手にくくると、オーガストがその髪をつかんで引きずり起こした。苦痛の叫びを聞いて、ルーカスの胸が小さくはずむ。

「てめえら、これがどれだけヤバいかわかってないな……五時間以内に俺から連絡がないと、連中は勝手にショーを始めるぞ。俺を解放しろ、そうすりゃ終わった後のお友達の残骸をどこで拾えるかくらいは教えてやる。いや、かわりの女をお前が調達するなら、あの女を五体満足で返してやってもいい」

「オーガスト――」

ルーカスは声をかけたが、何を言おうとしたのかもわからなかった。

オーガストの表情が消えた。まるでスイッチを切ったように、一瞬で人間性が消滅する。その目の虚無が、感情の完全な欠如が、顔を近づけられたコーンすらたじろがせていた。

「お前の精神を砕くのに五時間も要るとでも？」

オーガストがたずねた。

ルーカスは顔に浮かんでくる笑みを抑えきれない。コーンと関わり合いになって以来初めて、この男の顔に心の底からの怯えが見えた。まるでオーガストの目の奥に、自分を待つ絶対的な運命を見たように。

「こいつはぼくが車に運ぶ。ノアと父に電話をして、この事態を伝えてくれ」

ルーカスはチラッとコーンを見た。「こいつの前で名前を出していいのか？」

「それが問題になるほど長生きはしない」オーガストはコーンの顔を平手打ちした。「だがどれほどの痛みを味わうかは……本人次第だ」

ルーカスは携帯電話を手にして、電話をかけ始めた。

21
August

『どうして私は「ミスをするな」などといちいち注意するのだろうね？』

オーガストの車載スピーカーからトーマスが問いかけ、溜息をついた。

『まるでお前たちは、それを挑戦と受けとめているかのようだ。私を困らせようとして。お前たちにこれほどすべてを捧げてきたというのに』

オーガストは薄目になった。

「やけに大げさだ、父さん。またアーチャーに飲まされましたか？」

『いいや、ここ六ヵ月で息子たちがしでかした不始末の尻拭いをするのにくたびれ果てただけだ。お前たち、雑になっているぞ。注意力散漫だ。去年ならこんなことは起きなかった』

「アティカスは毎月何かしらやらかしているけれど、それでも父さんのお気に入りでしょう」

どうして父がこんなに愚痴っぽいのかわからないままオーガストは抗弁する。「エイデンから連絡がありましたか？　エイデンと電話した後は、いつも機嫌が悪い」

『私が許可を出すまで何もしないはずだっただろう。なのにどういうわけか、お前は白昼堂々、後部座席にＦＢＩ捜査官を転がしてハイウェイを走行中だ』

トーマスの不平に動揺したルーカスが大きな目でオーガストを見つめてきた。これが父なりの、予定外の状況に当たって頭を整理する方法なのだと、オーガストは知っている。

「この男はルーカスに銃を向けていたんです。どうすれば？　ルーカスが撃たれるのを放っておくんですか？」

『どうするべきだったかを語るにはもう手遅れだ。だがお前は、そこに割りこんで牛追い棒で連邦捜査官を感電させる前に、私に連絡するべきだった』

オーガストは溜息をついた。

「おっしゃるとおり、それを言うにはもう手遅れです。ぼくらは昔のデニム工場に来ています。必要な情報を引き出した後、おそらく洗浄に人手が必要だ」

ルーカスはチラチラと、後部座席で気絶しているコーンを肩ごしにうかがっていた。

彼らが座る車は、コンクリートの建築物にはさまれて停まっていた。廃工場は人目を避けるのに最適だ。五千平方メートルの廃墟を、もっと小さいがやはり無人の建物が取り囲んでいる。ここで出くわすとしたらたまに迷いこむホームレスくらいのもので、彼らはトラブルの気配をわずかでも嗅げば一目散に退散する。

トーマスがぼそぼそと何かぼやいてから、言った。

『済んだら知らせなさい。誰かよこすから』

コーンを中へ運びこむと、オーガストは鎖を鉄骨の梁にかけてから頑丈な鉄枷にしっかりと巻きつけ、ルーカスの手を借りながら爪先が浮き上がりかかるところまでコーンを吊り上げた。服を切り裂いて剝ぎ取り、邪魔にならないよう蹴りとばす。コーンは多量の汗をかいており、尿と恐怖の臭気を放っていた。意識は戻っているが気絶のふりを続けている。あと少しだけその希望を抱かせてやるとしよう。

ルーカスは壁際まで下がり、壁にもたれて腕組みしていた。

これからの出来事にルーカスが耐えられるのかオーガストにはわからなかったが、クリケットの命がかかっているのだし、コーンの精神崩壊を目の当たりにしてもすっかり怖じ気づくことはないだろう。オーガストは、自分のメルセデスのパネル下に隠しておいたダッフルバッグを開けた。何本ものナイフを広げたところで、それを見たコーンが自作のグロテスクな器具に劣るとばかりに嘲笑したので、オーガストは微笑みを浮かべた。

コーンの心を砕く程度、体のパーツを切り落とすまでもないが、必要ならそうする。これはただの手始めだ。

小さなイヤホンを手にして、コーンの耳に深々とつっこんだ。接続し、自分のデスメタルのプレイリストを選んで再生するとボリュームを最大限に上げて、内側から音楽に殴打されるコーンの顔が歪むのを眺めた。

「笑わせんな」肩関節の負担をやわらげようと爪先立ちでもがきながら、コーンが吐き捨てる。「バカでかい音で俺が参るとでも？」とわめいた。「ド素人が！」

オーガストは並べておいたナイフを一本取り、部屋を横切った。ルーカスがハッと息を呑む前で、男の乳首をつまむと刃の一閃で切り落とす。床にそれを投げ捨てたところで、コーンが絶叫した。そのやかましさにオーガストの体がこわばる。

ルーカスが歩み寄って、ポケットから何かを取り出した。オーガストのＡｉｒＰｏｄｓだ。

「センターコンソールに入ってたから、使うんじゃないかと思って。悲鳴が嫌いだろ？」

ルーカスに腕を回して引き寄せ、オーガストはディープキスで驚きの声を吸い取った。コーンが毒々しく唸る。

「ただのイヤホンだよ」とルーカスが言った。

オーガストは首を振る。「ただのイヤホンではない。ぼくには愛がどういうものかわからないが、今この胸が感じているようなものだろうと推察するよ」

ルーカスの表情がやわらいで、明るい笑みを浮かべた。

「そんな素敵なことを、乳首を切り落としたばかりで言われたのは初めてだよ」

オーガストはクスッと笑った。

「あいつが口を割るまでこのまま体を削ぐのか？」

「いいや、今のはただの遊びだ。イヤホンで三十分ほど放置してから、本格的に始める」

「じゃあそれまで俺たちは何をするんだ？」

聞き返しながらルーカスの両手が下がって、オーガストの尻をつかむ。

「ブラックウェルくん、二メートル先で男を拷問しているところで戯れようというのかね？」

オーガストはからかいながらも、すでにどっしりと鎮座した金属シリンダーにルーカスを追い詰めていく。

「だって、俺をイカせるのに三十分もかからないって言ってただろ」とルーカスが言い返した。

コンクリートの床に靴底が擦れる音がして、それから声がとんできた。

「そいつはズボンの中にしまっとけ、このヘンタイども」

掃除用具入れの中でイチャついているところを見つかった生徒のように、慌ててルーカスがオーガストをつき放した。エイサとアヴィが裏から現れる。アヴィがゆらゆらと下げている二リットルの炭酸水ボトルに気付いてルーカスがけげんな顔になった。

オーガストはうんざりした目を向ける。

「お前たち、そろって何の用だ？　父さんには片付けに手がほしいと伝えてある。こっちはまだ始めてもいないぞ」

アヴィがじろじろとルーカスを眺め回した目つきは、こいつの眼球をくり抜くべきかオーガストに真面目に検討させるものだった。とりわけ、やけに股間を見ているときては。

「どうしてだかさぁ、父さんはお前に応援がいるんじゃないかって思ってるらしいや。この霊媒師ちゃんが血や臓物を見てぶっ倒れちゃったら困るし？」

ルーカスがアヴィに中指を立てた。アヴィは投げキッスを返す。オーガストはエイサに向けて、双子の片割れをどうにかしろと目で伝えたが、いつものごとく無視される。

エイサはだらりと吊られたコーンに近づき、ためしにつついては揺れる様子を眺めた。

「こいつ？」

オーガストはうなずく。

「あんまりそそらないねー」エイサが呟いた。

コーンが唾を吐きかける。頬についた唾を手の甲で平然と拭ったエイサは、コーンの股に手をのばして陰嚢をわしづかみにし、それが肉体の中に縮み上がろうとするほどきつくひねり上げた。コーンが声の出ない絶叫に大口を開け、たちまち嘔吐した。

「汚ねぇ」とアヴィがぼやく。

「えーと、その二リットルの炭酸は何用？」ルーカスが問いかけた。

アヴィが手に下げたペットボトルを見下ろす。

「あーコレ？　炭酸ペットボトル方式ってやつを試してみようかと思ってよ」

「炭酸、ペットボトル、方式？」ルーカスが恐る恐るくり返す。

「んー、見ればわかるよ」

「本来、あとしばらくデスメタル浸けにするつもりだったが、やむを得まい。始めるとしよう。この男もかなり疲弊したようだし」オーガストも呟いた。

「こいつは俺のだって、約束したよな」念を押しながらルーカスが双子を見比べる。

エイサがけらけらと笑った。「オーケー、ハンドパワーちゃん。いいよ、遊ぼーぜ」コーンの耳からイヤホンを引き抜いて聞いた。「女の子たちがどこにいるか言う気ある？」

「ファック。ユー」

コーンがぜいぜいと喘いで返す。エイサはひひっと笑った。

「そう言ってくれてうれしいよ」ルーカスを見て指で招く。「誰かを水責《ウォーターボーディング》めした経験は？」

当然、ルーカスは何を馬鹿げたことを聞くんだという目をエイサに返した。

「いいや。いい機会がなくて」

「今日がそのチャンスだぜ。ただし炭酸でね」

ルーカスはまた不思議そうな顔をした。「よくわからないが……」

エイサから炭酸のボトルが手渡される。「ご心配なく。手取り足取りしてあげるからさ。まず蓋を取って？」

せせら笑ったコーンが血走った目でルーカスをにらんでいた。ルーカスは指示に従う。エイサがオーガストへ視線を送り、このままやってもかまわないかと確認を取った。

「準備ができたら、上を親指で押さえて、振って振ってシェイクしまくるんだ。中の圧力をガンガンに高めようぜ」

「それから？」

ルーカスは注ぎ口を親指で押さえたが、まだ振ろうとはしない。

「そこからはキミ次第さ。下ネタ気分でムラムラしてたらこいつのケツの穴につっこんで、一生忘れられない浣腸洗浄をお見舞いしてもいい。でも腸が破けて、ほしい情報を引き出す前に出血多量になっちゃうかもね。だからそうだねぇ、よーく振った後、鼻の穴に当てて発射がオススメかな」

拒否するだろうと見ていたオーガストは、ルーカスがゆっくりと浮かべた微笑みに、誇らしくなった。

「そいつの頭を押さえてくれ」

「イェエエエエイ！」歓声とともにエイサがコーンの髪をつかんで頭をのけぞらせ、揺れる体を全身で抱き止めた。「最高にイケてる。ぶっとべ！」

ルーカスは中が泡だけになるまで二リットルのペットボトルを振りたくると、注ぎ口をコーンの鼻に当てた。

「最後のチャンスだ」

「くそったれが、このビッチ――」

ルーカスの親指が外れ、加圧された炭酸水が水鉄砲となってコーンの鼻腔にとびこみ、喉へなだれこんだ。コーンが目を剝き、口から炭酸をあふれさせながら、ゴボゴボと喉を鳴らして痙攣する。

空になったボトルをルーカスが投げ捨てたが、コーンはとても詰問できる状態ではなかった。まだ宙で悶え、その肉体は肺に入った炭酸を排出しようと必死だ。

「完全に予想まんまの結果だったねえ」エイサが言いながら、コーンの足元にできた惨状を見下ろした。「じゃーどうする？　枝切りバサミ持ってきたよ。このブタちゃんのぽよぽよソーセージな足の指で遊ぶ？」

「どうする、コーン？　クリケットの居場所を教えるだけでいい。そうすればせめて足の指がそろったまま地獄へ行けるぞ」

「あの娘は細切れになって車からゴミみたいにばらまかれるぞ。せいぜい拾ってやりな」

コーンがガラガラの声で吐き出した。

オーガストが反応するより早く、ルーカスがさっと向き直って台から刃物をつかんだ――オーガストが普段使わないどっしりした肉切り包丁で、前に兄が小児性愛者の頭に叩きこんだものに少し似ている。どうするのかと誰一人うかがう暇もなく、ルーカスは膝をつくとそれを振り下ろし、たった一振りでコーンの足の指を四本まで一息に落とした。

絶叫が無人の工場に響き渡り、オーガストの耳がじんじん痛んだ。数日は偏頭痛に悩まされそうだ。

「お見事」アヴィはすっかり感心した声だった。「よーし、残りもいっちゃおうか」

「いや。もうこいつの相手はうんざりだ」ルーカスがピシャリと言った。「クリケットの居場所を吐くか、さもなきゃタマを切り落とす。その次はペニスだ」

「そしたらこいつは出血多量で死ぬけど」エイサが口を出し、ルーカスからひとにらみされていた。「え？　解説しただけ」

「傷口を焼こうか？」とアヴィが提案した。

「こいつが口を割らないなら、どれだけ血が出ようがかまわない。失血死すればいい。豚のように吊るされて死ぬのがお似合いだ」

「これを使うといい。もっと精密に切れるから」言いながら、オーガストはルーカスに小ぶりのペティナイフを手渡した。コーンに向けては「どうする？」とたずねる。

返事はなく、ルーカスから陰嚢に刃を押し当てられると、コーンは顔を歪め、むき出した歯の隙間から獣のような声を立てた。

「答えろ」ルーカスが罵る。さらに三十秒経つと、せせら笑った。「いいだろう、好きにしろ」

コーンの睾丸を引っ張って切りやすくする。

「よせ！」コーンがわめいた。「畜生。待て。少し……待ってくれ」

「彼女はどこだ？」

ルーカスは問いをくり返した。

コーンの全身がぐったりと重く沈みこんだ。ここから生きて帰れない運命を悟ったのだ。

「ブランフォード通り二番街の角に……廃品集積所《ジャンクヤード》がある。奥の輸送コンテナ……まだ無事なら、あの女はそこで見つかるさ」

「結構カンタンだったただろ？」言いながらエイサが赤らんだコーンの顔をぺちぺちと撫で回す。

「お前ら何なんだ」コーンが呟いた。「てめえは大学教授じゃないのかよ」

「そのとおりだ」オーガストは面倒そうに答えた。アヴィを指さす。「そしてあれはファッションデザイナー」さらにエイサを。「あれは建築家」

「だけどみんなで力を合わせて悪と戦ってるんだぁ！」

エイサが高らかに、ふざけた口調で言い放った。

わけがわからない様子のコーンに、アヴィが笑いかける。「ミレニアル世代だよ。ミレニアルズの間じゃ今、副業がアツいんだ」

エイサが冷笑したが、それをよそにルーカスは突っ立って、ただ手にしたナイフを見つめていた。

「貴様はあの女性たちをなぶり殺した」ほとんど独り言のように呟く。「彼女たちをレイプし、拷問し、肉塊に切り刻み、とても言葉にできないようなことをした。金のために。娯楽のために。それが楽しいから」

　コーンが首を振った。「いいか、俺は客の期待に応えただけだ。怒るならあいつらに怒れよ。金を払って遊んでるのはあいつらで、俺はただの道具だ。あの女どもが生きようが死のうが、俺はどうでもよかったんだ」

「嘘だ。お前は楽しんでいた」ルーカスが言い返した。「俺は感じたんだぞ。お前の興奮を見て、彼女たちの苦痛をどれほど楽しんでいるか感じた。彼女たちの責め苦を。ただ怖がらせるだけじゃ足りずに、お前は彼女たちが心折れ、絶望するところを見たがっていたな。まだ子供のような相手までいたのに。楽しかったろ？　俺にわざわざ伝えにきたじゃないか。忘れたのか？」

　粘りつくような笑みがコーンの顔に広がった。

「そうだったな。ああ、そうさ。楽しかったなあ」

　ルーカスの手がさっとはね上がると、コーンが喉から呻き声を絞り出し、股から血が噴き出した。

　気色悪そうに唇を歪めたルーカスが、男根の残骸を床へ投げ捨てる。コーンの肌は今や白茶け、たちまち生気が流れ出していったが、まだ意識が残る彼へとルーカスが言い捨てた。

「俺も楽しませてもらったよ。このイカれクズ野郎」

　オーガストはルーカスをぐいと引き戻した。血まみれのルーカスはほとんど獣みた形相だ。その手から優しくナイフを取り上げ、エイサに手渡した。

「彼の血を流してくるから、ここは二人にまかせてもいいか？」

「古いロッカールームのシャワーがまだ使えるよ。お前のトランクにあった非常用バッグもそっちに置いてきた」

うなずきながら、オーガストはもうルーカスを押して建物の奥へ向かっていた。そこに着くとシャワーを出し、ほとんど自失したままのルーカスの服を脱がせ、熱い湯の下に立たせた。ルーカスは体を洗おうともせず、突っ立って足元を見つめている。排水口に流れていくコーンの血を見ているのか。

オーガストはカリオペに電話をかけ、コーンから引き出した情報を伝えた。

「〈赤い部屋〉にも目を配っておいてくれ。コーンは出まかせを言ったと思うが、念のためにカウントダウンが迫っていないか確かめたい」

キーを猛烈に叩く音。

『まだカウントダウンは途中だけど、予定を早めたって話はマジだね。あいつら〈赤い部屋〉を今夜開くつもりだ。あと三時間』

「ジャンクヤードの全景を衛星画像で見られるか？　おそらくコーンのネオナチ仲間がそこにたむろしているはずだ。ショーの夜なら全員が集まっているだろう。誰かに偵察をたのめるか？　我々が突入して一掃する前準備だ」

『まかせて』

オーガストは満足の相槌を打った。

「いつ彼女を回収しに行けるか知らせてくれ」

『あ、待って。ルーカスは大丈夫？』

オーガストは溜息をついた。

「正直、わからない」

22
Lucas

ルーカスはほぼ自動的に動いていた。

心理学者としての知識は、これが乖離《かいり》だと――自分が廃工場でシリアルキラーを去勢した事実から目をそむけているのだと――分類していたが、じつのところ彼は主に……コーンにした行為に何も感じない自分を受け止めようとしていた。人体の一部を切り落としたのだから気にするべきだろう、たとえ相手の自業自得であろうと。

だがルーカスは……ただひたすらに、心が動かなかった。

思っていたほどあの男の苦悶を楽しめもしなかったが、拒否感もなかった。あれは目的遂行のための手段だ。コーンは必要な情報を持っており、ルーカスはどうしてもそれが必要だった。友を救いたいのだ。もし自分のせいで彼女に何かあったなら、乗り越えられる気がしない。

一行はトーマスの屋敷に戻っていた。奥の本拠地《バットケイブ》に。大きな画面に映っているのは、ルーカスが見たこともないほど広大なジャンクヤードの衛星画像だ。ルーカスはクリケットのことに集中しようとしていたが、いつしか思考が散逸していって、部屋に同席している面々すら何光年も遠くにいるかのようだった。

隣に座るオーガストからはチラチラと心配そうにうかがわれていて、まるでどのくらい崖っぷちなのか推し量られているようだ。大丈夫だと、心配いらないと言いたい——だっていらないのだ、本当に。でも本当にそうなのなら、どうして胃がすりつぶされているような気分なのだろう？

画面が明るくなって、部屋にカリオペの声が響いた。

『みんなそろったってことでいい？』

ルーカスは周囲の顔を見回した。全員いる。最後の兄弟一人を除いて。アメリカの逆側に住んでいる彼だ。エイデンだったか？　気になるくらいにいつも不在だ。何か事情があるのだろうが、いつか聞けることなのかルーカスにはわからない。

『モンクがこの建物を見張ってる』

カリオペが説明した。太い赤線の円が正面入り口の建物を囲む。

『報告によると男たちを七名視認、全員が銃器を携行、さらにでっかいナイフを足にストラップで装着してる。建物の正面シャッターが二面解放されてて、そこまで見えたって』

アダムが唸った。「めんどそうな感じになってきた」

「モンクとは誰だ？」

誰にともなくルーカスは疑問を口にする。その手をオーガストがぎゅっと握った。

「外部に監視を依頼する際に使っている相手だ。元は秘密作戦に従事していた軍人で、余計なことは聞いてこない」

「どれくらいの人間がきみらのことを知っているんだ？」

オーガストは首を振る。「モンクは任務の資金源が誰なのか知らない。カリオペとじかにやり取りをして、現金で報酬を得る。その情報を、誰が何故ほしいのかには関心がない」

「ふうん」

この殺人ネットワークにとって賢い方法ではあるが、今のルーカスにはその程度の相槌がやっとだった。

「七人で全員というのは確実？」アヴィが聞く。

『いーや』とカリオペ。『定期的に誰かがヤードの奥に向かっては、同じ人間が戻ってくる。

でも奥のほうに同様に武装した人員がいないとは断定できない』

「その様子だと、クリケットはヤードの奥に監禁されている可能性があるな」オーガストが呟いた。

男たちが彼女のところへ向かって何をしているのか、想像が暴走してルーカスの胃は凍てつくようだった。

「今すぐ助けに行かないと」

「慌ててもうまくいかないよ」隣にいるノアがルーカスをなだめた。「心配なのはわかるけど、男たちはカメラの回ってないところで彼女に乱暴はしないよ。頭が腐りきったクズどもがそれを見物するために大金を積んでるんだから。カウントダウンが進行中の間は、彼女は安全だ」

むくむくと不安が胸に膨らんでくる。

「そうだな、でもあと九十分しかない」

「なら余計な口出しをやめろ、話が進まないだろ」とアダムが見下した目をした。

ルーカスは椅子にもたれてうなずく。「悪かった。進めてくれ」

また赤い円が、長方形の上に表示された。

『これはヤード内にある輸送コンテナの片方。コーンの移動式拷問部屋だろうね。ただ困ったことに、奥にも一つコンテナがある。どっちが我々の目標なのかわからない。彼女はこのどちらかにいるかもしれないし、両方空振りかも。現場に行くまで断定しようがない』

「入り口の建物にほかの出入り口は？」トーマスが聞く。

　画面に矢印が出てきた。

『ここにドアがあって、私の見当じゃオフィスに通じてる。んでここのシャッターが二つ開放中で、モンクの報告では開閉可能な状態。それとジャンクヤード側に面したドアがこれ。ヤードそのものは三メートルのフェンスが囲んでて、カミソリワイヤーが張り渡してある。あと、犬がいるかも』

「やめてくれ、犬は大嫌いだ」アティカスが呟いた。

　ノアの顔がありえないと言いたげに歪む。「犬が嫌いだなんて、どんな人でなしの言い草？」

「そりゃ任務中にボクサーにケツを嚙まれて、縫合と二回分の抗生物質のお世話になった人でなしさ」もそもそとアーチャーが口をはさんで透明な液体に口をつける──どうせアルコールの類いだろう。

「それって犬の話なんだよね？」とノア。

「お上品なアティカスがただのボクサーをベッドに入れるわけないっしょ。こいつはお姫様待ちなんだからさ」エイサは笑い交じりだ。

「もういい！」トーマスが叱りつけた。「とにかく構内に番犬がいる可能性は頭に入れておきなさい」

「ひどいことしないよね？　まさか」ノアが問いかけた。「しないだろ？」と沈黙に向かって再度問いただす。

くるっと向き直ると、婚約者をにらみつけた。

「アダム・マルヴァニー。もし犬に何かしようものなら、もう帰ってこなくていいから」

ルーカスは少々の笑いを誘われながら、ぽかんと口を開けるアダムを見ていた。

「俺は――えっ？　犬がいるかどうかもまだわからないんだぞ！」

「犬をどうかしようなんて考えられるだけで許しがたい」

ノアが沈痛に呟く。

アダムは慌てふためいて周囲を見回した。

「どうして存在しない犬に何かしたって俺が責められてるんだ？　何だこれ⁉」

「でも、もし本当に犬がいたら？」とノアに詰められる。

「もし本当に犬がいたら、絶対に何もしません」逆らわず、アダムがぼそぼそと誓った。

「もふもふした頭の毛一本たりとも傷つけては駄目だから」とノアに厳しく言い渡される。

アーチャーがひひっと笑った。「尻に敷かれてやがんの」

アダムがそちらに中指を突き立てる。「てめえは毎晩ウイスキーのボトルを抱っこして寝てるからひがんでんだろ」

「何というていたらくだ。会議も満足に進行できないとは」アティカスがこぼして鼻の付け根をつまんだ。

「侵入経路が決まってないよ」話を戻したのはアヴィだ。「どっから入ろうね？」

「カミソリワイヤーを乗り越えて背後から急襲するのは」エイサが提案した。

「いいや」オーガストが却下した。「正面からだ」

立ち上がってスクリーンへ歩み寄る。

「エイサとアヴィをここと、ここ、それぞれのシャッターの脇へ配置する。閃光弾を放りこんで奴らの目がくらんでる間にシャッターを下ろして封鎖。残りは混乱に乗じてドアから突入。ルーカスとアティカスはヤードの奥へ向かって安全確保、そのままヤード内をチェック。クリケットを見つけたらヤードに火をつけて脱出。その後でカリオペから、あの清廉潔白なロシア人の関与を示す証拠を警察に流してもらう」

いい計画だ。やや動線が複雑ではあるが、オーガストや兄弟たちにとって大量殺人は初めてではない様子だった。一人、ノアだけが少し心配そうだ。きっとジャンクヤードにいるかもわかっていない犬を案じているのだろうと、ルーカスは思った。

「どうして私が子守り役なんだ」アティカスが文句をつける。

「そりゃ殺しが下手くそだからさ」とアダムが投げ返した。

アティカスが青筋を立ててた。「あの肉切り包丁のことをいつまで根に持つつもりだ、貴様は？」

「肉切り包丁事件だけじゃねえぞ、兄貴。お前はとにかく……間が悪い」とエイサ。

アヴィもうなずく。「そうだよ。見た目は育ちすぎのレプラコーンみたいなのに、幸運だけはどっかに落っことしてきてる。不運とセットになってるのさ。諦めろって」

「どいつもこいつもふざけたことを」

アティカスが頬を膨らませている。その彼をルーカスはじろりとにらんだ。

「俺はＦＢＩ捜査官として訓練を受けている。救出作戦で足手まといになったりはしない」

アーチャーがへッと笑う。「インテリちゃんが何言ってんだ。引っこんでろよ」

「そうとも。最後に射撃試験に合格してからどれだけだ？」とアティカス。

「きみが最後に合格をもらったのはいつさ」

ぴしゃりと返したノアが、フィストバンプ用に握った拳をつき出してきたので、ルーカスもやむなく拳を合わせた。深く聞かずにノアが肩を持ってくれたのはありがたい。だがアティカスも一理ある。職務上で銃を携帯する必要がほとんどなかったルーカスは、射撃試験を受けていない。アカデミー卒業からも随分経った。そうであっても、必要な対処ができる自信はあった。

「いいだろう、ぼくがルーカスに付く。アティカスは皆と一緒に」オーガストが割りこんだ。

「どのみち目の届くところにお前がいないと集中できない」

ルーカスの胸がドクンと高鳴った。きっと顔が上気しているだろう。

「計画は以上だ。全員、自分の役割はわかったな？」

トーマスがふたたび兄弟の小競り合いに割りこんで、言い渡した。

「そこ重要、パパ？」エイサが聞き返す。「どうせ始まったら予定なんて全部ゴミさ」

「そのとーり」アヴィも迎合する。「いつもすることは一緒。女の子を助けて悪いやつらは皆殺し、証拠は灰に。つかまるのは禁止。リピート・アフター・ミー！」

「死ぬのも禁止だ」トーマスが冗談めかした。「以上、解散」

月のない夜が彼らに味方をする。ほぼ人の消えた裏寂しい区画も。

日中、この界隈は町工場が並んで活気があり、雨戸からネオンサインまで何でも作る。だがひとたび日が落ちるとほとんどの人が家に帰り、一帯は暗がりに沈むのだった。

目指す建物は恐ろしく古い。あちこちのコンクリートが塊で剥がれ落ち、かつてオレンジ色に塗られていたエッジも今は錆色だ。駐車場には太いひび割れが走って穴だらけで、それでも男たちはそこにバカ高い車を停め、開け放したシャッターの前で車をいじりまわしながら仲間内で騒いで飲んでいた。

はたから見れば、ただの酔っ払ったチンピラの集まり。やけに大声で笑って騒がしすぎるだけの。だがドアの内側、壁の一面にはナチスの旗とアメリカ国旗が隣り合わせに飾られている。男たちが肌に入れたルーン文字のタトゥは、北欧のバイキングから剽窃して憎悪のシンボルとして用いられているものだ。通りの向こうからでも気軽に飛び交う差別語が聞こえる。

ルーカスは腕時計を確かめた。連中の後ろ暗いショーの開始まであとたった四十五分。双眼鏡を上げ、エイサとアヴィの熱反応を探したが、何も見えずに不満げに唸った。

「何をグズグズしているんだ」

「全員定位置に着くところだ。お前がクリケットを救いたいのはわかるが、機会は一度きりだぞ」

「わかってるさ」

ルーカスがぼそぼそ答えて双眼鏡に目を戻すと、丁度双子が建物の両側に近づくところだった。頭から爪先まで黒ずくめで、目出し帽で顔も隠している。片手にはサイレンサー付きの銃を、もう片手にはシェービングフォームの缶に似たものを持っていた。

アヴィが二本の指を立て、通りを渡るタイミングを残りの面々に知らせる。ルーカスとオーガストは角でアティカス、アーチャー、アダムと合流し、屈みこんだ。

「いいか、合図が来たらお前はまっすぐ奥を目指せ。クリケットを見つけて脱出しろ。知らない相手と出くわしたら、殺すつもりで撃て」

「クジョーと出くわしたら?」とアティカスは苦々しい。

「逃げろ」オーガストが忠告した。

「じつに名案だな」アティカスはオーガストをにらみつけた。

「準備完了か？」

オーガストの確認。全員がうなずく。オーガストは通信機《コム》のボタンを押した。

「準備完了？」と双子に向けて囁く。

双子はそろってこくんとうなずいた。

「開始《ゴー》」

それを皮切りに、一気にすべてが始まった。双子が円筒形の缶を男たちの間へ転がしたが、予想どおり襲撃への男たちの反応はのろい。動こうとした時にはもう双子がシャッターを外から下げ、ガシャンと閉めて、ごつい黒の器具で封鎖していた。

アダムがオフィスへのドアを蹴り開けると、目を押さえた男が部屋へ転がりこんでくるところだった。アダムによる頭部への一発で男は片付き、彼らは二手に分かれる――アダムとアティカスとアーチャーは双子とガレージに突入し、ルーカスはオーガストについてヤードを目指す。

ルーカスは銃をかまえてはいたが、うっかりこの混乱でオーガストを撃つのを避けたいのもあって引き金から指を外していた。こちら側はサイレンサー装備だが、応戦する銃声は轟くようだ。

通路で、奥の部屋から走ってきた男と出くわす。オーガストめがけてつっこんできた。ルーカスは引き金を引き、男の肩をとらえた。オーガストの手があまりに素早く一閃したので、男の唇から血の泡があふれるまで切り口すら見えなかった。二人は男をかわし、建物の奥へ奥へとドアを蹴り開けながら進んで、最速で安全を確保していく。

最後のドアから吐き出されると、ジャンクヤードの中だった。積み上げられた車が鉄塊の塔のごとく左右にそびえ、歪み固められた金属が広大な迷路を作っている。オーガストは利き手で銃を抜きつつもう片手にナイフを持ったまま、取りこぼしがいないか見て回った。

角を幾度も曲がった果てに、ルーカスは元来た道を戻れる自信などすでになかったが、そんなことはもうかまわない。目的のものを見つけたのだ。輸送用コンテナ。

オーガストが二本の指を自分の目に向け、それから逆を指して、金属の錠を開ける間の見張りをルーカスにまかせる。そのドアを一気に開いて、銃をかまえた。

まず臭気が押し迫る。見るまでもなく死体があるとわかった。とてもじっとしていられない。確かめないと。手遅れだったのかどうか。オーガストがトレーラーにとび乗り、女の体を返して、鉄塊の海の中央にそそり立つコンクリート柱に取り付けられた汚いセキュリティライトのかぼそい光に、かろうじてその顔をさらした。

クリケットではないと、それがわかってルーカスの胃が少しゆるんだが、安堵はたちまち消える。女性が死んだことには変わりないのだ。理不尽な恐怖にさらされた誰かが。彼女はしばらく放置されていたようだ。一度目の死後硬直が解け、腐敗ガスが肉体からの出口を見つけはじめていた。オーガストが手袋のはまった手で、白濁した目をとじてやった。

あの男たちはすっかり慣れきって、倒れたままの死体を動かしもせず、捨てにいく時まで放置しているのだ。クズが。

数知れない事件に目を通し、何百人ものシリアルキラーとの面談を重ねてきたルーカスだったが、それは常に机上の出来事だった。その感触を知らずに来た。コーンが現れるまでは。これまでは。身の奥から毒々しい憎悪が湧き上がって、凶暴な気持ちになる。

ルーカスは鋭い目でオーガストを見上げた。

「彼女がいない。どこなんだ？」

オーガストが腕を上げて発砲したので、ルーカスはぎょっと目を見張った。慌てて振り向くと、男が倒れこむところだった。

「ぼくの予想では、その男が来た方角だろう」とオーガストが見当をつける。

コンテナからとび下りた彼は、ついてくるようルーカスに合図をした。もちろんそのつもりだ。また圧縮された鉄塊の隘路《あいろ》へ入り、右や左を確認し、ルーカスは背後にも目を配って、唯一通り抜けられそうな方向へ慎重に進んでいく。

あたりを切り裂くような金切り声が吹き上がり、続いて、

「さわんじゃないよ、てめえ、この腐れマザーファッカー野郎！」

うっという唸りと呻きが聞こえる。

「このッ。戻ってこい、イカレ女《アマ》！」

そちらへ向かって駆け出したオーガストとルーカスは、怯えきったクリケットとばったり顔をつき合わせていた。両手が結束バンドできつく縛られ、手首が青黒く変色している。

オーガストがその体をつかまえると、クリケットは血走った目で二人をきょろきょろと見比べた。こちらの顔は見えないのだったと、ルーカスは思い出す。

「俺たちだよ。わかるか。もう大丈夫だ」

大柄ででっぷりした禿頭の男がドタドタと、足を引きずりながら息を切らして角から現れた。クリケットが息を呑み、こちらのほうがマシだと判断してルーカスに身を寄せてくる。オーガストが男の頸動脈にナイフを突き立て、ひとひねりして抜いた。男はゴボッと咳きこみ、血を撒き散らして倒れる。

ルーカスはクリケットの肩をつかんで顔を合わせた。

「あっちに、ほかにもこいつらの仲間はいるか？」

聞かれたクリケットは、茫然としたまま首を振る。

「よし。ならすぐ脱出だ」

「待って！　駄目だよ」

そう叫ぶとクリケットはルーカスの手を振りほどき、元来た方向へ駆け出していった。

ルーカスが困って顔を向けると、オーガストは肩をすくめて追いかけた。

追いついた時、クリケットは二つ目の輸送コンテナの鍵と格闘していた。

「手伝って！」と二人に怒鳴る。

ルーカスはさっと加わり、今回はオーガストに見張りをまかせた。

コンテナを開けると、中では三人の少女たちが抱き合っていた。全員がすっかり汚れて、半裸で、痩せ衰えている。

「……生きてた」ルーカスは口の中で呟く。オーガストを仰いだ。「どうしよう？」

「解放する」

答えて、オーガストは入り口近くに下がっている鍵束へ顎をしゃくった。ルーカスは震える手でどうにか全員の拘束を解き、手を貸して彼女たちをコンテナから下ろした。

オーガストはクリケットの結束バンドを断ち切り、手首をさすってやる。

「ぼくらが何者か、きみはわかっているね？」

クリケットは彼らを見比べていたが、うなずいた。

「ほかの誰にも知られるわけにはいかない。残りの連中は全員死んだ。ここはじき燃える。合図をしたらこの娘たちをつれて逃げろ。わかったか？」

またも彼女はうなずき、張り詰めた目で二人を見つめた。

オーガストはポケットから一台の携帯電話を取り出す。マルヴァニー兄弟がいくつも常備しているらしいプリペイド携帯の一つだ。

「火から安全なところまで逃げられたら、緊急通報を。そしてこう伝えるんだ。何が起きたかわからないが、自分が運ばれる時、ここにいた連中をロシア訛りの男たちが襲ってきて、きみはその隙にほかの子を救い出して逃げたと」

クリケットはずっと凝視を続けたままで、しまいにオーガストは彼女を優しくゆすった。

「わかったか?」

「うん」言葉を押し出し、小さくうなずく。「わかったよ」

オーガストは彼女へナイフを手渡した。「行こう」

入り口の建物に戻ると、火をつける準備が整うまで少女たちはオフィスに隔離された。どういうわけかアティカスが逆さにしたバケツに座りこみ、足の嚙み傷をさすっていた。

「一体何があったんだ」とルーカスは聞く。

「だから犬は大嫌いなんだ」とアティカスが吐き捨てた。

死体をガレージに集めて積み上げ、たっぷりガソリンをかけた。隅でアダムがしゃがみこんでいる。

「あれは?」ルーカスはエイサに聞いた。

エイサが答えるより早く、アダムがすくっと立って自分の戦利品を見せた。

「見てくれ、こいつはライトニングだ」

へちゃむくれた顔の、毛よりもしわのほうが多そうな犬が、フガフガと鼻を鳴らしてよだれを垂らした。

「それが、ここの番犬……？」

ルーカスはしみじみ呟きながら、ハッハッと喘いでアダムの手を舐めている犬を眺めた。

「こいつをノアのところにつれて帰ってやるんだ」アダムがご機嫌で宣言する。

「ボルボには乗せんぞ」アティカスが言い渡してそのブルドッグを指さした。

アダムが鼻であしらう。「ご勝手に。俺は双子の車に乗ってくよ。あいつらよく犬乗せて帰ってるし」

「もういいか？」とオーガストが確認した。

「おうよ、あとは火をつけるだけだ」アーチャーがマッチとライターを取り出してみせる。

うなずくとオーガストはオフィスの中へ戻り、クリケットと娘たちに言い渡した。

「もう行け。火から十分に安全なところまで逃げろ。十分後に通報だ。いいな？」

クリケットはうなずき、手招きすると、少女たちは悪人に対するようにオーガストとルーカスを避けて出ていった。フェイスマスクをつけた男たちを警戒するのは当たり前だろう、とルーカスは思う。どんな目に遭わされてきたかを思えば、特に。

最後に出ていくのはクリケットだったが、寸前にくるりとオーガストのほうを向いた。

「仕事紹介してくれるって話、まだアリよね？」

オーガストが笑みを浮かべる。「もちろんだ」

「よかった。気をつけてね」

そう言い残して、クリケットは去った。

一行は建物を出ながらマッチを擦る。アダムは新たに出会った友を抱きかかえて運んでいた。

ほぼ車までたどりついたところで、爆発が地面を激しく揺らし、全員が倒れこんだ。

オーガストが立ち上がり、ルーカスに手を貸して起こす。

「さて、急ぐか。行くぞ」

ルーカスはトーマスの屋敷に帰り着くまで、ずっと息を詰めたままだった。

23
August

オーガストが見つけた時、ルーカスはオーガストの元子供部屋にいて、美術館にでもいるように彼の私物をじっくりと賞翫《しょうがん》していた。

屋敷に戻ってからのルーカスはずっと無口だった。トーマスに作戦終了の報告をした後も、兄弟の群れからノアと一緒にふらっと姿を消していた。アダムからへちゃむくれの四つ足獣をプレゼントされたノアは天に昇らんばかりだ。きっとそのノアから、オーガストの子供部屋の場所を聞いたのだろう。

「さわりたければさわっていい。もし、七歳のオーガストによるフェンシングへの刹那の愛着や宇宙への憧憬に彩られた底なし沼に落ちてもいいなら」

ルーカスは首を振った。「ここのものに、きみはいないよ」

その腰に腕を回したオーガストは、ルーカスが体をやわらかく預けてきたのでほっとした。

「何故だ？」

「きみは大切なものをすべて手元に置く。宝物を。重要なものは何もかも部屋の壁に飾ってあるか、もしくは箱に大事にしまって家のどこかに置いてある。きみは、愛着しているものが目の届かないところにあるのを好まない」

「プロファイル脳はまだ健在なようだな？」

ルーカスは醒めた笑いをこぼした。「片付いたのか？」

「双子がコーンの死体を始末した。ジャンクヤードの火は鎮火、だが残骸から状況を推察するまで何ヵ月もかかるだろう。現状では麻薬精製所《メスラボ》があったという噂が有力だ」

「クリケットについては何か？」

「彼女はすでに退院している。ほかの女性たちは極度の栄養失調だが、負傷は軽度で、大がかりな処置は不要。アティカスはいびき持ちのブルドッグではなく狼と戦ったかのようによろよろ歩いている」

ルーカスは鼻で笑ったが、その笑いも拭ったようにすぐ消えた。

それを見てオーガストの胸がざわつく。いつもと違うこのルーカスにどう接していいかわからない。

「大丈夫か、ルーカス？」とたずねた。

ルーカスは首を曲げてオーガストをのぞきこむ。苦い表情だった。

「うーん。きみに名前を呼ばれるのは嫌だな」

「は？」オーガストは愕然とする。

「きみが俺の名前を言うと、何だか叱られているような気がする。何と言うか……そうだなあ……とにかく違和感がすごい。何か、呼ぶのにいい愛称を考えてもらわないと駄目だな。ただ『ベイビー』は駄目だ。どうしても安っぽいから」

オーガストはニヤッとした。

「それはアダムがセックスの最中ノアに使っている呼び名だ。だから、たしかに。論外だな」

「きみの家族は、サイコパスの集団にしては不気味に仲がいいよね」とルーカスが呟く。

オーガストは携帯を取り出すとルーカスの肩に顎をのせ、打ちこんでいる内容がルーカスからも見えるようにした。

「まさか呼びかけ表現をグーグル検索してるのか？」

オーガストはふっと笑って、

「正解が見えているのだから無意味な質問だろう。さて、この並びからどれを選ぶべきか……ベイブ？　ハニー？　ラブ？　スウィートハート？　ダヴ？　ペット？　シュガープラム？」

ルーカスが鼻の頭にしわを寄せる。

「やめとこう。甘ったるすぎるよ」

オーガストは微笑んだ。

「愛情表現の呼びかけとは、その本質に即して甘ったるいものでは？」

ルーカスは嫌そうな顔をした。「それはそうだろうけど。でも俺たちは甘ったるいタイプの人間じゃないだろ。二人とも科学者だ。大学教授」わざわざ念押しするように付け加える。

オーガストは鼻先をルーカスの頰に擦りつけた。

「それはもちろん、知っている。お前に『教授』と呼ばれるのは好きだよ。表明しておく」

すでに半ば勃ち上がりつつある勃起へルーカスが尻を押し付けてきた。

「貴重な情報ありがとう、教授」

その首筋へオーガストは顔をうずめる。「いたずらをするな、さもないと子供部屋のドアにお前を押し付けて犯すことになるぞ」

「そんなご褒美で脅しになるわけないだろ」と言い返された。

オーガストはとりあえずルーカスの首筋に沿ってゆるい唇を押し当て、続いて耳をなぞって味わう。ルーカスが背後へ手をのばしてオーガストの太腿をつかみ、ぐいと引き寄せた。

「駄目だ。問題が未解決なのにぼくの気を散らそうとするな。ウムニシュカはどうだ？」

「ロシア語？」とルーカス。

「うむ」

「意味は？」

オーガストは微笑んだ。

「直訳すれば『賢い者』という意味だが、教師が生徒を褒める時によく使われる。つまり、そうだな、『いい子だ』というところか」

ルーカスがふふんと鼻を鳴らして、向き直るとオーガストの首に腕を絡めた。

「俺はきみの『賢い子』か？　どうやら優等生と教師のいけない妄想がお好きなのかな、マルヴァニー教授は」

「またぼくの脳を分析しようとしているのか、ブラックウェルくん？」

「俺が今興味津々なのはきみのもっと下のほうだよ」とルーカスは唇に囁きかけた。

「その点を探求したいのは山々だが、そもそもの質問への答えがまだだ。お前は大丈夫か？」

ルーカスは肩をすくめ、体を引いてオーガストと顔を合わせられるようにした。

「いや。くたくただし、腹は減ったし、熱いシャワーを三日は浴びつづけたい」

「それだけか？　疲労困憊で食事と風呂を求めている？」

「何時間かして心がちゃんと動き出したら、実感してずっしりくるのかもな。でも今はただ……何も感じないんだ。何も、ではないかな。ほっとしてはいる。コーンが死んで、その仲間も死んだことに。でもあのロシア人がただ次の手駒を見つけるだけじゃないかっていう不安もちょっとある」

オーガストはルーカスの鼻にキスをした。「ロシア人の生い先はあまり長くない。アーチャーがもう奴を片付けに向かった」

「それは良かった」

むしろどちらでもいいような声で、ルーカスが呟いた。

「家に帰るか？」とオーガストは聞く。

「誰の家に」とルーカス。

オーガストは眉をひそめた。

「ぼくとお前の家だ。お前が言ったとおり、ぼくは大切なものは手元に置いておきたいんだ」

不意打ちされたような息をルーカスが吸いこみ、すぐに取りつくろった。

「俺たちが知り合ってまだ一週間なのは気付いてるか？　一週間だ、オーガスト。七日」

「ううむ、そうだな、ぼくもお前に名前を呼ばれるのは好かないな。不穏な状況に感じられる」

「ほらな？」

「話がそれた。時間の経過量とお前の気持ちに、何の相関関係がある?」

「たった七日できみを好きになれるはずがない」

「はずがないのか、好きではないのか、どちらだ?」

問い返したオーガストは、言葉に窮するルーカスを見つめて息を詰めた。

「……はずがない、だ。きみを愛するわけがないのに、でも愛しているんだと思う。きみが好きだ。愛してるけど、愛するべきじゃない」

そう言ったルーカスはひどく苦しそうだった。

オーガストは首を振る。

「時間というものにこだわりすぎだ。お前がぼくにとってのただ一人だとわかるまで、ぼくには七秒とかからなかった。もし時間の長さがお前にとってそこまで大事なら、ぼくは待とう。七週間かかろうと七ヵ月かかろうと、たとえ七年でも。ただ、時間のみを理由に、お互いともに求めているものを否定しないでくれ。ぼくらは誰の理解も必要とはしていないのだから」

ルーカスの抵抗にほころびが生じるのがわかった。

「大学でもう噂話の的になってるのはわかってるだろ……?」

「もっといいものを見せてやればいい」オーガストはあっさり返した。「一緒に住もう。ぼくは毎朝お前のそばで目覚めたいし、毎晩お前とともに眠りにつきたいんだ」

ルーカスの口元がニヤッと上がった。

「今はそう言ってるけどさ。でもパンツ一丁で指をスナックの粉まみれにして『スター・トレック』の放送に熱中する俺をまだ見たことがないだろ？」

ゆっくりと、オーガストの顔に微笑が広がっていく。

「必要以上に鮮明な描写だ、ウムニシュカ。だが、あえてそのリスクも引き受けてみせよう」

ルーカスが長く、爽やかなキスを、オーガストの唇に残した。

「なら、俺を家につれてってくれ。シャワーが浴びたい。ああ、前に買ったあのチーズケーキもほしい。看板に偽りなく、お口に入れると最高に満たされる。帰る途中でチーズケーキも買っていかないか？　いいだろ？」

「夕食も買っていくほうがいいのでは」

「いいや。俺の要求はシャワー、セックス、そしてチーズケーキだ。順番はあとで決める、家に帰ってから」

「もう一度言ってくれ」

「シャワー、セックス、チーズケーキ？」

「いいや、家に帰るというところだ」とオーガストは要求した。

ルーカスがふっと柔らかに微笑む。

「きみは世界一センチメンタルなサイコパスだよ。さ、一緒に家に帰ろう」

エピローグ
August

オフィスの椅子に深くもたれたオーガストの耳の中では、ヴィヴァルディが奏でられていた。ルーカスとの昼食をキャンセルし、学部の学生面談に当てたのだ。いつもならしないことだが、ビアンカの担当学生のようで彼女からたのみこまれていた。

遠慮がちなノックの音がした。オーガストはイヤホンを外す。

「入って」

のぞきこんだルーカスが「マルヴァニー教授ですか?」と、オーガストと会ったこともない様子で言ったので、オーガストはくいと眉を上げた。ルーカスに何らかの解離性障害が? それに前は眼鏡などかけていなかったはずだ。その黒縁の眼鏡に文句はないが。ルーカスがかけるとじつにセクシーだった。

眉をひそめつつ、オーガストはひとまず調子を合わせた。「そうだが?」

ルーカスから全身を眺め回されて、その目つきに股間がピクッと目覚める。

「こんにちは、俺はルークです。ビアンカ先生から会いに行けと言われて……」

予定表に目をやったオーガストは、事実、会う予定の学生の名がルーク・Bと省略されていることに気付く。ふっと笑みが浮いたが、やや冷淡に表情を引き締めた。

「今日はどのような相談かな、ルーク？」

室内に滑りこんだルーカスは閉めたドアにもたれて、後ろ手でカチッと施錠していた。服装も普段と違う。ルーカスは黒いウォッシュデニムとカーディガンがいつもの仕事着だが、どうやら〈ルーク〉のほうはくたびれたジーンズと目の色に合わせた緑色のぴったりしたTシャツが好きらしい。

ルーカスは指で金髪をかき上げ、下唇を噛みながらオーガストへ近づいてきた。

「ビアンカ先生がどこまで話したかわかりませんが、じつは俺は……切羽詰まってて」

オーガストの顔にじわりと微笑が広がる。「ほほう？」

ルーカスが眼鏡を鼻梁の上へ押し上げた。

「ええと、教務課の手違いがあって、あなたの講義を取るはずだったのに、はじかれちゃったんです。この単位が取れないと卒業できなくて」

オーガストは気の毒そうな表情を向けた。

「それは大変だね。しかしすでに学期の途中だし、ぼくの講義にはキャンセル待ちもいる」

その目の前でルーカスが膝をつき、わざとらしく脚を広げた。

「そこなんですが……教授。俺は別に、講義を受けたいわけじゃないんです。というか、考えてたんですが――単位を取れたことにしてくれたら、お礼に俺も何かお返しできるんじゃないかって、そういうのはどうかなと……」

オーガストは座面の上で尻を少し前にずらした。

「一体どのような返礼ができるというのかな、きみは、ええと――」

「ブラックウェルです」

ルーカスはそう名乗って黒縁の眼鏡ごしにオーガストを見上げ、彼の太腿に手のひらを這わせると、ファスナー下の膨らみを指でなぞった。

「きっと何か、俺でお役に立てることがあるかと？」

オーガストは溜息をつき、親指でルーカスのふっくらした下唇をなぶった。

「もしぼくの授業で単位がほしいとなると、卓越した技能が求められる。ぼくが言葉を失うほどの。それがきみにできるかな、ブラックウェルくん？」

「是非やらせてください、教授」

ルーカスの指が軽やかに動いてオーガストのベルトとズボンをたちまちくつろげ、うずきを帯びていた勃起を解き放つ。それを手でしごき、わざとらしい初心《うぶ》さで目を見張った。

「わあ、とても大きいです、教授」

オーガストの鼻笑いは、ルーカスの口で屹立をすっぽりと含まれると呻きに変わる。それからルーカスは頭を上げ、ほぼ先端まで唇を引いた。

「ふむ、なかなか……」

ルーカスが頭を上下させ、ひどく不器用で情熱が先走ったフェラチオを始めた。何が起きているのかオーガストにはさっぱりわからないが、自分の役割に全力を尽くす様子のルーカスには感心する。根元までくわえこまれると、ルーカスの喉がひくついて締めつけてくる気持ちよさに目がくらんだ。

ルーカスは頭を引き、肉棒の横を舐め上げ、逆側を舐め下ろして、舌を鳴らす。眼鏡が曇っていた。

「んん……すごくおいしいです。俺はちゃんとやれてますか?」

オーガストは身をのり出し、ルーカスの眼鏡を取ると、喉元に指を回した。

「とてもよくやれている。だがぼくが言葉を失うまでにはまだ至らないな」

ルーカスの顔にパッと広がった笑みはどこか危険なほどだった。

「そうおっしゃるかなと思ってました、教授」立ち上がるとオーガストの机に向かい、ジーンズを下げてシャツをたし上げる。「手伝ってもらえますか?」

オーガストはのり出して、ついルーカスの脇腹を一噛みしてから、親指をボクサーショーツのゴムに引っかけて太腿半ばまで引き下ろした。ルーカスは机に手をつき、背中や腰をオーガストの顔へ押し付けてくる。

その時になって、オーガストは尻たぶの間からのぞくショッキングピンクのアナルプラグに気付いた。今朝コーヒーを飲みに家を出た時からこれを挿れていたのか？　後でオーガストに尻をつき出すと思いながら、午前中の教壇に立っていたのだろうか？

思わずルーカスの張りのある尻をぐっとつかみ、広げて凝視し、襞を指でなぞっていた。

「言葉を失いましたか、教授？」

ルーカスが肩ごしに顔を向け、ニヤニヤと満面の笑みになった。

オーガストは答えず、ただプラグをぐいと押しこんで、ルーカスの低く尾を引く呻きにペニスの先端がじわりと濡れるのを感じた。

「尻をつき出せ。そう。もっとしっかり」

揺れる息を吐きながら、ルーカスが従う。オーガストはプラグの根元についた輪に指をひっかけ、ためしにくいと引っ張ってみて、ルーカスの反応に、その体を貫いているのが自分のものであるかのような興奮を覚えた。

ほんのわずかな抵抗の後、プラグは抜けてきたが、全部は引き抜かなかった。ルーカスの背中、腰近くを押さえると、プラグを出し入れしてルーカスを犯す。その刺激を求めてくるルーカスを眺めながら。

「オーガスト……」

尻をピシャリと打たれたルーカスが、呆然と、けぶるような目になった。こうなったからにはオーガストも手抜きはしない。

「何と呼んだ?」

「ごめんなさい、教授」

何とかそう絞り出したルーカスの声にもうからかう軽さはなく、ひたすらに生々しい。チロッと舌を這わせて下唇を湿した。

無垢なルーカスの尻に咲いていく手形を味わいたくてたまらない。その衝動に従い、ほてる肌に唇を這わせてから、オーガストは立ち上がってプラグを床へ放り捨てた。やすやすと、一度の突きで、ルーカスに己を深々と沈める。

ルーカスの高い声をふさぐ余裕はなかったし、本音ではそうしたくもない。ルーカスの上体をぐいと引き起こして胸元を後ろから抱えこみ、抜き差しすることなくただ腰をゆすって、ルーカスの好みどおり深く貫き通す。

「自分でしごけ」耳元へかすれ声で囁いた。「お前の絶頂を感じたい」

「乱暴にヤッて?」ルーカスがねだりながら自分のペニスを握る。

「お前は……」

オーガストはルーカスの尻をつかむと求めに応じ、荒々しく腰を打ちつけた。ルーカスが達するまで自分が持ちこたえられればいいのだが。だがとても勢いを止められない。全身が陶酔に呑みこまれ、ひたすら自分の快楽を追い求めながら、ルーカスも伴おうとするが、その体の奥のきつい熱へ己を突きこまずにはいられない。もう、あと少し。

「ほら、ウムニシュカ。ぼくはもうギリギリだ」

「してもいい？」

何を、とは聞く必要もなかった。障壁を解いて、オーガストの絶頂の波に自分も乗っていいかと。

「いくらでも。許可などいらない」

ルーカスはオーガストの許しを求める必要などないのだ。とはいえ、ルーカスの口に手をかぶせなくてはならなかった。何しろこの脳内空間にトリップすると、自制心などかけらも残らないからだ。

ルーカスは呻きを上げて下品な言葉を吐き、オーガストに肉体を支配されながら、ほとんどすすり泣いた。ついにオーガストが限界を迎えた時、ルーカスも達し、オーガストの肉棒を締め付けながら絶頂を貪っていた。ついに脳がすっかり疲れ果てるまで。

オーガストはルーカスを抱えこみ、椅子に崩れこんだ。二人ともにもたれかかり、汗まみれで喘ぎ、どちらも盛夏にマラソンしたような有り様だ。

「今ので、デスクパッドを駄目にしてしまったようだ」とオーガストはからかった。

「新しいのを買ってあげるよ」

「一体――」オーガストはあらためて言い直した。「今のは何のためだったんだ？」

ルーカスがしょんぼりと、沈んだ表情になる。練習済みのようだ。

「覚えてないんだ……？」

「何をだ」

芝居なのはわかっているぞと、オーガストは片眉を吊り上げる。

ルーカスがニコッとした。

「二人の七週間記念日だよ」

「二人の……何だって？」

「俺に言っただろ、たとえ七週間かかろうと、七ヵ月だろうと、七年でもかまわないって。俺たちはまず七週間長続きしたんだ。お祝いだ！」

オーガストは鼻を鳴らす。

「たのむから、この計画にここまで入っているとビアンカに言っていないだろうな？　ぼくのセックスの片棒を担いだと知れば彼女はまさしく手がつけられなくなるぞ」

「細かい話はしてないよ。きみにサプライズのランチを企みたいが、毎日ランチを一緒にしてる状況では難しいって言ったんだ。ほら彼女の部屋、俺の近くからここの向かいに移っただろ、だからあっさり協力してくれたよ。多分聞き耳を立ててるんじゃないかな」

やっと学部別にオフィスが再配置され、ビアンカはオーガストと同じ棟になった。ブラインドを開けておけばオーガストのオフィスをのぞける。オーガストはブラインドを締め切るようになっていた。

ルーカスが手をひらひらさせた。

「彼女のことはわかるだろ。話に混ぜてほしいんだよ。それにだ、仲良し小よしでいれば俺たちの熱々最新ゴシップにありつけると期待してる」

「ぼくたちの熱々最新ゴシップがあるのか？」

ルーカスはせせら笑って、

「知らない？　それはそれはゲスいお話が流れてるんだぞ。学生まで知ってる」

オーガストは眉を上げた。「どのような内容だ」

「イカれてて尻軽で——でも超イケメンの——メンヘラな俺が、ウブで純情で、やっぱりイケメンの億万長者であるきみをたらしこみ、たった七日後に同棲を始めたんだそうだ。それ以来、俺は特殊な性癖のセックスできみを虜にし、少しずつきみの財産を海外口座に送金して、プール・ボーイと逃げ出す計画を立ててる」

オーガストはニヤリとした。

「それはそれは。期末試験の採点をしながらそれだけのことを成し遂げるとは。素晴らしいマルチタスクぶりだ、ウムニシュカ」

「そうなんだよ。すごいだろ？」

「うちにプール・ボーイは存在しないが」

あらためて考えて、オーガストは指摘する。ルーカスが肩をすくめた。

「だってプールがないだろ。プール・ボーイだけいても仕方ない」そこで考え直したようだ。「でもブーメラン水着で歩き回るプール・ボーイを眺めるのは楽しそうだよな。だろ？」

オーガストはルーカスをきつくつねる。

「誰のだろうと、ブーメラン水着姿を眺めるのは許さない」

「きみ以外のは？」ルーカスが声に期待をこめた。

「ぼくはブーメラン水着は着ない」

「俺のお願いでも？」

「七年目の記念日になら、もしかしたら」とオーガストはからかった。

ルーカスの表情が真剣なものに変わる。

「きみは、七年後も俺を好きでいるのかな」

「愚かなことを聞くな。ぼくは永遠にお前を望む。疑問なのはだ、お前が七年後もぼくに耐えられているのかという点だ」

そっとルーカスが笑った。

「サイコとサイキック。俺たちはほかの相手とは絶対に合わないよ。永遠にセットだ」

その額にオーガストはキスをする。

「ぼくに異論はない」

「俺もだ」そう言ってから、ルーカスは付け加えた。「でもそろそろ剝がさないと本当にきみとくっついてしまうな。帰ってちゃんとシャワーで落とそう」

「ぼくは午後の講義がある。お前も」とオーガストは思い出させる。

「いや、ないよ。クリケットがきみのＴＡにたのんで午後の講義を代わってもらった。俺もロバートのＴＡに代講をたのんだ。俺たちは今日はもう自由だよ」

オーガストは、引退する秘書の後任としてクリケットを雇い入れたのだった。電話応対や雑用ばかりだが、呑みこみも早いし手際もいい。しかも彼女は、無料で大学の授業を受けられる。その上、大学と無関係の、家業絡みの仕事もこころよく引き受けてくれた。前任者にはとてもたのめなかったことだ。事情に通じる人間がいるというのは、やってみれば便利なものだった。

「もしブラックライトでこの部屋をチェックされたら、俺たち二人ともクビだね」

ルーカスが軽口を叩きながら流しで汚れを洗い落とし、濡れタオルをオーガストへ投げて場所をゆずった。

オーガストも身繕いをする。「もしブラックライトでぼくの車をチェックされればおそらく二人とも刑務所行きだろうから、そのほうがまだありがたい」

「いーや、ブタ箱に行くのはきみだけさ。俺はきみの財産をいただいてプール・ボーイと駆け落ちするんだから」ルーカスが笑う。「ああ、アナルプラグをお忘れなく、教授」

拾い上げた大人のオモチャを、オーガストはさっとポケットにしまいこんだ。

ほぼ扉の寸前まで来て、ルーカスがオーガストを止めた。

「愛してるよ」

「知ってるさ」とオーガストは返す。

ルーカスの口が啞然と開いた。「ハン・ソロで返したな！」

「ありがとう、のほうがよかったか？」

「そんなこと言ってると後悔するんだぞ。俺とプール・ボーイのオーランドが駆け落ちしたら」

オーガストはルーカスをドアに押し付けて喉首をつかみ上げた。

「挑発だというのはわかっているぞ」

こんな面がルーカスにあるとは知らなかった。オーガストを焦らしてからかい、煽る。永遠に一緒だというオーガストの言葉が本気だという実感がほしくて、強引さを求める。それがルーカスの神経の傷を包むのだ。

前と同じルーカスのままで、ただ死の恐怖に追われていない今、彼はどこか……軽やかになった。のびやかに。

「お前にふれた男には、父が所有する木材粉砕機とお近づきになってもらう。わかるな？」

「よーく」ルーカスは呟いて、のり出すと、オーガストの口をねっとりと舐めた。「じゃあ愛してると言ってくれ」

オーガストはわずかもためらわない。

「お前を愛してるよ」

二人にとって何が愛かなんて、誰にわかる？　彼らにとっての愛は、言い争いやセックスや、たとえその番組が嫌いでも相手のために一緒に再放送を見るということなのかもしれない。あるいは愛とは、ルーカスがいつもチーズケーキの最後の一切れをオーガストにくれることだったり、オーガストがルーカスの服薬に洩れがなくセラピーに通っているかたしかめる心配りなのかもしれない。

彼らの愛の形は、誰にも決められない。

だからルーカスがほしいと言えば、オーガストはいくらでも言葉を与えるのだ。

ルーカスの顔が大きくほころんだ。

「よしよし。さっ、チーズケーキを買いにいこうって言って」

「チーズケーキを買いにいこう」

オーガストは忠実に復唱し、オフィスのドアを開けてルーカスを先に出した。

自分のデスクについて耳にしっかりとイヤホンをつっこんでいるクリケットへ、ルーカスが手を振った。彼女が振り返す。

「じゃ、ブーメラン水着を買ってくるって言って」

オーガストはあきれ顔をした。

「ブーメラン水着は買わない」

「絶対買ったほうがいいわよ」

新しいオフィスの前を通りすぎていく二人へ、ビアンカが口をはさんだ。

「ほらな？」ルーカスが勝ち誇る。「買おうよ？」

「断る！」

「俺たちの記念日なのに……」

ますますオーガストはあきれ顔になった。

「では帰宅した後、お前が障壁を解き、ぼくがブーメラン水着姿の自分を直接お前の脳内に投影するというのはどうだ？　好きな色を選ばせてやってもいい」

ルーカスはむくれたふりをした。

「しょうがないな。それでいいよ」

オーガストはルーカスの手に自分の手を滑りこませる。

それでいい、なんてものじゃない。完璧だ。ルーカスは完璧だった。オーガストにとって完璧な存在。ルーカスはオーガストの片割れだ。そしてオーガストはルーカスの。

それより大事なことなど、何もない。

花にして蛇シリーズ②

サイコ

初版発行　2025年2月25日

著者　オンリー・ジェイムス［Onley James］

訳者　冬斗亜紀

発行　株式会社新書館
〒113-0024 東京都文京区西片2-19-18
電話：03-3811-2631
［営業］
〒174-0043 東京都板橋区坂下1-22-14
電話：03-5970-3840
FAX：03-5970-3847
https://www.shinshokan.com/comic

印刷・製本　株式会社光邦

Printed in Japan　ISBN 978-4-403-56061-3